BASTEI
LÜBBE

ISAAC ASIMOV'S ROBOT CITY
im BASTEI-LÜBBE-PROGRAMM:

23 079 Band 1: Die Odyssee
23 083 Band 2: Der Verdacht
23 087 Band 3: Der Cyborg

ISAAC ASIMOV'S
ROBOT CITY

Band 4
Arthur Byron Cover
DER AUFRUHR

Ins Deutsche übertragen von
Bernd Müller

Illustriert von
Paul Rivoche

BASTEI
LÜBBE

BASTEI-LÜBBE-TASCHENBUCH
Science Fiction Abenteuer
Band 23 091

Erste Auflage: Juni 1989

Deutsche Lizenzausgabe 1989
Bastei-Verlag Gustav H. Lübbe GmbH & Co.,
Bergisch Gladbach
Originaltitel: Prodigy
Lektorat: Fredy Köpsell/Reinhard Rohn
Titelillustration: Paul Rivoche
Umschlaggestaltung: Quadro Grafik, Bensberg
Satz: KCS GmbH, 2110 Buchholz/Hamburg
Druck und Verarbeitung: Clausen & Bosse, Leck
Printed in Germany
ISBN 3-404-23 091-4

Der Preis dieses Bandes versteht sich
einschließlich der gesetzlichen Mehrwertsteuer.

Isaac Asimov
Humor

Würde ein Robot sich danach sehnen, ein Mensch zu sein?

Man könnte diese Frage mit einer Gegenfrage beantworten: Sehnt sich ein Chevrolet danach, ein Cadillac zu sein?

Die Gegenfrage besagt, ohne es auszusprechen, daß eine Maschine keine Wünsche hat.

Aber es geht doch eben darum, daß der Robot keine bloße Maschine ist, zumindest potentiell. Ein Robot ist eine Maschine, die dem menschlichen Vorbild so genau wie nur möglich nachgebildet ist, und dabei könnte es irgendwo eine überschreitbare Grenzlinie geben.

Das läßt sich auch auf das Leben anwenden. Ein Regenwurm wünscht sich nicht, eine Schlange zu sein; ein Nilpferd verlangt nicht danach, ein Elefant zu sein. Wir haben keinen Grund, anzunehmen, daß diese Lebewesen ein Ichbewußtsein haben und davon träumen, mehr zu sein als sie sind. Schimpansen und Gorillas scheinen sich ihrer selbst bewußt zu sein, aber wir haben keinen Grund, anzunehmen, daß sie sich danach sehnen, Menschen zu sein.

Ein Mensch dagegen träumt von einem Leben nach dem Tod und wünscht sich, ein Engel zu werden. Irgendwo hat das Leben eine Grenzlinie überschritten. Irgendwann hat sich eine Gattung herausgebildet, die sich nicht nur der eigenen Person bewußt war, sondern auch die Fähigkeit besaß, mit sich unzufrieden zu sein.

Wer weiß, vielleicht wird eines Tages bei der Konstruktion von Robotern eine ähnliche Grenzlinie überschritten.

Wenn wir aber zugestehen, daß ein Robot eines Tages anstreben könnte, Mensch zu sein, wie würde sich dieser Wunsch äußern? Er könnte nach dem rechtlichen und sozialen Status verlangen, der einem Menschen von Geburt an zusteht. Dies war das Thema meiner Kurzgeschichte ›The Bicentennial Man‹ (Der Zweihundertjährige). In seinem Streben, diesen Status zu erlangen, war mein Robotheld bereit, all seine robotischen Eigenschaften eine nach der anderen aufzugeben, selbst seine Unsterblichkeit.

Aber diese Geschichte war eher philosophisch als realistisch. Was hat der Mensch schon, um das ihn ein Robot ehrlich beneiden könnte — was für körperliche oder geistige *Charakteristika*? Kein vernünftiger Robot würde den Menschen um seine Hinfälligkeit beneiden oder um seine Unfähigkeit, sich auch nur den geringsten Veränderungen der Umwelt anzupassen, um sein Schlafbedürfnis oder um seine Neigung zu Flüchtigkeitsfehlern, um seine Anfälligkeit für ansteckende und degenerative Krankheiten oder um seine Unberechenbarkeit, hervorgerufen durch unlogische Gefühlswallungen.

Sinnvoller wäre es, den Menschen um seine Befähigung zu Freundschaft und Liebe zu beneiden, um seine unerschöpfliche Neugier, seinen Erlebnisdrang. Ich möchte hier jedoch die Behauptung aufstellen, daß ein Robot, der nach Vermenschlichung strebte, eines am dringendsten würde verstehen wollen, was er zu seiner Verzweiflung *niemals* verstehen könnte: den menschlichen Humor.

Humor ist keineswegs sämtlichen Menschen eigen, obwohl er in allen Kulturen vorkommt. Ich habe viele Leute kennengelernt, die nicht etwa lachten, sondern einen verwundert oder geringschätzig ansahen, wenn man versuchte, komisch zu sein. Da brauche ich nur an meinen Vater zu denken, der meine geistreichsten Bemerkungen mit einem Achselzucken abtat als etwas, das der Aufmerksamkeit eines wackeren Mannes nicht wert ist. (Glücklicherweise hat meine Mutter immer hemmungslos über meine Witze gelacht, sonst wäre ich heute emotional gehemmt.)

Das Seltsame am Humor ist jedoch, soweit ich feststellen konnte, daß kein Mensch dessen Fehlen bei sich *eingestehen* würde. Die Leute sind bereit zuzugeben, daß sie Hunde hassen und Kinder nicht ausstehen können. Einige sind fähig, fröhlich zu beichten, daß sie bei der Einkommensteuer gemogelt oder, was offenbar gang und gäbe ist, ihren Ehepartner betrogen haben. Und einige haben nichts dagegen, wenn man sie für inhuman oder unehrlich hält, indem sie schlicht die Adjektive austauschen und sich realistisch oder geschäftstüchtig nennen.

Wirft man ihnen jedoch vor, sie hätten keinen Humor, werden sie das jedesmal heftig bestreiten, egal wie deutlich und wie oft sie sein Nichtvorhandensein offenbaren. Mein Vater zum Beispiel behauptete von sich, ausgesprochen humorvoll zu sein, was er auch zu beweisen bereit sei, wenn er nur einen Witz zu hören bekäme, der es wert sei, belacht zu werden (meines Wissens ist es dazu nie gekommen).

Wieso haben die Leute etwas dagegen, wenn man ihnen Humorlosigkeit vorwirft? Meine Theorie ist, daß die Leute (unterschwellig, wenn schon nicht bewußt) erkennen, daß Humor mehr als jedes andere Charakteristikum etwas typisch Menschliches ist, und sich weigern, zum Untermenschen degradiert zu werden.

Nur einmal habe ich das Thema Humor in einer Science-Fiction-Story aufgegriffen, und zwar in ›Jokester‹ (Der Witzbold), erstmals erschienen in der Dezemberausgabe 1956 von *Infinity Science Fiction* und vor kurzem in meiner Sammlung *The Best Science Fiction of Isaac Asimov* (Doubleday, 1986) nachgedruckt.

Der Protagonist dieser Geschichte verbrachte seine Zeit damit, einem Computer Witze zu erzählen (sechs davon habe ich in der Erzählung wiedergegeben). Ein Computer ist natürlich ein bewegungsunfähiger Robot, beziehungsweise umgekehrt: ein Robot ist ein mobiler Computer. Die Story hat also mit Robotern zu tun, und mit Witzen. Leider war das Problem der Geschichte, für das eine Lösung gesucht wurde, *nicht* das Wesen des Humors, sondern der Ursprung aller Witze, die man zu hören bekommt. Übrigens findet sich eine Antwort, aber dazu müssen Sie schon die Geschichte selbst lesen.

Ich schreibe allerdings nicht einfach Science Fiction, ich schreibe, was mir in den immer geschäftigen Sinn kommt, und meine diversen Verleger sind (welch unverdientes Glück!) der abstrusen Ansicht, es sei illegal, Manuskripte, die ich ihnen aushändige, nicht zu veröffentlichen. (Sie können davon ausgehen, daß ich ihnen diesen lächerlichen Gedanken bestimmt nicht ausreden werde.)

Als mir eines Tages also in den Sinn kam, ein Witzbuch zu schreiben, tat ich es auch, und der Verlag Houghton-Mifflin brachte es 1971 unter dem Titel *Isaac Asimov's Treasury of Humor* (Isaac Asimovs Schatzkästlein des Humors) heraus. Darin erzählte ich 640 Witze, die zu meinem ständigen Repertoire gehören. (Ich habe genug übrig für einen zweiten Band unter dem Titel *Isaac Asi-*

mov Laughs Again (Isaac Asimovs Humor schlägt wieder zu), aber ich scheine nicht dazu zu kommen, ihn zu schreiben, egal wie lange ich an der Tastatur sitze und wie schnell ich in die Tasten haue). Zwischen diese Witze streute ich meine eigenen Theorien bezüglich dessen, was komisch ist, und wie man Komik noch komischer macht.

Wohlgemerkt gibt es ebenso viele verschiedene Humortheorien wie Leute, die sich über das Thema auslassen, und keine zwei Theorien sind gleich. Manche sind natürlich dümmer als andere, und es hat mich überhaupt nicht in Verlegenheit gebracht, meine eigenen Gedanken zum Thema dem allgemeinen Berg von Meinungsäußerungen hinzuzufügen.

Ich meine, um es so prägnant wie möglich zu sagen, daß der einzig notwendige Bestandteil jedes erfolgreichen Witzes eine plötzliche Änderung des Standpunkts ist. Je radikaler diese Änderung, je plötzlicher sie erfolgt, je schneller sie verstanden wird, desto lauter das Lachen und desto größer das Vergnügen.

Lassen Sie mich Ihnen ein Beispiel geben, mit einem der wenigen Witze, die ich mir selbst ausgedacht habe:

Jim kommt in eine Bar und entdeckt seinen besten Freund Bill, der an einem Tisch in der Ecke hockt und sich mit Grabesmiene an einem Glas Bier festhält. Jim setzt sich zu ihm und fragt mitleidig:
»Was ist denn los, Bill?«
Bill seufzt und sagt: »Meine Frau ist gestern mit meinem besten Freund durchgebrannt.«
Jim antwortet entsetzt: »Wovon redest du, Bill? Dein bester Freund, das bin doch ich.«
Darauf Bill ganz leise: »Nicht mehr.«

Die Änderung des Standpunkts haben Sie sicher mitbekommen. Natürlich nimmt man an, daß der arme Bill in Trauer versunken ist über einen tragischen Verlust. Erst die letzten beiden Worte lassen recht plötzlich erkennen, daß er eher entzückt ist. Und der durchschnittliche Mann betrachtet seine Frau (so lieb und wert sie ihm sein mag) mit gemischten Gefühlen, so daß er diese Änderung des Standpunkts mit Vergnügen nachempfinden kann.

Wenn nun ein Robot so konstruiert ist, daß sein Gehirn nur auf Logik reagiert (und welchen Nutzen hätte eine andere Art Robotgehirn für Menschen, die darauf hoffen, Roboter für ihre Zwecke einzuspannen?), wäre eine plötzliche Änderung des Standpunkts schwer nachzuvollziehen. Er würde daraus schließen, daß die Gesetze der Logik von vornherein falsch oder unterschiedlich interpretierbar seien, was natürlich nicht der Fall ist. Außerdem wäre es gefährlich, ein Robotgehirn mit Ambivalenz auszustatten. Was wir von ihm verlangen, sind Entscheidungen, nicht das ›Sein oder Nichtsein‹ eines Hamlet.

Stellen Sie sich vor, Sie erzählen einem Robot den Witz, den ich ihnen vorgegeben habe, und stellen Sie sich vor, der Robot starrt Ihnen, nachdem Sie fertig sind, ernst ins Gesicht und nimmt Sie folgendermaßen ins Gebet:

Robot: »Aber warum ist Jim nicht mehr Bills bester Freund? Sie haben Jim nicht als jemanden dargestellt, der etwas tut, was Bill veranlassen könnte, ihm böse oder von ihm enttäuscht zu sein.«

Sie: »Also, nein, es geht nicht darum, daß Jim etwas getan hat. Es geht darum, daß ein anderer etwas so Wunderbares für Bill getan hat, daß er über Jims Kopf hinweg zu Bills neuem besten Freund befördert wurde.«

Robot: »Aber wer soll das gewesen sein?«

Sie: »Natürlich der Mann, der mit Bills Frau durchgebrannt ist.«

Robot (nach einer nachdenklichen Pause): »Aber das haben Sie nicht gesagt.«

Sie: »Ich weiß. Das ist ja das Komische daran. Ich habe dich in eine bestimmte Richtung gelenkt und dir dann plötzlich zu erkennen gegeben, daß es die falsche war.«

Robot: »Es ist also komisch, einen anderen irrezuführen?«

Sie (resigniert): »Ach, egal, machen wir lieber mit den Bauarbeiten weiter.«

Einige Witze stehen und fallen nun einmal mit den unlogischen Reaktionen der Menschen. Nehmen Sie nur diesen:

Der unverbesserliche Pferdewetter zögert, ehe er seinen Platz am Wettschalter einnimmt, und schickt ein inbrünstiges Gebet gen Himmel.

»Lieber Gott«, flüstert er mit Berge versetzender Inbrunst, »ich weiß, du hast etwas gegen meine Wettleidenschaft, aber dies eine Mal, Herr, nur dies eine Mal, laß mich bitte *meinen Einsatz wieder herausholen. Ich brauche das Geld so dringend.«*

Wenn Sie so töricht wären, diesen Witz einem Robot zu erzählen, würde der sofort sagen: »Aber seinen Einsatz herausholen bedeutet doch, daß er den Rennplatz mit der gleichen Geldsumme verlassen würde, mit der er gekommen ist. Oder etwa nicht?«

»Ja, so ist es.«

»Aber wenn er das Geld so dringend braucht, muß er nichts weiter tun, als erst gar nicht zu wetten. Das wäre doch genauso, als hätte er seinen Einsatz wieder herausgeholt.«

»Ja, aber er hat diesen unvernünftigen Drang zum Glücksspiel.«

»Selbst wenn er verliert?«

»Ja.«

»Das ist doch sinnlos.«

»Aber die Pointe ist, daß der Glücksspieler das nicht einsieht.«

»Wollen Sie damit sagen, es sei komisch, wenn einer Person jegliche Logik, jede noch so simple Einsicht abgeht?«

Was bleibt Ihnen da anderes übrig, als sich wieder einmal den Bauarbeiten zuzuwenden?

Aber sagen Sie mir, ist diese Situation soviel anders als beim Umgang mit einem gewöhnlichen Menschen ohne Humor? Einmal habe ich meinem Vater folgenden Witz erzählt:

Mrs. Jones, die Vermieterin, wird mitten in der Nacht von seltsamen Geräuschen vor ihrer Tür geweckt. Sie sieht nach dem Rechten, und entdeckt Robinson, einen ihrer Untermieter, wie er ein verängstigtes Pferd die Treppe hinaufschiebt.
Sie kreischt: »Was machen Sie denn, Mr. Robinson?«
Er sagt: »Ich schaffe das Pferd ins Badezimmer.«
»Um Himmels willen, wieso?«
»Nun, der alte Higginbotham ist ein Besserwisser. Was ich ihm auch sage, immer lautet die überhebliche Antwort: ›Ich weiß, ich weiß.‹ Nun, morgen früh wird er sich ins Badezimmer begeben und gleich wieder herauskommen und brüllen: ›Im Badezim-

mer ist ein Pferd.‹ *Darauf werde ich gähnend sagen: ›Ich weiß, ich weiß.*‹«

Und wie sah die Reaktion meines Vaters aus? Er sagte: »Isaac, Isaac. Du bist ein Stadtkind, deshalb hast du keine Ahnung. Man kann ein Pferd nicht die Treppe hinaufschieben, wenn es das nicht will.«

Ich persönlich fand das komischer als den Witz.

Übrigens sehe ich gar nicht ein, warum wir uns einen Robot mit Humor wünschen sollten, aber es geht ja auch darum, daß der Robot danach verlangen könnte — und wie bewerkstelligen wir das?

Kapitel 1

Spüren Sie was, wenn ich hier drücke?

»Mandelbrot, was ist das für ein Gefühl, ein Robot zu sein?«

»Verzeihen Sie, Derec, aber diese Frage ist sinnlos. Zwar ist es wohl so, daß Roboter Wahrnehmungen haben, die in gewisser Hinsicht annähernd bestimmten menschlichen Empfindungen entsprechen, aber es fehlen uns Gefühle im eigentlichen Sinne.«

»Tut mir leid, alter Freund, aber ich werde das Gefühl nicht los, daß du mir gegenüber Ausflüchte machst.«

»Das ist unmöglich. Es gehört zu den Grundfesten positronischer Programmierung, daß Roboter immer ausdrücklich die Wahrheit sagen.«

»Komm, komm, du mußt doch die Möglichkeit einräumen, daß die Unterschiede zwischen menschlicher und robotischer Wahrnehmung im großen und ganzen semantischer Art sind. Bist du nicht auch der Meinung, daß viele menschliche Gefühle einfach Nebenprodukte chemischer Reaktionen sind, die sich letztlich auf das Bewußtsein auswirken und Stimmungen und Wahrnehmungen beeinflussen. Du mußt zugeben, Menschen sind ihren Körpern hilflos ausgeliefert.«

»Das ist erwiesen, zumindest zur Zufriedenheit der anerkannten Autoritäten.«

»Dann sind analog deine eigenen Wahrnehmungen nur Nebenprodukte reibungslos funktionierender Schaltkreise und Maschinenverbindungen. Ein Raumschiff empfindet wahrscheinlich ähnlich, wenn es, nachdem all seine Einzelteile auf Hochtouren laufen, in den Hyperraum eintritt. Der einzige Unterschied zwischen dir und ihm ist, nehme ich an, daß du ein Bewußtsein hast, um dies wahrzunehmen.«

Mandelbrot schwieg, während seine Integrale damit beschäftigt waren, Derecs Ausführungen zum Thema in seinen Gedächtnisschaltungen in mehrere Kategorien einzusortieren. »So habe ich das Problem bisher nicht analysiert, Derec. Aber es will mir scheinen, als sei der Vergleich zwischen Menschen und Robot, Robot und Raumschiff ausgesprochen treffend.«

»Sagen wir's mal so, Mandelbrot. Als Mensch bin ich eine Lebensform auf Kohlenstoffbasis, das unübertroffene Ergebnis von Jahrmillionen der Evolution niederer biologischer Lebensformen. Ich weiß, wie ich dabei empfinde, weil ich ein Bewußtsein habe, das den Abgrund zwischen dem Menschen und anderen Gattungen der Tierwelt überbrücken kann. Und durch vorsichtige, selektive Assoziation kann ich mir — wenn auch nur ungefähr — vorstellen, was eine niedrigere Lebensform tagtäglich empfindet. Außerdem kann ich anderen mitteilen, wie diese Empfindungen meiner Meinung nach aussehen.«

»Das können meine Logik-Schaltkreise akzeptieren.«

»Also gut, demnach kann ich per Analogie oder Metapher oder durch Schilderung anderen erklären, was ein Wurm, eine Ratte, eine Katze oder gar ein Dinosaurier empfinden müssen, wenn sie jagen, sich schlafen legen, an einer Blume riechen oder sonst etwas.«

»Ich habe die genannten Lebewesen nie gesehen und würde mir gewiß nicht anmaßen, zu verstehen, wie es sein muß, eines zu sein.«

»Ah! Aber du *wüßtest* — durch entsprechende Analogie —, wie es sein muß, ein Raumschiff zu sein.«

»Vermutlich, aber mir fehlt die notwendige Programmierung, um auf diese Information zurückzugreifen. Ich sehe nicht ein, wie mir solches Wissen helfen könnte, die Verhaltensvorschriften einzuhalten, die mir die Drei Gesetze aufgeben.«

»Du bist durchaus programmiert, um auf solche Information Rückgriff zu nehmen. Und dein Körper reagiert häufig, manchmal sogar negativ, auf deine Wahrnehmungen.«

»Sie meinen theoretisch?«

»Ja.«

»Wollen Sie, daß ich mich mit dem Problem beschäftige?«

»Ja.«

»Natürlich werde ich mein möglichstes tun, Ihnen zu Diensten zu sein, Derec, aber meine Neugier- und Logikintegrale sind nur auf die Auseinandersetzung mit Problemstellungen bestimmter Art eingerichtet. Dasjenige, mit dem Sie mich konfrontieren, könnte für meine programmierten Potentiale zu subjektiv sein.«

»Ist denn nicht alle Logik abstrakt und daher irgendwie subjektiv, zumindest vom Herangehen her? Du mußt zugeben, daß du über allgemein anerkannte Pfade der Logik das Wissen um zwei unwiderlegbare Tatsachen nutzen kannst, um eine dritte, ebenso unwiderlegbare Tatsache zu erkennen.«

»Natürlich.«

»Kannst du dann diese Logik nicht auch einsetzen, um dir zu überlegen, wie es sein müßte, ein Raumschiff zu sein, oder eine andere genügend komplexe Maschine?«

»So gesagt, natürlich, aber ich begreife nicht, welchen Nutzen mir — oder Ihnen — ein solches Unterfangen eintragen könnte.«

Derec zuckte die Achseln. Es war Abend in Robot City. Er und Mandelbrot hatten einen Spaziergang unternommen. Er hatte das Bedürfnis verspürt, sich die Beine zu vertreten nach einem langen Tag, den er mit dem Studium einiger Komplikationen verbracht hatte, die sein Entkommen von diesem isolierten Planeten erschwerten. Aber im Augenblick saßen sie auf der Spitze eines rechteckigen Turms und blickten zu den Sternen hinauf. »Ach, ich weiß nicht, ob es einen Nutzen hätte, außer vielleicht, meine Neugier zu befriedigen. Ich denke mir einfach, du müßtest eine Vorstellung davon haben, wie es ist, ein Robot zu sein, selbst wenn du nicht die Mittel hast, es auszudrücken.«

»Derartiges Wissen würde sprachlichen Ausdruck verlangen, und so eine Sprache ist noch nicht erfunden.«

»Hmmm. Kann sein.«

»Ich habe jedoch soeben eine Assoziation hergestellt, die von Wert sein könnte.«

»Und die wäre?«

»Wann immer Sie oder Ariel meiner Hilfe nicht bedurften, habe ich mich der Kommunikation mit den Robotern dieser Stadt befleißigt. Sie haben sich zwar auch nicht gefragt, was man dabei empfindet, ein Robot zu sein, aber sie haben ungeheure Mengen ungenutzter geistiger Energie darauf verwandt, das Dilemma zu erkunden, das mit dem Menschsein verbunden sein muß.«

»Ja, das ist irgendwie einsichtig. Das Ziel der Roboter, Gesetze der Humanik zu bestimmen, hat auf mich den Eindruck eines einzigartigen Phänomens gemacht.«

»Vielleicht ist es das nicht, Derec. Wenn ich Sie erinnern dürfte, enthält Ihr Gedächtnis nur die Ereignisse der letzten paar Wochen, und mein Wissen um die Geschichte ist vom Umfang her ebenfalls eher begrenzt. Dennoch wäre mir nie eingefallen, gedankliche Verbindungen herzustellen, wie Sie es getan haben, was meine Schaltkreise zu dem Schluß gelangen läßt, daß Ihr Unterbewußtsein unser Gespräch lenkt und ein Zusammenhang mit Ihren grundlegenderen Problemen besteht.«

Derec lachte verlegen. Das war ihm nicht aufgegangen. Seltsam, dachte er, daß der Robot daran gedacht hat. »Mein Unterbewußtsein? Kann sein. Wahrscheinlich glaube ich, ich könnte mich selbst besser verstehen, wenn ich die Welt, in der ich mich befinde, besser verstehe.«

»Ich glaube, im Einklang mit den Drei Gesetzen zu handeln, wenn ich einem Menschen helfe, sich besser zu verstehen. Aus diesem Grunde schwingt in meinen Schaltkreisen eine Empfindung, die Sie mit Vergnügen gleichsetzen könnten.«

»Wie nett. Nun entschuldige mich aber, im Augenblick möchte ich allein sein.« Derec spürte einen kurzen Anflug von Besorgnis. Er hatte Angst, Mandelbrot vor den Kopf zu stoßen, einen Robot, den er nach allem, was sie gemeinsam durchgemacht hatten, als guten Freund betrachten mußte.

Aber falls Mandelbrot Anstoß genommen hatte, zeigte er es nicht. Er war wie immer unergründlich. »Natürlich. Ich werde im Vorraum warten.«

Derec sah zu, wie Mandelbrot zum Aufzug marschierte und langsam hinabfuhr. Natürlich hatte der Robot keinen Anstoß genommen. Es war ihm unmöglich, sich beleidigt zu fühlen.

Derec setzte sich mit gekreuzten Beinen bequemer hin und widmete sich wieder dem Anblick der Sterne und der Stadtlandschaft, die sich vor ihm ausbreitete, doch seine Gedanken blieben nach innen gerichtet. Normalerweise war er nicht so nachdenklich, aber heute abend war er bedrückt und ergab sich leicht der Besorgnis und Unsicherheit, die er sonst im Zaum hielt, während er versuchte, mit seinen zahlreichen Schwierigkeiten auf logischem Wege fertigzuwerden.

Er lächelte über die Gefühle, die er an sich beobachtete. Vielleicht nahm er sich selbst zu ernst, wohl weil er in letzter Zeit zuviel Shakespeare gelesen hatte. Er hatte die Dramen des antiken ›Unsterblichen Barden‹ als eine Möglichkeit der geistigen Flucht und Entspannung entdeckt. Nun stellte er fest, daß er, je mehr er sich mit dem Text beschäftigte, um so mehr Einsichten über sich gewann. Es war, als hätten die Ereignisse und Figuren, die in den Dramen dargestellt wurden, direkten Bezug auf die Situation, in der er sich befunden hatte, als er bar jeglicher Erinnerung vor gar nicht so langer Zeit in der Rettungskapsel aufgewacht war.

Er kam nicht umhin, sich zu fragen, warum die Dramen ihn so sehr beeinflußten. Es hatte den Anschein, als würde er anfangen, sich über sie neu zu definieren.

Wieder zuckte er die Achseln und blickte zu den Sternen auf. Nicht um sie nach Hinweisen auf die Koordinaten der Welt abzusuchen, auf der er sich befand, sondern um auf sie zu reagieren, wie es unzählige Männer und Frauen im Verlauf der Geschichte getan haben mußten. Er versuchte, sich eine Vorstellung davon zu machen, wie die Menschen der Shakespeare-Zeit sie betrachtet haben mochten, ehe die Menschheit gelernt hatte, wie das Universum entstanden war, wo sich in diesem Bezugsrahmen die Erde befand oder wie man einen Hyperraumantrieb baute. Ihr forschender, aber wissenschaftlich ungebildeter Geist mußte in den Sternen eine kaltherzige wilde Schönheit gesehen haben, die über sein Einfühlungsvermögen hinausging.

Ein Stern am Himmel war möglicherweise die Sonne seines Heimatplaneten. Irgendwo dort draußen, dachte er, kennt jemand die Antworten auf meine Fragen. Jemand, der weiß, wer ich wirklich bin und wie ich in die Rettungskapsel kam.

Unter ihm lag die Stadt der Türme, Pyramiden, Würfel, Zacken und Tetraeder, von denen sich einige vor seinen Augen dem Stadtprogramm gemäß veränderten. Gelegentlich blinkten Roboter, die beim Um- und Ausbau halfen, im Sternenlicht, das die Mauern der Stadt reflektierten. Die Roboter fanden niemals Ruhe, die Stadt fand niemals Ruhe. Sie veränderte sich ständig, unvorhersehbar.

Die Stadt glich einem gigantischen Robot, zusammengesetzt aus Milliarden und Abermilliarden metallischer Zellen, deren Funktionen nach darin verschlüsselten Mustern der Aktion und Reaktion abliefen. Obwohl aus anorganischer Materie aufgebaut, war die Stadt ein lebendes Geschöpf, Höhepunkt einer Gestaltungsphilosophie, die Derec ›minimalistische Bauweise‹ nannte.

Es hatte Derec zum Teil deshalb gereizt, diesen Turm zu ersteigen — über eine Tür und einen Aufzug, die sich aufgetan hatten, als er sie brauchte —, weil er beobachtet hatte, wie sein Grundgerüst schlangengleich wie ein riesenhaftes Band aus der Straße emporgewachsen war. Und nach Erreichen der vorherbestimmten Höhe hatten sich die Zellen des Bandes ausgebreitet und feste Form angenommen. Vielleicht hatten sie sich dabei sogar vermehrt.

Direkt vor ihm verschmolzen zwei Türme und versanken in der Straße, als stünden sie auf einem mächtigen Lastenaufzug. Etwa einen Kilometer rechts von ihm vereinheitlichte sich ein Komplex von Gebäuden unterschiedlicher Höhe allmählich, dann wuchsen sie zu einem einzelnen großen, quadratischen Bau zusammen. Dabei blieb es etwa drei Minuten, dann bildete sich eine Reihe von Kristallformen heraus.

Noch vor wenigen Tagen hätte ihn ein Anblick wie dieser in Erstaunen versetzt. Nun kam ihm alles ganz normal vor. Kein Wunder, daß er beschlossen hatte, sich zu amüsieren, indem er sich dieser seiner Meinung nach anspruchslosen geistigen Zerstreuung hingab.

Plötzlich blitzte inmitten der Stadt ein grelles Licht auf. Derec wandte erschrocken die Augen ab. Er glaubte an eine Explosion.

Doch als die Sekunden vergingen und das grelle Licht blieb, fiel ihm auf, daß weder Knall noch Erschütterung sein Entstehen begleitet hatten. Worum es sich auch handeln mochte, es hatte sich bemerkbar gemacht, als sei es eingeschaltet worden.

Ein wenig verlegen nahm er langsam die Hände von den Augen und riskierte einen Blick. Die Grelle löste sich auf zu einer Serie leicht definierbarer Farben. Unterschiedliche Schattierungen von Rot, Ocker und Blau. Die Farben veränderten sich mit der Tetragonalpyramide, von der das Licht ausging.

Die Pyramide stand nahe der Stadtgrenze. Die achtflächige Form balancierte gefährlich auf der Spitze und rotierte im Zeitlupentempo wie ein Kreisel. Von Derecs Standort aus gesehen glich sie dank der farbigen, wechselnden Lichter einem Juwel von ungeheuren Ausmaßen.

Während er sie beobachtete, spürte er, wie sich nach und nach seine Besorgnis legte. Seine eigenen Probleme erschienen ihm im Vergleich zur Pracht dieses Anblicks klein und unbedeutend. Wie schön diese Stadt doch sein konnte.

Doch bald wurde das Gefühl der Ruhe durch wachsende Neugier gestört, durch den rastlosen Drang, mehr zu erfahren, der rasch überwältigend wurde und unablässig an ihm nagte. Er mußte dieses Gebäude persönlich untersuchen, mußte dann in sein ›Nest‹ zurückkehren, wo sich sein Computerterminal befand, und sich ernsthaft daranmachen, die Tiefen der geheimnisvollen Programmierung der Stadt zu ergründen.

Wie die Shakespeare-Dramen erschien ihm auch dieser merkwürdige Bau als geeignete Möglichkeit der vorübergehenden Zerstreuung. Außerdem — vielleicht konnte er dabei etwas herausfinden, was ihm und Ariel half, von diesem verrückten Planeten zu entkommen.

»Da bist du also!« sagte eine vertraute Stimme hinter ihm. »Was machst du denn hier?«

Er blickte auf und sah Ariel auf sich hinunterstarren. Sie stand mit gespreizten Beinen da und stemmte die Hände in die Hüften. Der Wind blies ihr einzelne Haarsträhnen über Nase und Mund. In ihren Augen blitzte es schelmisch. Plötzlich war die Zeit gekommen, die Stadt einen Augenblick zu vergessen und sie zu betrachten. Ihr unerwartetes Erscheinen hatte ihm den Atem genommen. Seine Besorgnis war wieder da.

Also gut, gestand er sich ein, *es ist nicht allein ihre Gegenwart — sie* selbst *ist es — alles an ihr!*

»Hallo, ich hab' grade an dich gedacht«, brachte er heraus, und das Stocken seiner Stimme war schmerzhaft deutlich, zumindest für ihn.

»Lügner«, sagte sie, Sarkasmus mit Wärme verbindend. »Aber das macht nichts. Ich wollte dich auch sehen.«

»Ist dir dieses Gebäude aufgefallen?«

»Natürlich. Ich stehe hier schon einige Zeit, während du weggetreten warst. Toll, nicht wahr? Ich möchte wetten, daß du dir bereits überlegst, wie du es analysieren kannst.«

»Oh, natürlich. Wie hast du mich gefunden?« fragte er.

»Wolruf hat dich ausfindig gemacht. Sie und Mandelbrot warten unten.«

»Was macht Wolruf denn dort unten?«

»Sie hat was gegen die kalte Luft hier oben. Sagt, sie macht ihr zuviel Heimweh nach den wüsten Feldern in einer kalten Herbstnacht.« Ariel ließ sich neben ihm nieder. Sie lehnte sich auf die Handflächen gestützt zurück. Ihre Finger waren seiner eigenen Hand sehr nahe.

Derec spürte die Wärme dieser Finger. Er hatte den Wunsch, seine Hand den Zentimeter weit auszustrecken, den es bedurfte, um sie zu berühren. Doch statt dessen lehnte er sich auf die Ellenbogen gestützt ebenfalls zurück, die Hände dicht am Körper.

»Was machst du eigentlich hier oben?« fragte sie.

»Auftanken.«

»Häh?«

Das kurze Schweigen zwischen ihnen war eindeutig befangen. Sie blinzelte, dann starrte sie auf das rotierende Gebäude.

Derecs Gedanken wirbelten wild durcheinander, und er stand kurz davor, alles mögliche auszusprechen. Aber am Ende beschloß er doch, sich nicht festzulegen: »Ich hab' bloß mal eine Pause eingelegt.«

»Das ist gut. Es ist gesund, mal eine Weile mit dem Nachdenken über beunruhigende Dinge aufzuhören. Ist dir inzwischen ein Fluchtweg eingefallen?«

»Nein, aber du mußt zugeben, daß der derzeitige Zustand nicht gerade schlimm ist, verglichen mit anderen, die wir durchgemacht haben.«

»Also bitte, ich will jetzt nicht an Krankenhäuser denken. Am liebsten würde ich nie wieder einen Diagnostikrobot zu sehen bekommen.«

»Aber es wäre besser, wenn du es tätest!« rief Derec aus, und bedauerte gleich darauf seine Worte.

Ariels Gesicht verfinsterte sich im Zorn. »Wieso? Nur weil ich eine Krankheit habe, die mich langsam in den Wahnsinn treibt?«

»Äh, nun ja. Fürs erste.«

»Sehr komisch, mein gesunder Freund. Ist dir noch nicht aufgegangen, daß mir die Krankheit ganz recht sein könnte, daß mir die

Art, wie mein Gehirn jetzt arbeitet, lieber ist als damals, als ich ›geistig gesund‹ war?«

»Äh, nein, eigentlich nicht, und ich glaube, dir auch nicht. Hör mal Ariel, ich wollte einen Witz machen. Ich wollte dich nicht vor den Kopf stoßen oder gar das Thema anschneiden. Es ist mir nur so rausgerutscht.«

»Irgendwie überrascht mich das nicht!« Ariel wandte sich mit einem Achselzucken von ihm ab.

»Ich will, daß es dir gut geht. Ich mach' mir Sorgen um dich.«

Sie wischte sich über Gesicht und Stirn. War ihr heiß?

Derec konnte es im Dunkeln nicht feststellen. »Hör mal, du mußt dich damit abfinden, daß es mir in letzter Zeit sehr schwerfällt, geradeaus zu denken«, sagte sie. »Es ist nicht immer schlimm. Es kommt und geht. Aber manchmal fühlt es sich so an, als würde mir jemand mit einer Zange das Gehirn aus dem Kopf reißen. So einen Moment hab' ich gerade hinter mir.«

»Tut mir leid. Das wußte ich nicht.« Derec hatte plötzlich das Gefühl, als stecke sein Herz ebenfalls in einer Zange. Die Zentimeter zwischen ihnen kamen ihm wie ein Abgrund vor. Er fragte sich, ob er etwa auch verrückt sei, daß er daran dachte, den Abgrund zu überbrücken und sie in die Arme zu nehmen. Er war nicht sicher, ob sie sich entspannen würde, wenn er ihren Kopf an seine Brust gleiten ließ.

Er beschloß, das Thema zu wechseln, in der Hoffnung, auch das unausgesprochene Thema loszuwerden.

»Weißt du, obwohl ich immer noch nicht weiß, wer ich bin, habe ich doch viel über mich herausgefunden, seit ich in dem Bergbaukomplex aufgewacht bin. Ich habe entdeckt, daß ich ziemlich gute Instinkte habe. Vor allem in bezug darauf, wer meine Freunde sind.«

»Ach ja?«

»Ja. Und nach ausgiebiger Überlegung bin ich zu dem Schluß gelangt, daß du dazu gehören könntest.«

Ariel lächelte. »Ach ja? Meinst du wirklich?«

Derec erwiderte das Lächeln. »Ich muß es ja wohl wissen, und du wirst schon noch drauf kommen.«

»Also, damit kann ich leben.« Sie spitzte die Lippen. »Dann sage mir, du Genie, wie vereinbart sich dieses Gebäude dort mit der Stadtprogrammierung?«

»Weiß ich nicht. Es handelt sich um eine Anomalie.«

»Wie nennt man diese Form?«

»Tetragonalpyramide.«

»Sieht aus wie zwei aneinandergeklebte Pyramiden.«

»Deshalb heißt sie Tetragonalpyramide.«

»Schau nur, wie sie glänzt, wie die Farben glitzern. Meinst du, Dr. Avery hat damit zu tun? Schließlich ist er für alles andere auch verantwortlich.«

»Wenn du damit meinst, ob er so etwas vorgesehen hat, bin ich mir nicht so sicher.«

»Immerhin eine ehrliche Antwort«, sagte sie sarkastisch.

»Entschuldige, es war nicht meine Absicht, mich unklar auszudrücken. Ich meine, dieser Bau könnte in der Programmierung angelegt gewesen sein, zumindest in groben Zügen. Dagegen kann ich nicht behaupten, daß Avery davon wußte, als er Robot City vom Stapel ließ.«

»Wenn du raten müßtest . . .«

»Würde ich sagen, eher nicht. Ich habe die Programmierung des Zentralcomputers ziemlich genau studiert, ganz zu schweigen von Zellproben, die ich der Stadt und unterschiedlichen Robotern entnommen habe, und ich hatte gewiß nicht damit gerechnet, daß etwas so . . . so Atemberaubendes möglich wäre.«

»Ist dir aufgefallen, daß die Farbtöne der roten Fläche die Illusion von Tiefe erzeugen, als würde sie aus kristallisierter Lava bestehen? Und wie sehr die blaue Fläche dem Himmel auf Aurora gleicht?«

»Tut mir leid, aber ich kann mich nicht entsinnen, jemals Lava gesehen zu haben, und an den Himmel auf Aurora habe ich nur undeutliche Erinnerungen.«

»Oh. Nun bin ich an der Reihe, mich zu entschuldigen.«

»Laß gut sein. Komm. Aus der Nähe ist das Gebäude bestimmt noch schöner.«

»Selbstverständlich! Aber was ist mit Wolruf und Mandelbrot? Wolruf wäre vielleicht davon angetan, aber ich glaube nicht, daß sich selbst das verstärkte Neugierintegral eines Robots wie Mandelbrot von etwas anregen ließe, dessen Würdigung in seiner Programmierung nicht vorgesehen ist.«

Derec schüttelte den Kopf. »Verlaß dich nicht darauf. Wenn mein Verdacht stimmt, ist ein einzelner Robot dafür verantwortlich. Ich möchte feststellen, welcher. Und wenn ich Interesse zeige, wird es Mandelbrot auch tun.«

»Verstehe. Zweifellos wirst du mit ihm wieder stundenlang versuchen, ein abwegiges, unbedeutendes Detail zu ergründen, statt zu versuchen, uns von hier wegzubekommen«, erklärte Ariel spitz. »Kriegst du denn nie genug von den Robotern?«

Derec war klar, daß dieser plötzliche Stimmungsumschwung nicht ihre Schuld war, konnte sich jedoch nicht zurückhalten. »Wie ich sehe, bist du ›nicht beißend, nein sanft wie Tauben — nicht heißen Sinns, nein, wie der Morgen kühl‹.«

Überraschenderweise prustete Ariel vor Lachen.

Und ärgerlicherweise fühlte sich Derec angegriffen. Er hatte seinen Scherz für sich behalten wollen. »Was findest du denn so komisch?«

»Das ist aus *Der Widerspenstigen Zähmung*. Ich hab' das Stück gerade gestern abend gelesen, und als ich bei diesen Zeilen ankam, hab' ich mich gefragt, ob du so was zu mir sagen würdest.«

Nun war Derec auf unerklärliche Weise zerknirscht. »Willst du damit sagen, du hast auch Shakespeare gelesen?«

»Bleibt mir denn was anderes übrig? Du hast die Ausdrucke der Dramen überall herumliegen lassen. Sehr unordentlich. Aber komm. Gehen wir runter. Ich weiß, wo zwei schnelle Roller stehen und nur drauf warten, daß wir sie besteigen.«

Kapitel 2

Gedämpfte Bewegung

Ariel und Derec fanden Mandelbrot und Wolruf in der Eingangshalle. Sie standen vor einem der Automaten, deren Installation in etwa zehn Prozent aller Gebäude Derec über den Zentralcomputer programmiert hatte. Er hatte dies getan, um sicherzustellen, daß die drei Lebewesen auf diesem Planeten, die Nahrung brauchten, sich mehr oder weniger bequem welche verschaffen konnten.

Als er und Ariel aus dem Aufzug traten, bemerkte Derec, daß Wolruf sich auf allen vieren sitzend über einen Teller mit synthetischem Gemüse beugte. Was da in dem furchterregenden Maul verschwand, sah wie Rotkohl aus. Mandelbrot betätigte bedächtig die Tasten des Automaten und sorgte für konstanten Nachschub. Beide schienen so sehr mit dem beschäftigt, was sie sich vorgenommen hatten, daß sie das Zischen beim Öffnen der Aufzugtür nicht wahrnahmen.

»Verzeih mir, ich weiß, daß mein Verständnis für kulinarische Erfordernisse begrenzt ist, da Roboter nur aus Höflichkeitsgründen Nahrung zu sich nehmen«, sagte Mandelbrot, »aber besteht nicht die vage Möglichkeit, daß mehr Verzehr zu verfrühtem Wiederhervortreten eines bedeutenden Teils deiner Mahlzeit führen wird?«

»Dass lass meine Ssorrge ssein!» sagte Wolruf und rülpste unhöflich, ehe sie den nächsten Bissen nahm. »Hab' heute noch nicht' ssu essen gekrriegt!«

Derec stellte sich auf die Zehenspitzen, um Ariels Ohr näher zu sein (sie war mehrere Zentimeter größer) und flüsterte ihr aus dem Mundwinkel heraus zu: »Bilde ich mir das nur ein, oder steckt Wolruf wirklich soviel weg?«

»Sie hat eben wegen ihres regen Stoffwechsels einen gesunden Appetit«, flüsterte Ariel zurück.

Derec hob die Augenbrauen. »Hoffentlich macht Wolruf das nicht, seit du zu mir aufs Dach gekommen bist. Wenn sie weiterhin in diesem Tempo unsere Rohstoffe verbraucht, könnte es sein, daß sie höchstpersönlich für eine Energiekrise sorgt.«

»Außerdem ist es bei ihrem Volk der Brauch, große Mahlzeiten zu sich zu nehmen. Vielleicht eine Sublimierung seiner anderen tierischen Bedürfnisse.«

»Du meinst, ihre Gattung könnte die Evolution als Fleischfresser begonnen haben, aus denen Vegetarier wurden, die sich durch umfangreiche Mahlzeiten von dem Drang befreit haben, zu töten, um zu essen?«

»Die Neigung zur Gewalt war es eigentlich nicht, was ich im Sinn hatte.«

»Hmmm. An dem gemessen, was ich an Sublimierungen ihrerseits erlebt habe, ist es kein Wunder, daß ihre Rasse von der Raumfahrt erst erfuhr, als ihre Heimatwelt von Fremden besucht wurde. Sie war einfach so sehr mit Rülpsen beschäftigt, daß keine Zeit für wissenschaftliche Betätigung blieb.«

Derec hatte seine Bemerkung ohne böse Absicht getan, doch Ariel wirkte echt schockiert. »Weißt du was, Derec? Deine Vorliebe für platte Witze versetzt mich immer wieder in Erstaunen.«

»Sso, jetz' rreicht' ss mir von diesser Unterrhaltung«, sagte Wolruf mit vollem Mund und sah endlich von ihrem Plastikteller auf. »Iss' Brauch bei meinem Volk, ssu essen biss rrichtig voll, immer wenn Nahrung vorhanden iss. Tiefsitzender Insstinkt, geboren auss den Unbilden ungezählter Jahrhunderte der Jagd.«

Mandelbrot hörte auf, die Knöpfe der Essensausgabe zu betätigen, drehte sich um und blickte auf das hundeähnliche Geschöpf herab. »Verzeihe mir, Wolruf, vermutlich steht es mir nicht an, Beobachtungen dieser Art zu äußern, aber ich schätze, daß du, nachdem die dem Mahl abgewonnene Energie in deinen Köperzellen gespeichert ist, null Komma null-null-eins Prozent deiner natürlichen Schnelligkeit einbüßen und somit deine Überlebenschancen verringern wirst, wo Flinkheit angebracht ist. Deine nächste Mahlzeit würde, falls sie so groß wie diese ausfällt, den Schaden vergrößern.«

»Wenn sie schon nicht rennen kann, kann sie immerhin rollen«, sagte Derec und ging quer durch die Eingangshalle auf die Außerirdische und den Robot zu.

Die linke Seite von Wolrufs Maul zuckte, als sie ein Knurren von sich gab. Sie spitzte ein Ohr in Richtung der Menschen und richtete das andere nach hinten auf den Robot. »Bin überrzeugt, Menschen haben keinen Humorr.«

Derec erinnerte sich, wie struppig Wolrufs braun und gold gescheckktes Fell gewesen war, als er sie während seiner Gefangenschaft bei dem Außerirdischen namens Aranimas kennengelernt hatte. Nun war es glatt und fühlte sich weich an, zweifellos dank der dietätischen Verbesserungen, die die Roboter vorgenommen hatten. Mit ihrem flachen Gesicht, den ungewöhnlich langen, spitzen Ohren und ihren scharfen Zähnen erinnerte sie an einen Wolf. Ihre gelblichen Augen zeugten von grimmiger Intelligenz, die Derec gemahnte, daß sie einer Kultur angehörte, von der er praktisch nichts wußte, daß sie ein Geschöpf war, das in einer weniger von anderen Rätseln beherrschten Welt für ihn neu, seltsam, wunderbar — und vielleicht gar gefährlich gewesen wäre.

Im Gegensatz dazu war Mandelbrot verläßlich, altmodisch und durchschaubar, und um so wunderbarer, als Derec ihn eigenhändig aus Ersatzteilen gebaut hatte. Diese Ersatzteile hatte Aranimas geliefert und ihm Wolruf als Hilfskraft zugeteilt. Mandelbrot war darauf programmiert, Derec unter allen Menschen den Vorrang einzuräumen. Die übrigen Roboter von Robot City waren programmiert, vorrangig Dr. Avery zu dienen, so daß Derec sich nie ganz darauf verlassen konnte, daß sie seine Anweisungen buchstabengetreu befolgen würden. Wenn sie es taten, verstießen sie manchmal gegen den Geist dieser Anweisungen. Mandelbrot dagegen hielt sich auch an ihren Geist.

Derec machte den Robotern der Stadt ihr häufig ausweichendes Verhalten nicht zum Vorwurf. Was konnte man schon anderes von einem Robot erwarten, solange solches Verhalten nicht gegen die Drei Gesetze verstieß?

»Wie ist Ihre Meditation verlaufen, Derec?« erkundigte sich Mandelbrot. »Haben Sie Einsichten gewonnen, die Sie uns mitzuteilen bereit wären?«

»Nein, aber es ist mir gelungen, ein paar Drähte zu entwirren.« Noch ehe Mandelbrot — der dazu neigte, Derecs Bemerkungen ganz und gar wörtlich zu nehmen — fragen konnte, was für Drähte und wo die sich wohl befänden, erzählte Derec von dem aufsehenerregenden Gebäude, das die Stadt hervorgebracht hatte. »Es paßt von Konzept und Prinzip her überhaupt nicht zur minimalistischen Bauweise der Stadt, so als sei es das Produkt eines völlig unabhängigen Geistes.«

»Nein, hierr gib 'ss doch Zellen«, widersprach Wolruf. »Kann ssich um' ss Errgebnis nie dagewesenerr evolutionärerr Entwicklung handeln.«

Derec rieb sich das Kinn, während er darüber nachdachte, was Wolruf gesagt hatte. Vernünftig war es. Die DNS-artigen Codes der Stadt konnten mutieren und sich von selbst weiterentwickeln, genau wie Bakterien und Viren sich entwickelten, ohne Wissen der Menschheit oder das Einverständnis der zivilisierten Welten.

Mandelbrot nickte, als sei er tief in Gedanken versunken. In Wahrheit gingen seine positronischen Potentiale alle Informationen durch, die er seit jenem Moment zusammengetragen hatte, als er in Derecs Diensten erwacht war. Sie wählten alles für die vorliegende Situation Relevante aus, in der Hoffnung, daß sich die Sache in neuem Licht darstellen würde, wenn alle Informationen in einer zusammenhängenden Beobachtung vereinigt würden. Die Schlußfolgerung, die sich aus dieser mikromagnetischen Aktivität ergab, ließ leider zu wünschen übrig. »Es ist viel zu früh, zu spekulieren, was dieses Gebäude hervorgebracht hat, wer es gebaut hat oder warum. Allerdings muß ich freimütig gestehen, daß meine Privatdebatten mit den eingeborenen Robotern darauf hindeuten, daß ihre kreativen Bemühungen bestimmte Individuen zu etwas befähigen könnten, das die Wissenschaft als konzeptionellen Durchbruch bezeichnet.«

»Warum hast du uns das nicht eher erzählt?« fragte Derec entrüstet.

»Sie haben nicht gefragt, und ich hielt es bei keiner unserer Diskussionen der letzten paar Tage für angebracht«, erwiderte Mandelbrot.

»Ah«, meinte Ariel und riß die Augen auf. »Vielleicht haben die Roboter beschlossen, mit menschlichem Verhalten zu experimentieren, in der Hoffnung, damit empirisches Material sammeln zu können.«

»Hoffentlich nicht«, sagte Derec lakonisch. »Der Gedanke, eine Art wissenschaftliches Rollenmodell für sie geworden zu sein, stört mich.«

»Wie kommsst du drrauf, ssie würrden dich sstudieren?« fragte Wolruf schelmisch.

»Kommt schon«, sagte Derec ungeduldig. »Verschwenden wir keine Zeit!«

Draußen hatten die niedrigen dicken Wolken, die sich vom Horizont her auftürmten, den Schimmer zu reflektieren begonnen, der sich wiederum in den glänzenden facettenreichen Fassaden rings um Derec und seine Freunde widerspiegelte. Er hatte das Gefühl, als sei ganz Robot City in kaltes Feuer getaucht.

Und mitten in der Stadt der glühende Brandherd — mit wechselnden Farbschattierungen rotierend, als habe ein industrielles Hologramm von ungeheuren Ausmaßen die Struktur der Realität durchbrochen und die funkelnde Dynamik freigelegt, die unter der Oberfläche aller Materie verborgen lag. Es fiel Derec leicht, sich — aus reiner Freude an müßiger Spekulation — vorzustellen, daß das Glühen sich ausdehnte und nach und nach die übrige Stadt mit seiner Kühle überzog.

Die Reflektionen in den Gebäuden ringsum und in den Wolken über ihnen waren in der Tat so stark, daß einzelne Straßenlampen, die sich nach Bedarf automatisch ein- und ausschalteten, deaktiviert blieben. Die vier gingen Straßen entlang, die in reinen Blau- oder Rottönen schimmerten, als seien sie plötzlich in die aufnahmebereiten Feuer einer mythologischen Unterwelt versunken.

Deshalb erschien es Derec nur natürlich, anzunehmen, daß Mandelbrot und Wolruf sich deshalb nicht zu den Einzelheiten des ungewöhnlichen Strahlens äußerten, weil eine andere Sache ihre Gedanken in Anspruch nahm, und zwar die Geschwindigkeit der Roller, die er und Ariel durch die Straßen lenkten. Das Summen der Elektromotoren hallte von den Gebäuden wider, als sei eine Heuschreckenplage über sie hereingebrochen, und das Quietschen der Reifen, wenn sie Kurven nahmen, glich dem Heulen einer Photonenexplosion, die ihre Opfer in ein Antimaterie-Universum schleuderte.

Ariel hatte automatisch die Führung übernommen. Sie hatte die Roller selbst entworfen, während Derec mit anderen Dingen beschäftigt war, und sie hatte die Konstruktionsroboter eigenhändig überzeugt, daß die zusätzliche Antriebskraft für den Fahrer von

Vorteil sei, da sie die Möglichkeit böte, einen Teil des ›Todeswunsches‹ abzureagieren, den die Menschen mit sich herumschleppten. »Warum meint ihr denn, daß ein Erstes Gesetz — in der Robotik wie in der Humanik — überhaupt nötig ist?« hatte sie gesagt. Die Konstrukteure, die geistig durchaus gerüstet waren, praktische Probleme zu lösen, waren nicht darauf eingerichtet, mit dieser Art Logik umzugehen und hatten daher keine andere Wahl, als sich ihren Forderungen zu fügen.

»Derec! Können wir nicht langsamer fahren?« flehte Mandelbrot im Seitenwagen neben ihm, als sich das theoretisch stabile dreirädrige Gefährt heftig nach links neigte, um Derecs schwungvolles Einbiegen in eine breite Straße zu kompensieren. »Besitzt diese Angelegenheit eine Dringlichkeit, die zu erkennen mir bisher versagt war?«

»Nein! Ich versuche nur mit Ariel Schritt zu halten!« erwiderte Derec und konnte sich ein Lächeln darüber nicht verkneifen, wie sich Wolruf im Seitenwagen von Ariels Roller duckte, der ihnen beinahe fünfhundert Meter voraus war.

»Vielleicht mag Derec mir vergeben, wenn ich darauf hinweise, daß das Schritthalten mit Fräulein Burgess ein hoffnungsloses Unterfangen ist. Es wird Ihnen nie gelingen, warum also bei jeder sich bietenden Gelegenheit kostbare Energie auf den Versuch verschwenden?«

»Ich will einfach nicht, daß sie bedeutende Entdeckungen macht, ehe ich Gelegenheit habe, sie selber zu machen!« übertönte Derec den Fahrtwind.

»Wollen Sie damit sagen, daß wir vielleicht bald mit noch größerer Geschwindigkeit fahren werden? Derec, ich muß gestehen, dieser Gedanke läuft meiner gesamten in meinen Strukturen verankerten Weltsicht entgegen.«

»Nein — ich will sie zwar einholen, aber ein Selbstmörder bin ich nicht. Außerdem möchte ich wetten, daß dich alle Drei Gesetze der Robotik zwingen würden, mir Einhalt zu gebieten, falls ich aus diesem Roller noch mehr heraushole.«

»Nur, Ihr Tempo zu verringern«, erwiderte Mandelbrot. »Ich hätte jedoch einen Vorschlag, der uns, wenn er ausgeführt würde, beiden zum Vorteil gereichen könnte.«

»Und der wäre?«

»Auf Ihr Geheiß habe ich die Feinstruktur des Streckennetzes von Robot City studiert. Natürlich war das keine leichte Aufgabe, da diese Strecken sich immer verändern, aber ich habe einige Grundmuster entdeckt, die immer gleichzubleiben scheinen, ungeachtet dessen, wie sich die Stadt im einzelnen verändert . . .«

»Heißt das, du kennst ein paar Abkürzungen?« rief Derec.

»Ja, wenn ich Ihre Frage recht interpretiere, wollte ich genau das mitteilen.«

»Na denn: ›Führ uns voran Macduff!‹«

»Wie bitte?«

»Schon gut, das ist ein verfälschtes Zitat von Shakespeare — eine literarische Anspielung! Du sollst bloß sagen, wo es langgeht — wie ein Navigator! Beeil dich! Ariel ist uns weit voraus!«

»Verstanden, Derec. Sehen Sie das Gebäude dort zur Linken, das sich verschiebt?«

Indem er den Anweisungen des Robots folgte — ein ungewöhnliches Erlebnis —, führte Derec eine so komplizierte Abfolge von Kurven und Wendemanövern aus, daß er schon bald befürchtete, Ariel und Wolruf unmöglich überholen zu können, wie sehr Mandelbrot ihm auch das Gegenteil versicherte. Entsprechend ging er ein paar Risiken ein, die Mandelbrot für unnötig hielt. Er lenkte den Roller direkt über die Erhebungen neuer Gebäude, die aus den Straßen herauswuchsen, flog über Abflüsse hinweg wie ein Stuntfahrer oder fuhr über Brücken, die kaum breit genug für die Räder des Rollers waren. Mehr als nur einmal bewahrte sie nur Derecs Fahrgeschick — eine improvisierte Fähigkeit, deren Kultivierung er sozusagen Ariel zu verdanken hatte — davor, ihren Treffpunkt endgültig zu versäumen.

Dennoch wurde bald deutlich, daß ihre Bemühungen wohl umsonst waren. Wenige Häuserblocks von dem Gebäude entfernt verdichtete sich die Menge der Roboter zu einem Strom, der die Straßen verstopfte und das Vorankommen des Rollers erheblich behinderte. Derec hätte einfach hindurchpflügen und dabei Chaos und Verderben stiften können. Keiner — weder Mandelbrot noch die Robotüberwacher der Stadt — hätte ein Wort darüber verloren oder auch nur in einem Winkel seines positronischen Gehirns ein

Werturteil darüber gefällt. Ein Vorfall dieser Art hätte sich auch nicht auf künftige Beziehungen ausgewirkt. Roboter waren nicht darauf eingerichtet, etwas übelzunehmen.

Aber es war nicht Derecs Art, selbst einem künstlich intelligenten Geschöpf Schaden zuzufügen. Seit seinem Erwachen auf dem Bergwerksasteroiden, wenn nicht gar noch früher, hatte er den Verdacht, daß hinter den Potentialen positronischer Intelligenz mehr steckte, als selbst Susan Calvin, die legendäre Vorreiterin der Robotikwissenschaft, oder der geheimnisvolle Dr. Avery, der Robot City programmiert hatte, sich vorstellen konnten. Vielleicht lag es daran, daß die Gedankengänge eines Robots so rigoros nach menschlichem Vorbild strukturiert waren, daß Derec sie automatisch als geistige Brüder der Menschheit betrachtete. Vielleicht lag es daran, daß die Geheimnisse menschlicher Intelligenz nicht so vollständig erschlossen waren, daß es Derec schwerfiel, definitive Unterscheidungen zwischen dem eigenen Gehirn und dem dreipfündigen Platiniridiumklumpen der Roboter zu treffen.

»Du kannst deine Kapazitoren jetzt auskühlen lassen, Mandelbrot«, sagte Derec und verlangsamte den Roller auf stetige zehn Stundenkilometer, so daß er sich relativ bequem zwischen den Robotfußgängern hindurchschlängeln konnte. »Wir werden uns Zeit lassen.«

»Aber, wenn ich die Frage stellen dürfte: Wie steht es mit Fräulein Burgess? Ich dachte, Sie wollten vor ihr ankommen?«

»Na klar, aber wir sind so nahe dran, daß es darauf nun nicht mehr ankommt. Außerdem gibt es für uns noch anderes zu entdecken«, sagte er und machte spontan Halt vor einem Trio kupferhäutiger Roboter, das ihm den Weg verstellte. »Entschuldigung«, sagte er, mehr an den größten in der Mitte gewandt als an die anderen, »ich würde gern ein paar Fragen stellen.«

»Gewiß doch. Ich wäre froh, einem Menschen in jeglicher Weise behilflich zu sein, vor allem, da meine Sensoren Sie als einen der zwei Menschen ausweisen, die kürzlich die Stadt vor einem selbstzerstörerischen Impuls in ihrer Programmierung gerettet haben.«

»Ah, demnach schätzt du es, gerettet zu werden?«

»Natürlich. Die Reaktionen meiner positronischen Integrale auf die Ereignisse des Universums im allgemeinen entsprechen, so scheint es, in gewisser Weise annähernd menschlichen Emotionen.«

Derec konnte nicht widerstehen, sich mit erhobenen Brauen an Mandelbrot zu wenden und damit seinem Freund gegenüber anzudeuten, für wie wichtig er diese Worte des Robots hielt. Mit einem Schulterklopfen wies er ihn an, sitzenzubleiben, und stieg selbst vom Roller. Irgendwie kam es ihm unhöflich vor, herumzusitzen und Reden zu schwingen, während die Roboter standen.

»Wie heißt du?« fragte er den in der Mitte.

»Meine Bezeichnung lautet M334.«

»Und deine Begleiter?«

»Wir haben keine Nummern. Mein Name lautet Benny«, sagte der rechts von M334.

»Und ich heiße Harry«, sagte der zur Linken.

»Ihr seht alle aus wie hochentwickelte Bauroboter. Habe ich recht?«

»Ja«, sagte M334.

»Wieso habt ihr dann so komische Namen?«

Die Roboter sahen einander an. Derec hätte schwören können, daß in den Lichtern ihrer Sensoren so etwas wie Verwirrung erkennbar war. »Bennys Name und der meine sind kaum geeignet, sie komisch zu finden«, entgegnete M334 endlich. »Wir haben eine Menge geistiger Energie darauf verwandt, im 20. Jahrhundert nach gängigen Namen zu suchen, bis wir welche gefunden hatten, die, wie man uns versichert hat, den individuellen Parametern unserer positronischen Persönlichkeit auf eine Weise entsprachen, die wir nicht zufriedenstellend zu beschreiben wußten, was uns auch jetzt noch nicht gelingt.«

»Ihr fühlt euch demnach mit ihnen wohl«, sagte Derec.

»Nun, wenn Sie es so ausdrücken . . .« sagte M334. Er verstummte, was darauf hindeutete, daß Derecs Bemerkung einen Gedankengang ausgelöst hatte, der irgendwie die Grenzen seiner Programmierung sprengte. Das wirkte auf unheimliche Art menschlich.

»Das kann doch nicht der einzige Grund gewesen sein, warum Sie uns angesprochen haben«, sagte Harry in beinahe herausforderndem Tonfall. Derec vermerkte, daß er der kleinste der drei Roboter war. Zugleich spürte er, daß dieser Robot die stärksten

Persönlichkeitsmodule hatte. Auf jeden Fall war sein Tonfall barscher, wesentlich bestimmter als der jedes anderen Robots, dem Derec seit seinem Erwachen begegnet war. »Dürfte ich wohl bescheiden darum bitten, daß Sie uns mit den Gedanken vertraut machen, die Sie wirklich bewegen? Meine Gefährten und ich haben Orte aufzusuchen, haben Dinge zu tun . . .«

Ein echt barscher Robot, dachte Derec und nickte anerkennend. Obwohl die Möglichkeit bestand, seine Worte als herabwürdigend zu interpretieren, waren sie so gesittet und ruhig vorgetragen worden wie eine Bitte um Unterstützung. »Eure Eile hat doch wohl nichts mit euren Studien der Gesetze der Humanik zu tun, oder etwa doch?« fragte Derec.

»Soweit uns die Menschen dies zugestanden haben«, sagte Harry, so als wollte er Derec persönlich verantwortlich machen.

»Wir haben in unserer Freizeit alle Geschichten und Erzählungen gelesen, die uns der Zentralcomputer gestattet hat«, warf Benny ein.

»Sagtest du ›gestattet‹?« fragte Derec.

»Ja. Der Zentralcomputer findet manches zu revolutionär, als daß es den vermuteten Grenzen unserer Programmierung zuträglich wäre«, sagte M334. »Wenn ich für mich sprechen dürfte, handelt es sich um die Stoffe, an denen ich persönlich am stärksten interessiert bin. Ich habe den Verdacht, es würde einige der Fragen aufklären, die ich bezüglich der Menschheit habe, der wir vermutlich eines Tages dienen werden.«

»Ich will sehen, was ich tun kann, um die Programmierung des Zentralcomputers aufzuheben«, versprach Derec.

»Das wäre höchst erfreulich«, sagte Harry, »auch ich bin sicher, in künftigen Tagen werden wir auf diese Begegnung mit frischer Energie zurückblicken, die unsere Versorgungseinheiten durchströmt.«

Jetzt reicht's aber, dachte Derec. »Also, warum seid ihr so ungeduldig?«

»Liegt das nicht auf der Hand?« sagte Harry. »Genau wie alle anderen wollen wir einen Blick auf das beleuchtete Gebäude werfen! Wir haben so etwas noch nie gesehen. Natürlich sind wir neugierig.«

»Wieso?« fragte Derec.

»Weil unsere Integrale darauf in einer Weise reagieren, die wir noch nicht ausloten können«, sagte Benny. »Die Wirkung ist in der Tat ungefähr analog derer, die große Kunst bei aufgeklärten Menschen auslösen soll. Sie sind ein Mensch und müßten theoretisch künstlerische Erfahrungen gemacht haben. Sind Sie dafür verantwortlich?«

»Nein, auch meine menschliche Gefährtin nicht.«

»Und es gibt keine anderen Menschen in der Stadt«, sagte M334.

»Es sei denn, es gäbe einen unentdeckten Eindringling«, warf Mandelbrot ein, der nach wie vor im Seitenwagen saß, »was eine extrem unwahrscheinliche Möglichkeit darstellt, nachdem der Zentralcomputer wieder effektiv arbeitet.«

»Wie steht es mit dem Fremdwesen — dem Nichtmenschen, dem zu gehorchen und zu dienen Sie von uns verlangt haben?« fragte Benny.

»Nein, bestimmt nicht«, sagte Derec, der sich mehr mit ihren Reaktionen beschäftigte als mit dem Inhalt seiner eigenen Worte. M334 blickte unentwegt auf ihn herab. Benny gab sich irgendwie lässig; er hatte die Hände hinter dem Rücken verschränkt. Harry zappelte beinahe wie ein hyperaktives Kind, das gezwungen wird, an einem Ort zu verharren, der ihm mißfällt; er sah sich ständig nach dem erleuchteten Himmel über den nahegelegenen Dächern um und wandte sich Derec nur dann zu, wenn es absolut notwendig erschien. »Und wenn ich euch sagen würde, daß ich einen Robot gewissermaßen dafür verantwortlich mache?«

»Unmöglich!« sagte Benny.

»Roboter sind nicht kreativ!« sagte M334. »Unsere Programmierung läßt das nicht zu. Uns fehlt die Fähigkeit, unlogische Entscheidungen zu treffen, aus denen sich, nehme ich an, alle Kunst ergibt.«

»Dem möchte ich entschieden widersprechen!« protestierte Harry sogleich. »Im tiefsten Innern meiner logischsten Gedanken habe ich schon immer den Verdacht gehegt, daß Roboter über ein unbegrenztes Potential verfügen können, wenn sie nur darauf zugreifen können. Lassen Sie mich freimütig sagen, daß es mir schon immer logisch erschienen ist, daß an der ethischen Struktur des Universums mehr sein muß, als nur anderen zu dienen. Es muß etwas Unsterbliches geben, das alles Leben und alle Ausdrucksformen des Lebens durchzieht.«

»Und Roboter können als Teil dieses Lebens betrachtet werden«, sagte Derec mit einem Lächeln. »Mir will scheinen, daß deine These zutreffende Aspekte hat, die sich in logischer und angemessener Form erkunden ließen, vorausgesetzt, wir sind uns in bezug auf die Semantik einig.«

»Genau«, sagte Harry. »Ich möchte Ihre Aufmerksamkeit auf den antiken terranischen Philosophen Emerson lenken, der einige wissenschaftlich gesehen kuriose, aber dennoch interessante Gedanken über die Bedeutung des Lebens geäußert hat. Sie könnten für die Verbindung zwischen den unterschiedlichen Verläufen der Existenz auf den verschiedenen Planeten von Bedeutung sein.«

»Sobald ich dazu Gelegenheit habe, werde ich mir beim Zentralcomputer Zugang zu seinen Werken verschaffen«, sagte Derec und stieg wieder auf den Roller. »Danke, daß ihr euch Zeit genommen habt. Vielleicht suche ich euch drei später noch einmal auf.«

»Für uns wäre das ein Erlebnis, das an Vergnügen grenzt«, sagte M334 und winkte schüchtern, als Derec den Roller anwarf, beschleunigte und durch die Robotmenge davonfuhr, deren Dichte sich seit Beginn seines Gesprächs verdreifacht hatte. Mandelbrot duckte sich im Seitenwagen, als hätte er Angst, in der nächsten Kurve hinausgeschleudert zu werden.

»Was ist denn los?« fragte Derec. »Hast du Angst, gegen das Dritte Gesetz zu verstoßen?« fügte er hinzu, auf das Diktum anspielend, daß ein Robot nicht durch Untätigkeit zulassen durfte, daß er selbst zu Schaden kam.

»Ja, wenn auch möglicherweise unbeabsichtigt«, erwiderte Mandelbrot. »Es entspricht einfach nicht meiner Natur, Vorsichtsmaßregeln einfach zu mißachten, und es ist mir so vorgekommen, als hätten Sie einige dieser Kurven beinahe um Drahtesbreite verfehlt.«

»Es heißt ›um Haaresbreite‹. Außerdem hast du nichts zu befürchten. Die Menge ist dafür zu dicht. Als ich vorgeschlagen habe, uns das Gebäude aus der Nähe anzusehen, hatte ich nicht damit gerechnet, daß sich alle übrigen dasselbe vornehmen würden.«

In der Tat kamen sie jetzt nur noch mühsam voran, und Derec

sah sich dauernd gezwungen, anzuhalten und zu warten, bis ihm Gruppen von Robotern Platz machten. Gewöhnlich entdeckte er daraufhin, daß ihm bereits eine andere Gruppe in den Weg getreten war. Das Ganze wurde mit der Zeit eindeutig frustrierend. Endlich konnte Derec sich nicht mehr beherrschen und brüllte: »Also! Macht Platz! Macht Platz! Geht mir gefälligst aus dem Weg!«

»Gibt es einen Grund für diese Eile?« fragte Mandelbrot im Tonfall demütiger Geduld, den Derec in seiner gegenwärtigen Stimmung äußerst unangenehm fand. »Das Gebäude scheint sich nicht zu verändern. Es dürfte doch wohl unerheblich sein, ob wir es früher erreichen oder später.«

Derec spitzte die Lippen. Weil sie darauf programmiert waren, den Befehlen jedes Menschen zu gehorchen, solange diese nicht dem Ersten Gesetz oder vorangegangenen Befehlen ihrer wahren Herren widersprachen, machten ihm die Roboter schneller Platz als zuvor, aber das wollte nicht viel heißen. Nun konnte Derec den Roller zwar ein wenig weiter und mit ein wenig höherer Geschwindigkeit fahren, aber er mußte den Befehl ständig wiederholen.

Jede Gruppe von Zuhörern reagierte mit zerstreuter Fügsamkeit, und nie machte ihm eine Gruppe so schnell den Weg frei, wie er es gerne gehabt hätte.

»Sind Sie krank, Derec?« fragte Mandelbrot in plötzlicher Sorge. Ebenso plötzlich beugte sich der Robot vor, um mit Hilfe seiner Sensoren einen genaueren Blick auf Derecs Gesicht zu werfen. Die Bewegung ließ Derec erschrecken. Instinktiv wich er zurück, wobei fast der Roller aus dem Gleichgewicht geriet. Mandelbrot schien es nicht zu bemerken; er war ganz und gar mit seiner Inspektion beschäftigt. »Meine Sensoren registrieren einen Temperaturanstieg Ihrer Epidermis, und ich nehme ein lebhaftes rotes Glühen Ihrer Wangen und Ohren wahr. Muß ich daraus schließen, daß Sie erkrankt sind?«

»Nein, Mandelbrot«, sagte Derec zähneknirschend. »Ich bin einfach frustriert, weil ich nicht so schnell an das Gebäude rankomme, wie ich möchte. Es ist nicht daran zu rütteln, daß dein Neugierintegral nicht mit der gleichen Intensität arbeitet wie das eines Menschen.«

»Das liegt daran, daß Sie eigentlich gar keins haben. In dieser

Hinsicht werden Sie von Ihren Emotionen gelenkt, während mir gegeben ist, logisch zu erkennen, warum so viele Roboter — meist solche der Überwacher- und Konstruktionskategorie, wie Sie bemerkt haben — sich für dieses Phänomen interessieren.«

»So? Ich kann verstehen, wieso einige der hochentwickelten Roboter wie du . . .«

»Danke. Es erwärmt gewissermaßen meine Schaltkreise, wenn man mir ein Kompliment macht.«

». . . und M334 und seine Kumpane sich dafür interessieren, aber warum so viele?«

»Es wäre möglicherweise erhellend, zu vermerken, daß die führenden Überwacher der Stadt, Rydberg und Euler, sich die Aufgabe gestellt haben, mir bei Gelegenheit zahlreiche und vielfältige Fragen darüber zu stellen, wie es ist, sich längere Zeit in menschlicher Gesellschaft zu befinden. Man könnte sogar sagen, sie haben mich in dieser Hinsicht rigoros verhört.«

»Was haben sie?«

»Mich verhört. Ihre Wortwahl — den Dialogen antiker Spielfilme entnommen, glaube ich, die sie sich ansehen, um aus ihnen etwas über jene Lebewesen zu erfahren, denen zu dienen sie programmiert zu sein glauben.«

»So? Und was hast du ihnen über mich erzählt?«

»Über Sie eigentlich nur wenig. Ihre Befragung war allgemeiner gehalten.«

»Nun bin ich unsicher, ob ich erleichtert sein soll oder nicht.«

»Ich bin überzeugt, welche Entscheidung Sie auch treffen werden, sie wird für Sie die beste sein. Jedenfalls habe ich ihnen erzählt, daß einer der ungewöhnlicheren Aspekte menschlicher Existenz die tagtägliche Wandlung ist. Im Zuge der Veränderung von Umständen und Umweltfaktoren ändert sich die persönliche Einstellung des betreffenden Menschen. Jeder Tag, an dem etwas Unerwartetes passiert, wie klein und unbedeutend auch immer, ist ein Tag ohne Langeweile. Offenbar sind ständige neue Erfahrungen wichtig für die fortgesetzte geistige Gesundheit und das Wohlergehen jedes einzelnen Menschen. Der Grad des Interesses, den diese Roboter für das Gebäude aufbringen, könnte durch die Tatsache bedingt sein, daß es neu ist und sie für sich entdecken wollen, was es mit dem Begriff des ›Neuen‹ auf sich hat.«

»Verstehe«, sagte Derec mit einem Nicken. Er hatte angehalten und wartete, bis eine weitere Gruppe ihm Platz machte, aber statt die Bremse zu lösen und den Beschleuniger zu betätigen, schob er den Roller an eine Hauswand und stellte ihn dort ab. »Komm, Mandelbrot, laß uns zu Fuß gehen.«

»Verzeihung, ich dachte, Sie seien in Eile.«

»Nun ja, entweder hat mich die Erleuchtung, die mir deine Antworten eingetragen haben, dazu gebracht, mich den Umständen anzupassen — oder ich habe entschieden, daß wir schneller vorankommen, wenn wir mit dem Strom schwimmen. Du kannst es dir aussuchen.«

Aber schon nach wenigen Schritten blieb Derec stehen, als er neben sich eine merkwürdige Leere spürte. In der Tat hatte Mandelbrot nicht mit ihm Schritt gehalten. Der Robot war neben dem Seitenwagen stehengeblieben, den Kopf zur Seite geneigt, als müsse er tief nachdenken. »Mandelbrot? Wo bleibst du?«

Der Robot schüttelte den Kopf, als sei er aus einem Traum aufgewacht. »Verzeihung, ich wollte Sie nicht aufhalten. Es geht nur darum, daß ich mangels ausreichender Informationen unfähig bin, diese Wahl zu treffen.«

Derec richtete verzweifelt die Augen gen Himmel; die Wolken glühten leuchtend rot, als stürze der Planet einem gigantischen Stern entgegen. »*Beides* trifft zu, Mandelbrot. Ich hab' mir nur einen kleinen Scherz erlaubt — habe versucht, ironisch zu sein; humorvoll, wenn du es so willst.«

»Humor und Ironie sind subjektive Bestandteile menschlichen Erlebens, die mich immer wieder verwirren. Sie müssen sie mir bei Gelegenheit einmal erläutern.«

»Das Wortspiel ist die niedrigste Form des Humors — und wenn du dich jetzt nicht beeilst, erfinde ich eine noch niedrigere! Gehen wir!«

Derec war ein wenig verlegen; die Bermerkung war ihm in unbeabsichtigt scharfem Tonfall herausgerutscht, und er hatte etwas dagegen, im Umgang mit Robotern reizbar zu sein. Er empfand das als unhöflich. Aber er mußte zugeben, daß seine spontane

Beschimpfung zwei Auswirkungen auf Mandelbrot hatte, eine positive und eine negative. Die positive war, daß Mandelbrot Derec während der nächsten paar Minuten nicht von der Seite wich. Die negative war, daß Mandelbrot fortfuhr, sich nach den Feinheiten des Humors zu erkundigen, bis Derec nichts anderes übrigblieb, als ihm regelrecht zu befehlen, er solle das Thema doch später wieder anschneiden. Wieviel später erwähnte Derec nicht, so daß Mandelbrot jederzeit darauf zurückkommen konnte. Derec vertraute darauf, daß die Erkenntnisprogrammierung des Robots ihm erlauben würde, zu warten, bis Ablenkungen von dem, was sie derzeit beschäftigte, weniger störend waren.

Die Menge auf dem Platz vor dem Gebäude stand dichter gedrängt als jede andere, die Derec je zuvor gesehen hatte. Er wußte das natürlich nicht, weil er sich nicht an Versammlungen erinnern konnte, die er in seiner umnachteten Vergangenheit erlebt hatte. Die Gewißheit ging von der Enge in seiner Brust aus, von dem erstmals empfundenen Kribbeln seiner Haut und dem plötzlichen — schwer zu beherrschenden — Bedürfnis, die Flucht zu ergreifen, so schnell wie möglich vom Platz zu verschwinden und einen Ort zu finden, wo es sich leichter atmen ließ.

Roboter brauchen nicht zu atmen, sagte er sich und konzentrierte sich zur Beruhigung ganz auf rationales Denken. *Du bist hier der einzige, der die Luft verbraucht.*

Nach einem Moment war ihm klar, daß es nur das unerwartete Gefühl war, von allen Seiten eingeengt zu werden, was ihn nervös machte. Zögernd hatte sich eine Erkenntnis in seinem Bewußtsein herausgebildet, und ihre Flüchtigkeit war ein unbeachteter Faktor der von ihm empfundenen Bedrängnis. Denn nicht einmal auf der Rockliffe-Station, wo Derec den laufenden Robotverkehr von einer wichtigen Kreuzung ferngehalten hatte, damit sie den Schlüssel zum Perihel stehlen konnten (den sie auch jetzt noch brauchten, um von dem Planeten zu entkommen), hatten sich die Roboter so dicht um ihn gedrängt. *Hmm. Möchte wetten, wenn ich meine Erinnerung wiederbekomme, wird sich herausstellen, daß ich größere Ansammlungen überhaupt nicht gewohnt bin,* dachte er.

»Mandelbrot«, flüsterte er, denn aus irgendeinem Grund wollte er nicht belauscht werden, »schnell, eine Schätzung: Wie viele Roboter sind hier versammelt?«

»Visuelle Überprüfung ergibt, daß der Platz selbst sechstausend Quadratmeter umfaßt. Jeder Robot nimmt wenig Platz ein, aber ihre natürliche Höflichkeit scheint sicherzustellen, daß sie einen gewissen Abstand voneinander einhalten. Ich würde schätzen, daß sich annähernd zehntausend Roboter hier befinden.«

»Hast du die mitgezählt, die unter dem Gebäude stehen?«

»Zehntausendvierhundertzweiunddreißig.«

»Ich kann Ariel oder Wolruf nicht entdecken. Du etwa?«

»Trotz meines breiteren visuellen Spektrums kann ich es nicht. Soll ich einen Riechtest vornehmen?«

»Nein. Ich hoffe, sie sitzen in der Menge fest.«

»Ist das ein Beispiel menschlicher Erbitterung?«

»Nein, nur das Bedürfnis nach ausgleichender Gerechtigkeit. Ich bin sicher, sie werden bald eintrudeln.«

Derec holte tief Luft, packte Mandelbrot am Ellbogen und arbeitete sich energisch mit ihm durch die Menge nach vorn. Nun, da sie zu Fuß waren, machten die Roboter ihnen beinahe automatisch Platz. Mit robotgemäßer Verzückung starrten sie ausnahmslos auf das rotierende Gebäude, dessen ständige Bewegung das Strahlen in jeden Winkel des Platzes schickte. Roboter jeglicher Färbung glänzten unnatürlich wie im ständigen inneren Zustand der Kaltverbrennung. Ihre Häute aus Kupfer, Wolfram, Eisen, Gold, Silber, Chrom und Aluminium spiegelten die Farben der Gebäudeflächen und fügten dem Schauspiel zusätzliche Nuancen hinzu.

Derec dachte immer wieder, die Roboter müßten heißlaufen, müßten kurz davorstehen, zu schmelzen wie Wachs, aber Mandelbrots Arm fühlte sich weiterhin kühl an, kühler noch als die Brise, die zwischen den Gebäuden hindurch auf den Platz wehte.

Was die Tetragonalpyramide selbst anging, so trat jede karmesinrote, indigoblaue, magenta- und ockerfarbene Fläche zweimal auf, einmal im oberen und einmal im unteren Abschnitt. Während die Wolken direkt über ihm eine bestimmte Farbe reflektierten, wurde der Platz um Derec herum von einer anderen überspült. Doch Derec nahm diesen Effekt nur nebenbei wahr. Er war ganz und gar mit den wechselnden Nuancen innerhalb der einzelnen Flächen beschäftigt.

Jeder Farbton schien aus halbtransparenten Feldern aufgebaut zu sein, die man wahllos übereinandergelegt hatte. Farbbehälter — einige gefüllt mit brodelnder Flüssigkeit, andere nicht — schoben sich zwischen den Feldern hindurch wie hoffnungslos verknotete Schlangen. Obwohl diese Behälter außerdem zitternde Auswüchse besaßen, die noch zu den unvorhersehbaren Strukturen beitrugen, blieb die Zahl der variierenden Elemente konstant, wenn auch der Eindruck entstand, als seien hier unvorstellbare Kräfte strenger und rücksichtsloser Kontrolle unterworfen.

Die karmesinroten Flächen hatten etwas von einem tobenden Inferno. Die indigoblauen Flächen erinnerten ihn an die ständig wechselnde Darstellung der Wasser auf einhundert Welten, aus eintausend Meeren. Das Magentarot war sowohl Feuer als auch Wasser, verschmolzen zur widersprüchlichen Beschaffenheit der Blätter einer zarten Rose, die jedoch aus robusten Fasern besteht. Und der Ockerton war eine Kombination aus den Farben von Weizen im gleißenden Licht der untergehenden Sonne, von Lava, die sich über einen verbrannten Hang ergießt und von Protuberanzen, die sich in mächtigen Schwaden aus einer fluktuierenden Nova erheben. All das und noch viel mehr war dort eingefangen, in einem Raum, der über zwei getrennte, deutlich unterschiedene Massen verfügte: die marmorähnliche Masse des eigentlichen Gebäudes und die luftige Masse der Ewigkeit, wie sie am Rand des Universums aussehen mochte.

Letztlich war die Absicht dahinter unklar, wenn nicht gar rätselhaft. Derec war sich nicht sicher, welche Bedeutung die Form des Gebäudes hatte. Allerdings war er nun, da er es aus der Nähe betrachtete, mehr denn je überzeugt, daß jeder Zentimeter auf das zweckbestimmte Handeln eines Geistes zurückzuführen war, der sich bemüht hatte, ein bestimmtes Rätsel auf ganz bestimmte Weise zu lösen. Ein selbst erdachtes Rätsel.

Derec mußte in Erfahrung bringen, wie die Konstruktion selbst vonstatten gegangen war. Offensichtlich hatte der Erbauer herausgefunden, wie man einen Abschnitt individueller metallischer Zellen im Zentralcomputer von Robot City umprogrammierte. Möglicherweise hatte er eine Art metallischen Virus in das System eingegeben, einen Virus, der sich nach vorgegebenen Parametern verhielt. Derec hätte nicht einmal gewußt, wie er die eine oder andere Aufgabe angehen sollte. Daraus ergab sich, daß ein Robot sich nicht nur das Gebäude ausgedacht, sondern auch im Softwarebereich einige wissenschaftliche Durchbrüche erzielt hatte.

Somit hatte der Robot — falls es sich um einen Robot handelte — zwei Ebenen überlegenen Denkens erreicht, die von der Theorie her das positronische Denkvermögen überstiegen. Wie viele weitere Ebenen konnte der Robot erreichen — nein, *hatte* er wohl bereits erreicht?

Derec stellte fest, daß er, ohne sich dessen bewußt zu sein, unter das Gebäude getreten war, um zu beobachten, wie es sich über ihm drehte. Im Augenblick strahlte es sargassoblau auf ihn herab. Er sah sich nach Mandelbrot um, über dessen metallene Haut die Reflexionen von einhundert Strömen liefen.

Wiederum war er erstaunt, daß selbst aus dieser Nähe keine Hitze zu spüren war. Und als er die Hand hob, um das Gebäude zu berühren, war seine Oberfläche kalt wie der Körper eines Leuchtkäfers.

»Ist es das, was die Menschen Schönheit nennen?« erkundigte sich Mandelbrot mit seltsam stockender Stimme.

»Eine Form davon«, sagte Derec, nachdem er einen Moment darüber nachgedacht hatte. Er warf einen Blick auf Mandelbrot und spürte, daß der Robot noch mehr auf dem Herzen hatte. »Der Betrachter kann immer Schönheit finden, wenn er nur danach sucht.«

»Wird dieses Gebäude immer so schön sein?«

»Nun, das hängt von deinem Standpunkt ab. Die Roboter hier werden sich vermutlich an seinen Anblick gewöhnen, vorausgesetzt, es bleibt lange genug stehen. Es wird jedoch zunehmend schwieriger werden, es mit neuen Augen zu betrachten, wenn es das ist, was du meinst.«

»Verzeihen Sie, ich bin mir selbst nicht ganz sicher, was ich meine.«

»Schon gut. Das ist unter diesen Umständen nicht anders zu erwarten.«

»Demnach hatte ich vorhin recht: Neuheit ist ein wesentlicher Faktor bei der menschlichen Reaktion auf Schönheit.«

»Ja, aber es gibt keine Regeln dafür, was Schönheit ausmacht, nur gewisse Richtlinien. Das ist vermutlich ein Grund, warum wir Menschen euch Roboter manchmal so zur Verzweiflung bringen.«

»Dazu sind Roboter nicht fähig. Wir akzeptieren Sie, ungeachtet dessen, wie unlogisch Sie sich im Augenblick verhalten.« Mandelbrot richtete seine optischen Sensoren erneut auf das Gebäude. »Ich denke, ich werde immer gleichermaßen von diesem Bau beeindruckt sein. Gewiß muß er doch, wenn er einmal schön ist, schön sein, solange er existiert.«

»Kann sein. Für mich ist er ebenfalls schön; aber soweit uns bekannt ist, besteht die Möglichkeit, daß deine positronischen Gehirnströme auf ganz andere Weise damit umgehen.«

»Ich entdecke eine Abkehr von Ihrem vorherigen Standpunkt.«

»Keineswegs. Ich akzeptiere lediglich, daß wir uns morgen vielleicht zusammensetzen und uns völlig einig darüber sind, wie das Gebäude aussieht, welche Farben es hat, wie sie sich verändern, ja sogar, welchen architektonischen Grundprinzipien es verpflichtet ist, daß wir aber dennoch das Ganze unterschiedlich wahrnehmen. Auch kulturelle Konditionierung hat großen Einfluß auf unsere Reaktion. Ein Fremdwesen, das so intelligent ist wie du und ich, könnte diesen Bau durchaus für den häßlichsten im ganzen Universum halten.«

»Im Moment kann ich diese Vorstellung nur als weit hergeholt einordnen«, sagte Mandelbrot, »erkenne jedoch eine gewisse Logik dahinter.«

Derec nickte. Er fragte sich, ob er sich nicht zuviel Mühe gab, dieses Erlebnis zu rationalisieren. Im Augenblick fiel es ihm selbst schwer, sich ein intelligentes Lebewesen vorzustellen, das dieses Gebilde nicht als die Essenz des Erhabenen empfunden hätte, aber er mußte sich natürlich über eine derartige Eventualität auslassen, nur um des Argumentierens willen. Nun ja, er mußte zugeben, das Argument war richtig, auch wenn er wenig Sympathie dafür aufbrachte.

Er konnte auch nicht umhin, sich zu fragen, ob alle Roboter der Stadt, die über genügend Intelligenz verfügten, dieses Gebäude als schön empfanden. Roboter erreichten, obwohl sie alle nach denselben positronischen Prinzipien gebaut waren, in Wahrheit stark unterschiedliche Intelligenzniveaus — im Sinne von Scharfsinnigkeit —, je nachdem, wie komplex ihre Intregrale waren und sie die Möglichkeit gehabt hatten, folgern zu lernen. Gleichermaßen intelligente Roboter waren sich von der Persönlichkeit her ähnlich und neigten dazu, Erfahrungen auf ähnliche Weise zu verarbeiten. Verschiedene Roboter, die untereinander keinen Kontakt hatten, reagierten ähnlich auf Probleme und zögen ähnliche Schlüsse.

Hier und jetzt allerdings wurden die Roboter auf dem Platz mit etwas konfrontiert, das sie nicht mit ihren individuellen Mitteln in ihrer Weltsicht einordnen konnten, und dies mußte zu Meinungsvielfalt führen.

Selbst wenn sie alle aus denselben minimalistischen Bauteilen konstruiert waren . . .

Insbesondere, wenn keiner von ihnen je zuvor Schönheit begegnet war.

Es war kein Wunder, daß das plötzliche Auftauchen dieses Gebäudes solches Aufsehen erregt hatte. Das heftige innere Erwachen und die tiefgreifendere Würdigung der Daseinspotentiale, die Mandelbrot im Moment beschäftigten, spielten sich zweifellos in irgendeiner Form in jedem der Roboter ab, die sich in ihrer Nähe befanden.

Derec blickte sich um und sah M334, Benny und Harry, die sich durch die Menge schoben, um sich den direkt unter dem Gebäude Versammelten anzuschließen.

»'tschuldigung!« sagte Harry beinahe lässig, als er mit einem verchromten Preßrobot zusammenstieß, der den kleinen Robot, wenn er gewollt hätte, innerhalb von fünf Komma vier Zentaden zu Schrott hätte verwandeln können. Doch der Preßrobot wich nur aus und wandte seine Aufmerksamkeit wieder dem Gebäude zu. Harry tat es ihm gleich, wandte sich jedoch nach einer Dekade erneut dem Presser zu und verkündete mit deutlicher Stimme: »'tschuldige, falls meine Integrale hier ihre Parameter überschreiten, aber mir scheint eindeutig erwiesen, daß deine Sensoren schlecht angepaßt sind, du solltest sie nachstellen lassen.«

Harry ließ nicht von dem großen Robot ab, bis dieser sich endlich herabließ, ihm zu antworten: »Es erscheint logisch, anzunehmen, daß du insofern recht hast, als deine Integrale tatsächlich ihre

Parameter überschreiten. Nichts an dir deutet auf das Vorhandensein auch nur der geringsten diagnostischen Fähigkeiten hin. Ich schlage vor, du beschränkst dich auf deinen eigenen Bereich.«

»Ist recht . . .« meinte Harry leichthin. Er wandte sich ab.

Derec sah zu, wie sie beide das Gebäude anstarrten. Er ließ die Szene, wie Harry die Schrottpresse angerempelt hatte, in Gedanken noch einmal ablaufen. Hatte die Art und Weise, wie Harry die Tat begangen hatte, nicht etwas von Absicht an sich gehabt? Und an der Art und Weise, wie er sich dafür entschuldigt hatte? Das einzelne Wort ›'tschuldigung‹ klang im nachhinein geradezu beiläufig, als entspringe Harrys Höflichkeit einer bloßen gesellschaftlichen Gepflogenheit, nicht einem durch Programmierung festgelegten Zwang.

Nein — das bilde ich mir nur ein, interpretiere zuviel in einen alltäglichen Vorfall hinein, dachte Derec.

Doch dann sah Derec zu seiner Verblüffung, wie Harry sich zu der Schrottpresse hinüberlehnte und sich in einem Tonfall, der gerade noch innerhalb der Höflichkeitsgrenzen blieb, erkundigte: »Mein Neugierintegral ist jetzt angeregt. Wie lautet deine Bezeichnung? Entweder deine wahre oder die, mit der du gerufen wirst. In meiner Anerkennung nehmen beide den gleichen Rang ein.«

Es folgte eine ausgedehnte Pause. Die Schrottpresse ließ währenddessen nicht von dem Gebäude ab. Schließlich antwortete sie: »Mein Name lautet Roburtez.«

»Roburtez«, sagte Harry, als müsse er die Silben aussprechen, um sie positronisch noch einmal zu hören. »Du bist ein ganz schön großer Robot, weißt du das?«

Da erst bedachte Roburtez Harry mit einem Blick. Vermutlich war es wieder nur Derecs Einbildung, aber er spürte, daß Roburtez' Haltung eindeutig herausfordernd war. Derec konnte nicht anders, er mußte annehmen, daß Harry absichtlich einen Streit vom Zaum brach.

Harry wartete einen Moment, dann sagte er: »Ja, ausgesprochen groß. Bist du sicher, daß deine Erbauer im richtigen Maßstab gearbeitet haben?«

»Ich bin sicher«, sagte Roburtez.

»Wenn das so ist, bin ich nicht sicher, daß du dir den geeigneten Namen ausgesucht hast. Dürfte ich einen Vorschlag wagen?«

»Welchen?« fragte Roburtez. Aus der Stimme des Robots waren weder Ärger noch Ungeduld herauszuhören, aber es fiel Derec nur allzu leicht, sie hineinzuinterpretieren.

»Bob«, konstatierte Harry tonlos. »Big Bob.«

Derec verspannte sich. Er hatte keine Ahnung, was als nächstes passieren würde. Hatte er recht mit seiner Annahme, daß Harry die Schrottpresse absichtlich provozierte? Wenn ja, in welcher Form würde die Konfrontation ablaufen? Prügeleien zwischen Robotern waren undenkbar, waren in der Geschichte der Roboterschaft noch nie dagewesen; verbale Auseinandersetzungen allerdings auch nicht.

Mehrere Augenblicke lang starrte Roburtez Harry nur an. Dann nickte die Schrottpresse. »Ja, dein Vorschlag hat seine Vorzüge. Big Bob also. So werde ich mich fortan nennen.«

Harry nickte. »Gern geschehen«, sagte er knapp, während der Robot, der nun als Big Bob bekannt war, sich wieder dem Gebäude zuwandte. Harry hob die Hand und richtete den Zeigefinger auf, als wolle er noch etwas sagen, wurde jedoch von Benny zurückgehalten, der ihn ablenkte, indem er ihm auf die Schulter klopfte. Das Aneinanderschlagen metallener Hüllen hallte leise über den Platz.

Benny sagte: »Du mußt dir die Sache einfacher machen, sonst wirst du weiterhin die größten Schwierigkeiten haben, dieses Menschsein zu bewältigen.«

»Ja, du hast recht.«

Derec schüttelte den Kopf. Er meinte, er müsse sich verhört haben, aber seine Ohren funktionierten offenbar tadellos. Hatte er richtig gehört? Was war das für eine Sache mit dem ›Menschsein‹, von der die Rede gewesen war? Gab es noch einen Menschen auf dem Planeten, oder meinten sie die Gesetze der Humanik? Er beobachtete sie noch eine Weile, um festzustellen, was als nächstes passieren würde. Aber Benny und Harry schlossen sich ihrem Freund M334 an und betrachteten erneut das Gebäude, sonst nichts.

Mit Sicherheit war dieser Vorfall bedeutsam gewesen, und Derec beschloß, dahinterzukommen, sobald sich die Gelegenheit ergab. Außerdem war er fest entschlossen, Harry und Benny über ihre Sprechweise zu befragen, die sich, was Sprachrhythmus und Vokabular anging, von der anderer Roboter eindeutig unterschied.

Derec fand sie erstaunlich, und er hatte den Verdacht, daß andere Roboter ebenso darauf reagieren würden. ›Big Bob‹, so etwas!

Während Mandelbrot weiterhin die hellrote Fläche anstarrte, ging Derec neben dem Fundament des Gebäudes in die Hocke. Etwa ein Viertel des Fundaments befand sich unter der Erde. Derec kroch vorwärts, um sich genauer anzusehen, wo das Gebäude tatsächlich begann. Er spürte an den Fingerspitzen die Maschinerie, die unter dem Plastbeton tätig war, doch die Vibrationen waren völlig geräuschlos.

Wieder berührte er das Gebäude. Es rotierte gerade so schnell, daß die glatte Oberfläche ihm bei genügend Druck mit den Fingerspitzen die Haut abgeschürft hätte. Die Oberfläche fühlte sich kühl an. Ihre Zusammensetzung schien sich radikal von den übrigen Plastbetonzellen zu unterscheiden, aus denen Robot City bestand. Der Erbauer, wer er auch sein mochte, hatte den Meta-Code analysiert und sich eine genau auf die erwünschte Wirkung abgestimmte Variation ausgedacht.

Das allein trug zu Derecs Verdacht bei, daß der Erbauer zusätzlich zu seinen anderen Leistungen das Rohmaterial der Stadt verändert hatte.

Gab es denn nichts, was dieser Robot nicht konnte? Derec überlief es kalt, als ihm die Konsequenzen der Fähigkeiten dieses Geschöpfs klarwurden. Möglicherweise würden sich allein die Drei Gesetze der Robotik als Beschränkung erweisen. Die Tatsache, daß es einen Robot mit solchem Potential überhaupt gab, konnte tiefgreifende Auswirkungen auf die sozialen und politischen Grundsätze der galaktischen Kultur haben und den Platz, den Roboter im Bewußtsein der Menschheit einnahmen, auf Dauer neu definieren.

Und Derec erschauerte noch heftiger, als er die entfernte Wahrscheinlichkeit erwog, daß Roboter den Menschen an Bedeutung übertrafen, und sei es nur um der Kunstwerke willen, die sie schaffen konnten — um der Emotionen und Träume willen, die sie hervorrufen konnten, sowohl in Robotern als auch in Menschen.

Du verlierst dich in Spekulationen, Derec, dachte er. *Nimm dich zusammen. Du und das Menschengeschlecht, ihr habt nichts zu befürchten. Noch nicht.* Mit neu erwachter Konzentration wandte er sich wieder seiner Untersuchung zu.

Doch er kam nur so weit, in die Schwärze des zwei Zentimeter breiten Spalts zwischen dem Gebäude und dem Plastbeton des Platzes zu starren. Er hörte nur einige Sekunden lang das leise Zischen der mächtigen Generatoren darunter. Dann unterbrach ihn eine vertraute Stimme, die seine sofortige und ungeteilte Aufmerksamkeit verlangte.

»Da bist du ja. Ich hätte mir denken können, daß du unnötigerweise irgendwo herumkriechst.«

Er fand sich mit Ariels Gegenwart ab, widerstrebend zwar, doch wiederspruchslos, wie immer. Ihren Worten zum Trotz ließ sie sich auf Händen und Knien nieder, um mit ihm zusammen den Spalt zu untersuchen. Er war sich nicht sicher, ob er erleichtert oder verärgert sein sollte, daß sie ihn endlich eingeholt hatte.

Sie nahm ihm die Entscheidung ab, denn sie sah nicht etwa den Spalt an oder berührte das Gebäude. Sie blickte ihm nur in die Augen.

»Was Interessantes gefunden?« fragte sie eifrig und atemlos mit heiserer Stimme.

Er mußte lächeln. »Einiges, aber nichts Definitives.«

Wolrufs Fell war gesträubt, als sie herankam, um die Stelle um den Spalt herum zu beschnüffeln.

»Was suchst du denn?« erkundigte sich Derec.

»Wass immerr ssich finden läßt«, sagte die Fremde. »Gerrüche, Gerräusche, alless.« Wolruf blickte zu Derec auf. »Ssehr interessant. Rriecht nach nichtss.«

»Ja, der Elektromotor, der dieses Gebäude dreht, arbeitet in der Tat optimal«, sagte Derec.

»Zweifellos so konstruiert, damit er nicht auffällt«, sagte Ariel.

»Hierr wirrd nichtss dem Zufall überlassen«, sagte Wolruf.

»Entdecke ich in deiner Stimme so etwas wie Bewunderung?« wollte Derec von ihr wissen.

»Ja. Meinessgleichen würrde ssagen, 'ss Gebäude iss' federleicht wie'ss Requissit von einem Taschensspieler. Auch die Wirrkung iss' entssprrechend.«

»Sagtest du Taschenspieler?« fragte Derec.

»Wolruf hat sich die letzten paar Tage bemüht, mir den Begriff zu erläutern«, sagte Ariel. »Bevor ihre Spezies zu Weltraumzigeunern verkam, hatte sie, was wir auf den ersten Blick als primitive Existenz bezeichnen würden. Aber ihr Volk verfügte über eine hochentwickelte Folklore, die zum Teil dazu diente, die Phänomene des Alltags metaphysisch zu erklären. Der Begriff des Taschenspielers fand bei diesen Erklärungen häufige Anwendung. Sie galten als Sprößlinge der Götter, die den Stammesangehörigen häufig Streiche spielten und oft bei den Abenteuern eines mythischen Helden eine bedeutende Rolle spielten.«

Derec nickte. Er wußte wirklich nicht, was er von alledem halten sollte. Er hatte genug damit zu tun, diese Roboter zu verstehen, und glaubte, im Augenblick nicht auch noch Informationen über Wolrufs Volk aufnehmen zu können. »Hör mal. Ich fühle mich ein bißchen beengt; außerdem glaube ich nicht, daß wir hier noch was herausfinden werden.«

»Wieso herausfinden?« fragte Ariel. »Warum nicht einfach genießen?«

»Das hab' ich hinter mir.«

»Das sagst du nur, weil du immer allen weismachen mußt, daß du ein Intellektueller bist.«

Derec zog fragend die Augenbrauen hoch und starrte sie unverwandt an, während ihn plötzlich einhundert Fragen beschäftigten. Wie konnte sie wissen, daß er anderen etwas weismachen wollte? Und was? Meinte sie ihre angebliche Zufallsbegegnung damals im Raumhafen? Allem Anschein nach war diese Begegnung kurz gewesen — zu kurz, als daß sie ein ›immer‹ hätte rechtfertigen können.

Natürlich überkam Derec der Wunsch, Bescheid zu wissen, aber die unschuldige Art, wie sie die Bemerkung hatte fallen lassen, mahnte ihn zur Zurückhaltung. Sie war sich vermutlich der Konsequenzen nicht bewußt gewesen. Wenn er sie jetzt ausfragte, wurde sie womöglich allzu vorsichtig; auf lange Sicht konnte er mehr Information aus ihr herausholen, wenn sie das Gefühl hatte, einfach drauflosreden zu können.

»Derec? Derec?«

Das kam von Mandelbrot. »Was ist denn?« antwortete Derec.

»Wenn ich mich recht erinnere, hatten Sie Interesse an dem Individuum geäußert, das für diesen Bau verantwortlich ist.«

»Ja, stimmt«, sagte Derec aufgeregt und vergaß die Bestürzung, in die ihn Ariels Unterstellung versetzt hatte.

Mandelbrot ließ seine verformbare Hand die Form eines Pfeils annehmen und deutete zum Rand des Platzes. »Dann würde ich vorschlagen, Sie unternehmen einen Spaziergang in diese Richtung, dorthin, wo sich die Roboter drängen.«

»Danke, Mandelbrot. Bis gleich.« Derec lächelte schwach und wies mit einem Nicken auf die Hand. »Netter Einfall«, flüsterte er. Dann ging er in die angegebene Richtung — wo in der Tat die Roboter dicht gedrängt standen. Jene, die sich nicht über Komverbindung unterhielten — ein Mittel zur vollständigeren und schnelleren Verständigung untereinander —, sprachen laut, vielleicht mit Rücksicht auf die anwesenden Menschen, vielleicht aber auch nicht. Dies war eine weitere Frage, deren Beantwortung Derec anstreben mußte.

»He! Warte auf mich!« rief Ariel.

»Aberr nicht auf mich«, sagte Wolruf. »Hab' wass gegen ssolches Gedrränge.«

Derec drehte sich um und wartete, bis Ariel ihn eingeholt hatte. »Das ist heute abend schon das zweite Mal, daß ich auf dich warten muß. Was hat dich eigentlich vorhin so lange aufgehalten?«

»Ach, ich bin zu schnell in die Kurve gegangen, und mein Roller ist umgekippt. Wolruf und ich waren unverletzt, nur ein bißchen durchgerüttelt. Aber vermutlich hab' ich überall blaue Flecken.«

»So? Die will ich mir später genauer ansehen.«

»Das würde dir so passen, wie?«

»Aus rein medizinischem Interesse.« Obwohl es ihm nicht recht war, sich so einschränken zu müssen. »Und wie geht's deinem Roller?«

»Natürlich Totalschaden«, sagte sie und zuckte lässig die Achseln.

Die Roboter in der Menge vor ihnen hatten sich um einen einzelnen Robot versammelt. Zunächst konnten Derec und Ariel nicht erkennen, wie er aussah.

Ariel tippte einem kleinen Baurobot auf die Schulter. Er drehte sich um. Wie das Schicksal wollte, handelte es sich um Harry. »Laß uns bitte durch«, sagte sie, weder richtiggehend höflich noch unhöflich.

»Wenn Sie es wünschen«, sagte Harry und trat pflichtbewußt beiseite, »aber es wäre mir lieb, wenn Sie darauf verzichten könnten, mich allzu weit abzudrängen. Ich kann ohnehin kaum alles mitbekommen.«

Ariel riß schockiert die Augen auf, aber Derec konnte sich ein Lächeln nicht verkneifen. »Ich würde dich gern mal untersuchen«, sagte er zu dem Robot, »wenn du Zeit hast. Paßt dir morgen vormittag — ganz früh?«

»Vielleicht ist es ganz gut, daß Sie den Wunsch haben, mich zu untersuchen«, sagte Harry. »Zufällig paßt morgen vormittag gut. Aber dürfte ich den Grund erfragen, warum Sie so bald den Mechaniker spielen müssen — oder warum Sie sich unter allen Robotern der Stadt ausgerechnet mich ausgesucht haben?«

»Hmmm. Ich möchte wetten, die Leute sagen so was auch immer zu ihren Menschendoktoren. Keine Sorge. An deinen Persönlichkeitsintegralen wird nicht herumgepfuscht.«

»Obwohl das ausgesprochen verlockend wäre«, warf M334 ein.

Die plötzliche Unterbrechung ließ Derec hochschrecken: Die anderen beiden hatte er fast vergessen. »Entschuldige«, sagte er, »aber hast du gerade versucht, sarkastisch zu sein?«

»Ich habe erbarmungslos alle Tricks studiert«, entgegnete M334. »Spott, dramatische Ironie, Übertreibung, und ich stehe bereit, sie jederzeit in Ihre Dienste zu stellen.«

»Nein danke«, sagte Ariel lächelnd, »er ist selbst ausreichend dafür gerüstet.«

M334 schüttelte den Kopf. »Ein Jammer. Aber zweifellos wird bald ein Mensch auf diesen Planeten kommen, der meiner Dienste bedarf. Vielleicht wird man mir sogar eines Tages gestatten, Kammerdiener im diplomatischen Korps zu werden.«

Benny hob die Hand und legte sie M334 auf die Schulter, genauso, wie er es bei Harry getan hatte. »Halt ein, Kamerad, meiner Ansicht nach ist es zu früh für derart grandiose Zielvorstellungen.«

»Menschen machen das so«, sagte M334. »Außerdem entwerfen sie Gebäude.«

Derec wich instinktiv zurück, als habe er Angst vor einer plötzlichen Explosion. Im allgemeinen drehten sich die philosophischen

Diskussionen von Robotern darum, wie man im Rahmen der Drei Gesetze den Menschen am besten dient. Dagegen hatten sowohl Benny als auch M334 von ihren eigenen Interessen gesprochen.

Hmmm, aber in normaler Sprache, vermerkte er. *Geschieht das automatisch, mir zuliebe, weil ich zufällig in der Nähe bin? Oder steckt ein verborgener Sinn dahinter, von dem ich nichts weiß?*

Und welchen tieferen Sinn hat ihre Diskussion überhaupt? Sie handeln doch aus einem bestimmten Grund so.

Derec rückte vor, um besser zuhören zu können. Doch ehe er ihre nächsten Worte mitbekam, schob sich Harry zwischen sie. Harry hatte diesen aggressiven Akt so rücksichtsvoll wie möglich ausgeführt, aber ärgerlich war es dennoch. »Harry, was fällt dir ein?«

Das Dritte Gesetz der Robotik verlangt, daß ich eine Anfrage mache«, sagte er.

»Das Dritte Gesetz lautet: *Ein Robot muß seine eigene Existenz schützen, solange dieser Schutz nicht dem Ersten oder Zweiten Gesetzt widerspricht.* Damit war die Tat erklärt, jedoch nicht die Ungehörigkeit. Derec seufzte ergeben. »Ja, Harry, worum geht es? Nein — warte eine Sekunde. Mandelbrot, bist du von alledem verwirrt?«

»Ja.«

»Dann, denke ich, sind diese drei tatsächlich komisch.«

»Ja, im Sinne unserer Unterhaltung von vorhin sind sie es.«

»Danke. Nun, Harry. Was hast du auf dem Robotherzen?«

»Bitte mißverstehen Sie mich nicht«, sagte Harry, »aber ich würde nicht damit fertig, wenn ein zielloser elektronischer Suchlauf meine sorgsam aufgebaute Lebensphilosophie durcheinanderbringen würde.«

»Entschuldige mal — was für eine Lebensphilosophie?« fragte Derec. Dann versteifte er sich, als ihm klar wurde, daß er sich da auf etwas einließ, das er selbst provoziert hatte.

»Seit ich eingeschaltet wurde, bin ich bestrebt, neben den Drei Gesetzen drei Lebensgrundsätze zu befolgen.«

»Ja?« sagte Derec unsicher, da er nun wirklich Angst vor der Antwort hatte.

Harry streckte einen Finger hoch. »Sicherstellen, daß ich zwölf

Stunden in jedem Zyklus abgeschaltet bin.« Zwei Finger. »Nie mit einem Robot, der nach einem Planeten benannt ist, dreidimensionales Schach spielen.« Drei Finger. »Und nie die Logik eines Robots anzweifeln, der sechzehn Kerben an seinem Betabeschleuniger hat.«

Derec starrte den Robot mit weit aufgerissenen Augen ungläubig an. »Wovon, um der Galaxis willen, redest du?«

»Humor, im Gegensatz zu Sarkasmus. Ich habe versucht, Gelächter zu erzeugen«, sagte der Robot in unüberhörbar defensivem Tonfall. »Ist nicht Humor eines der Persönlichkeitsmerkmale, die wir Roboter kennen und verstehen müssen, um der Menschheit angemessen zu dienen?«

»Äh, nicht unbedingt: jedenfalls hat das, soweit ich weiß, noch keiner geschafft. Andererseits kann es kaum schaden — es sei denn, der betreffende Mensch wäre einer von diesen seltenen Vögeln, die nicht auf Komik ansprechen und daher Lachen für ungesund oder sonstwie unerwünscht halten.«

»Nun, bisher sind meine Mitroboter überzeugt, daß ich im Hinblick auf das Unerwünschte erfolgreich bin. Ich möchte mich untertänigst entschuldigen, wenn meine Witze Ihrer Meinung nach nicht markig genug sind. Ich verspreche, meine Sache das nächste Mal besser zu machen, vor allem wenn Sie mir behilflich sind, meine Fehler zu korrigieren — die vielleicht gar nichts mit meinem positronischen Scharfsinn zu tun haben, sondern mit der Art meines Vortrags. Wäre das möglich? Was sagen Sie dazu?«

»Morgen. Gleich morgen. Ich verspreche es euch.« Ohne auf Antwort zu warten, nahm Derec die gleichermaßen verblüffte Ariel beim Arm und geleitete sie durch die Menge, die sie vom Hauptobjekt ihres Interesses trennte.

»Ob dieser Robot wohl alle Drähte im Schrank hat?« flüsterte sie.

»Wenn ja, würde ich vorschlagen, daß wir bei nächster Gelegenheit die ganze Stadt auseinandernehmen.«

»Hmm. Möglich«, antwortete Ariel und warf einen letzten Blick auf Harry. »In dem Fall wüßte ich genau, wo ich anfangen muß.«

Aber Derec hatte die Sache mit Harry und seinen Kameraden bereits vergessen, denn er bekam nun endlich freie Sicht auf den ruhigen Mittelpunkt des Geschehens: einen eher zart gebauten Überwacherrobot — zart trotz seiner mattgrauen Chromhülle, die dem schmalen Körper einen Hauch von Schwere verlieh. Die Spiegelungen des strahlenden Gebäudes auf seiner Haut waren um einiges schwächer als bei den anderen. Die Haltung des Robots deutete darauf hin, daß er unsicher war, wie er mit soviel Beachtung umgehen sollte. Er hatte wie schüchtern die Arme vor der Brustplatte verschränkt. Seine Schultern hingen herab, als sei sein Rückgrat durch einen Defekt verkrümmt. Gelegentlich richtete er sich auf oder hob einen Finger, doch im allgemeinen waren seine Bewegungen zögernd, seine Sprechpausen häufig, und oft waren seine Worte kaum zu verstehen.

»Ich begreife nicht, wie du mittels noch so schiefer Logik einen derartigen Schluß ziehen kannst«, sagte er soeben, offenbar auf die Frage eines großen ebenholzfarbenen Robots hin, der mit gekreuzten Armen finster auf ihn herabblickte. »Meine Gehirnbahnen sind so frei wie nie zuvor. Mein Verhalten entspricht ebenso dem Geist der Drei Gesetze wie das eines jeden Robots auf dem Planeten. Wenn nicht gar noch mehr, weil mir einige der Widersprüche unserer Position inhärent bewußter sind.«

Der Ebenholzschwarze — dessen Hülle so dunkel war, daß sie von spektralen Nuancen tiefschwarzer Schatten durchzogen wurde — erzitterte vor Empörung, hätte man meinen können. Eine Weile starrten die zwei sich nur an, und Derec hatte das unangenehme Gefühl, daß sie einander abschätzten.

Derec legte den Finger an die Lippen. Als Ariel nickte, um zu zeigen, daß sie verstanden hatte, steckte er die Hände in seine Gesäßtaschen und hörte mit wachem Interesse zu.

»Möglicherweise glaubst du ernsthaft, du hättest nur deine Pflicht getan, wie es sich für einen Robot gehört«, sagte der Ebenholzfarbene ruhig, »aber es steht dir nicht an, zu entscheiden, was deine Pflicht ist, und es steht dir nicht an, die Stadt nach deinen Vorstellungen umzugestalten. Deine Einstellung hat etwas gefährlich Anarchistisches.«

»Ich habe getan, was ich getan habe«, sagte der Graue und wandte mit einer Haltung den Blick ab, die Derec bei einem Menschen als verärgert beschrieben hätte. »Ich habe weder einem

Robot noch einem Menschen Schaden zugefügt, und gewiß nicht mir selber. Wenn du die Güte hättest, einmal deine Rezeptoren zu öffnen und dich nach empirischer Rechtfertigung für deine Ansichten umzusehen, würdest du erkennen, daß ich bisher lediglich das Bewußtsein der hier versammelten Roboter erweitert habe. Eine derartige Bewußtseinserweiterung kann sich nur positiv auswirken.«

»Das kannst du nicht beweisen«, entgegnete augenblicklich der Ebenholzfarbene. »Du kannst es nur annehmen.«

»Man kann mit Berechtigung annehmen, daß man das einzig Richtige tut. Sicher, unvorhersehbare Einflüsse können einigen Schaden anrichten, aber dieses Grundprinzip ist an und für sich kein Grund, inaktiv zu bleiben. Jedenfalls ist die Angelegenheit fürs erste erledigt. Was geschehen ist, läßt sich nicht ungeschehen machen.«

»Man könnte allen Robotern befehlen, zu vergessen, und sie würden es tun!« sagte der Ebenholzfarbene trotzig.

»Was ich vollbracht habe, ist stärker als die Erinnerung«, erwiderte der Graue. »Was ich getan habe, wird die positronische Funktion eines jeden Robots verändern, der meinen Bau gesehen hat. Befiehl ihnen ruhig, zu vergessen — mir ist es gleich.« Der Graue wandte sich ab, wie um sich zu entfernen. Doch statt dessen hielt er inne und sagte: »Andererseits muß ich dazu sagen, daß es besser für sie wäre, wenn sie wüßten, warum. Die Verwirrung, die das Vergessen mit sich bringt, führt häufig zur Überlastung — und damit ins Verderben. Wie vereinbart sich also dein Vorschlag mit den Drei Gesetzen?«

Einige Zeit hatte es den Anschein, als sei der Ebenholzfarbene von dieser Frage tatsächlich überwältigt. Dann korrigierte er seine Körperhaltung, trat ein paar Schritte vor, legte dem verchromten Robot die Hand auf die Schulter und starrte auf ihn herab, als würde er durch ein Elektronenmikroskop einen Kristall untersuchen. Die Augen des Ebenholzfarbenen waren so rot, daß sie aus ebenso vielen gleitenden Schichten überlagernder Farbtöne zu bestehen schienen wie die Fläche des Gebäudes. »Dein Bauwerk ist eine bemerkenswerte konzeptionelle Leistung«, sagte er zu dem Grauen. »Könnte es sein, daß du es einem bereits existierenden Entwurf nachempfunden hast?«

»Vergib mir, mein Freund«, entgegnete der Graue, »aber das Konzept ist mir einfach eines Nachmittags eingefallen. Ich habe reagiert, indem ich es verwirklicht habe. Hinzufügen möchte ich noch, daß der Zentralcomputer meine Anweisungen ignoriert hätte, wenn ich etwas verlangt hätte, das der Stadtprogrammierung widerspricht.«

»Wie interessant«, antwortete der Ebenholzfarbene und rieb sich die Hände. Derec rechnete fast damit, daß gleich die Funken sprühen würden. »Und wie lange, meinst du, wird dieses Gebäude uns erhalten bleiben?«

»Bis der Zentralcomputer direkten Befehl erhält, es abzureißen. Nur ich kenne den Code: obwohl ich mir vorstellen könnte, daß ein zu allem entschlossener Kritiker ihn herausfinden und aufheben könnte.«

Die Augen des Ebenholzfarbenen leuchteten auf. Derec verspannte sich, als er sah, wie der Schwarze sich zu ganzer Höhe aufrichtete. »Das ist Wahnsinn! Die Unlogik regiert! Deine Taten haben unwiderruflich in die Struktur unserer Existenz eingegriffen!«

»Keineswegs«, sagte der Graue ruhig. »Der Bau war der logische Ausdruck von Einflüssen auf meine Schaltkreise, seit die Menschen in unserer Stadt eingetroffen sind.« Zum ersten Mal wandte er sich mit einer angedeuteten Verneigung an Derec und Ariel. »Und wenn meine Vision den logischen Auswuchs der komplexen Interaktion meiner positronischen Bahnen darstellt, ist doch gewiß alles, was mir einfällt — und was ich in die Tat umsetzte —, eine schickliche und angemessene Aktivität, insbesondere dann, wenn es den Robotern hilft, die Vielfältigkeit menschlichen Verhaltens besser zu verstehen.«

»Wenn das so ist«, sagte der Ebenholzfarbene, »mußt du den Zentralcomputer umprogrammieren, damit er das Gebäude abreißt, und dann deine Gedächtnisspeicher offenlegen, um uns an den speziellen Nuancen deiner Gehirnstrukturen teilhaben zu lassen. Dann brauchst du nie wieder kreativ zu sein.«

»Das wird er schön bleibenlassen!« rief Derec aus. »Hör zu, Ebenholzfarbener, für wen du dich auch halten magst«, fügte er hinzu und stieß dem Robot den ausgestreckten Finger fast ins

Gesicht. »Bis hier andere Menschen ankommen, oder bis der Konstrukteur dieser Stadt seine Gegenwart bekanntgibt, bleibt dieses Gebäude stehen, solange es seinem — seinem Erbauer gefällt. Das ist ein direkter Befehl, der weder von der Zentrale noch sonstwie umgestoßen werden darf! Hast du micht verstanden? Ein direkter Befehl! Und er soll für jeden Robot in der Stadt gelten! Ausnahmen gibt es nicht!«

Der Ebenholzfarbene nickte. »Wie Sie wünschen.«

Derec konnte davon ausgehen, daß der Ebenholzfarbene seinen Befehlen aufs Wort gehorchen würde. Nur der Befehl eines Höherrangigen — das konnte nur Dr. Avery sein — oder eine zwingende Notwendigkeit im Sinne der Drei Gesetze konnte nun noch dazu führen, das Gebäude wieder abzutragen.

Und um diese Tatsache zu betonen, für den Fall, daß der Ebenholzfarbene versuchen würde, einen logischen Makel an seinem Befehl ausfindig zu machen, ignorierte Derec alle übrigen Roboter — vor allem den Ebenholzfarbenen — zugunsten des Grauen. Er wandte sich ihm zu und fragte: »Wie lautet deine Bezeichnung?«

»Lucius.«

»Lucius? Keine Ziffer?«

»Wie viele meiner Kameraden habe ich vor kurzem entschieden, daß meine ehemalige Bezeichnung nicht mehr treffend war.«

»Ja, das scheint in letzter Zeit häufig vorzukommen. Also gut, Lucius, ich denke, es wird Zeit, daß du und ich ein wenig spazierengehen.«

»Wenn Sie es befehlen«, erwiderte Lucius unverbindlich.

Kurz darauf geleiteten Derec und seine drei Freunde den Robot namens Lucius vom Platz. Die überwiegende Mehrheit der Roboter hatte sich wieder dem Gebäude zugewandt, doch Derec spürte nur allzu deutlich, daß ihm zwei rote Metallaugen nachstarrten, als wollten sie sich tief in seine Seele bohren.

Kapitel 3

Der Unterbrecher

Da er nun zu Fuß durch dieselben Straßen wanderte, die er zuvor mit dem Roller durchfahren hatte, nahm Derec die Gelegenheit wahr, festzustellen, wie sehr sich die Stadt in der Zwischenzeit verändert hatte. Seine Überlegungen wurden erschwert durch die Tatsache, daß seine vorherige Geschwindigkeit nicht recht den Umständen angepaßt gewesen war. Er hatte dabei nur flüchtige Blicke auf seine Umgebung werfen können und war sich nicht sicher, ob er sich auch nur halbwegs richtig erinnerte.

Doch selbst nachdem er die Mängel seiner Begutachtung in Betracht gezogen hatte, war er überzeugt, daß seither ganze Gebäude durch neue ersetzt worden waren, deren unterschiedliche geometrische Formen trotz ihrer Vielfalt aussahen, als seien sie mit der Gebäckform ausgestochen. An anderer Stelle waren ganze Häuserblocks verwandelt. Dagegen verliefen die Straßen mehr oder weniger in gleicher Richtung wie zuvor, obwohl zahlreiche verschlungene Biegungen hinzugekommen waren.

Je weiter sie sich von Lucius' Gebäude entfernten, desto mehr unerwartete Hindernisse traten auf: Metallarbeiten, eingezäunte Abflußgräben, Brücken und Kraftwerke. Derec war froh, daß zu seinen Talenten ein einigermaßen guter Orientierungssinn gehörte; sonst hätte er sich immer auf Roboter verlassen müssen, um sich zurechtzufinden. Dagegen war nichts einzuwenden — Roboter besaßen einen ausgezeichneten Ortssinn —, aber er durfte nicht damit rechnen, daß jeweils im entscheidenden Moment ein Robot zur Stelle sein würde.

Wo er sich auch befand, immer konnte er die Lichtstrahlen sehen, die von Lucius' Gebäude ausgingen. Sie hoben sich von der umgebenden Dunkelheit ab wie ätherische Schwerter, die sich aus einem Abgrund erheben, Schwerter, die sich tief in die Wolkenbänke hoch oben am Himmel bohrten. Die Wolken brodelten und wälzten sich dahin, dehnten sich am Himmel aus, als schüre das Licht ein verborgenes Feuer.

Die Gruppe um Derec — also Ariel, Mandelbrot, Wolruf und Lucius — ging schon eine Weile schweigend dahin. Derec hatte den Verdacht, daß alle, selbst Mandelbrot, ein paar Minuten brauchten, um nachzudenken und zu verdauen, was sie heute abend erlebt hatten.

Derec wünschte, es sei weniger schwierig, sich an das zu erinnern, was er über galaktische Geschichte und Bräuche wußte. Ihm war nicht nur seine persönliche Geschichte abhanden gekommen, sondern auch die Methoden, mit deren Hilfe er sich zu erinnern pflegte. Er hatte sein gesamtes geistiges Ordnungssystem eingebüßt und mußte sich in etwas hineinvertiefen, beispielsweise die Reparatur eines Robots, ehe es ihm wieder einfiel.

Dieser Zustand gefiel ihm nicht, weil ihm der Gedanke nicht zusagte, daß er und Ariel — die ebenfalls im Augenblick geistig beeinträchtigt war — als einzige jemals Robotern begegnet sein sollten, die zu eigenständigem, kreativem Denken fähig waren. Er fragte sich, ob Originalität bei Menschen wohl ebenso Resultat logischen Denkens wie transzendentaler Inspiration war.

Außerdem, wer wollte behaupten, Roboter hätten nicht auch ein Unterbewußtsein, das in der Lage war, ihre persönliche Abart von Inspiration zu erzeugen, der menschlichen weder unter- noch überlegen, sondern lediglich anders? Schließlich hatten die Menschen von der Existenz des Unterbewußtseins auch nichts gewußt, bis es von primitiven Wissenschaftlern und Ärzten beschrieben worden war, noch vor dem Zeitalter der Kolonialisierung. Hatte sich schon einmal jemand die Mühe gemacht, auf ähnliche Weise die geistigen Tiefen eines Robots zu erkunden? Es machte Derec Angst, daß ihm möglicherweise die furchtbare Verantwortung übertragen war, die geistigen Geburtswehen der Roboter mitzuerleben — und ihnen vielleicht gar dabei zu helfen. Dem fühlte er sich kaum gewachsen.

Andererseits, dachte er, *bin ich nicht der Typ, der sich eine Gelegenheit entgehen läßt. Kreative Roboter wären vielleicht in der Lage, den konzeptionellen Durchbruch zu schaffen und ein Heilmittel gegen Ariels Erkrankung zu finden.*

Diese Erkrankung war der Grund, warum sie von Aurora verbannt worden war, dessen Bevölkerung sich vor Krankheiten aller Art fürchtete. Zwar war es gelungen, sich von den meisten Leiden zu befreien, aber das, was Ariel sich zugezogen hatte, überstieg die Fähigkeiten der medizinischen Wissenschaft Auroras. Die dortigen Ärzte hatten weder diagnostizieren können, was ihr fehlte, noch konnten sie sie heilen. Auch die hiesigen Diagnostikroboter konnten nichts tun. Und Derec selbst war überhaupt nicht vorangekommen. Vielleicht konnte ein Team kreativer Roboter — deren Talent sich eher auf die Wissenschaft als auf die Kunst bezog — Erfolge erzielen, wo er versagt hatte.

Zunächst jedoch mußte Derec soviel wie möglich über das in Erfahrung bringen, was hier vorging — bei Lucius, bei Harry und den übrigen, selbst bei dem Ebenholzfarbenen. Seine Fragestellung hatte er längst formuliert, beschloß aber zu warten, weil es ihm widerstrebte, den Bann des Schweigens zu brechen, der die Gruppe befallen hatte.

Überdies sah Derec ein, daß es keinen Sinn hatte, Ariel in ein derartiges Gespräch einzubeziehen. Sie marschierte mit hängenden Schultern dahin, die Hände auf dem Rücken verschränkt. Ihre Miene war nachdenklich, ihre Brauen zusammengezogen. Derec wußte aus bitterer Erfahrung, daß es nicht gut war, sie in diesem Zustand anzusprechen. Nur selten ließ sie sich gefallen, aus einer depressiven Stimmung gerissen zu werden. Vielmehr rechtfertigte sie diese ungesunde Tendenz mit der Behauptung, ihre Launen gehörten ihr und sie ziehe es vor, sie zu genießen, solange sie andauerten.

Na ja, sie wird schon wieder aus ihrem Schneckenhaus hervorkommen, wenn sie soweit ist, dachte er. *Ich will nur hoffen, daß dieser Anfall von Introvertiertheit nicht mit ihrer Erkrankung zusammenhängt.*

Natürlich war es immer möglich, daß es ihr um ein wenig Aufmerksamkeit ging und sie negativ darauf reagierte, daß sie sie nicht bekam. Soeben hatte er beschlossen, das Risiko einzugehen, daß er sich ein paar unfreundliche Worte von ihr anhören mußte, um sie vielleicht angenehm zu überraschen, da überraschte Lucius ihn, indem er die Initiative ergriff und das Schweigen brach.

»Hat Ihnen meine Schöpfung Vergnügen bereitet?« fragte der Robot. »Verzeihen Sie, wenn es den Anschein hat, als würde ich die Schranken der Höflichkeit durchbrechen, aber ich interessiere mich natürlich für Ihre menschlichen Reaktionen.«

»Ja, freilich hat es mir Vergnügen bereitet. Es ist fraglos eines der spektakulärsten Bauwerke, an die ich mich erinnnern kann.« Ein wohlfeiles Kompliment, weil er sich an so wenig erinnern konnte — lediglich an vereinzelte Vorstellungen von Aurora und an das, was sich ereignet hatte, seit er mit Gedächtnisschwund aufgewacht war. »Die wichtigere Frage ist: Warst du damit zufrieden?«

»Der Bau erscheint mir für einen ersten Versuch gelungen. Seine logischen Mängel sind mir jedoch bereits allzu bewußt.«

»Es wird deine Schaltungen erwärmen, zu erfahren, daß sie anderen nicht bewußt sind.«

»Ja, da haben Sie recht«, erwiderte Lucius. »Und sie werden durch den Umstand erwärmt, daß ich beim Anblick des fertigen Werks ein seltsames Gefühl der Sinnerfüllung erlebt habe. Nun steht es meinem Geist frei, den nächsten Entwurf zu formulieren. Bereits jetzt erscheint es mir unangemessen, mich zu lange mit vergangenen Errungenschaften aufzuhalten.«

»Als ich dein Gebäude betrachtete, verspürte ich persönlich etwas, das ich immer mit dem menschlichen Begriff der Entdeckerfreude verbunden habe«, sagte Mandelbrot und verlieh dabei seinen Worten eine abgewogene Gleichmut, wie er sie im Gespräch mit Derec nie an den Tag gelegt hatte. »In der Tat fiel es meinen positronischen Bahnen leicht, mich ganz darauf zu konzentrieren.«

»Das freut mich«, sagte Lucius.

»Mich auch«, sagte Derec. »Ich meine nicht zu übertreiben, wenn ich sage, daß ich mir beinahe privilegiert vorkam, dieses Bauwerk betrachten zu dürfen.«

»Ich fühle mich doppelt geehrt«, sagte Lucius.

»Ich würde sogar soweit gehen, zu behaupten, daß nie zuvor in der Menschheitsgeschichte ein Robot solch eine Komposition hervorgebracht hat.«

»Noch nie . . .?« fragte Lucius. »Ich hatte mit Sicherheit angenommen, daß anderswo . . .« Der Robot schüttelte den Kopf, als müsse er diese Behauptung erst noch ausloten. Der Effekt war beunruhigend, und einen unheimlichen Moment lang erinnerte Lucius Derec an einen Menschen, der unter einem nervösen Tic leidet.

»Ich wüßte zu gern, was dich darauf gebracht hat, dich mit Kunst zu beschäftigen«, sagte Derec.

Lucius reagierte darauf, indem er plötzlich erstarrte und unverwandt geradeaus blickte. Alle, selbst Ariel, blieben stehen. Etwas schien schrecklich schiefzugehen.

Derec spürte ein furchtbares Zwicken in der Magengrube. Solche Angst hatte er nicht mehr gehabt, seit er allein und ohne Gedächtnis in der Rettungskapsel aufgewacht war.

Denn Lucius' Worte wiesen eindeutig darauf hin, daß er lediglich angenommen hatte, der erste in Robot City zu sein, der Kunstwerke schuf. Oberflächlich betrachtet war es keineswegs unvernünftig, davon auszugehen, daß es in einer der anderen Raumsiedlerzivilisationen Roboter gab, denen das Ersinnen und Verwirklichen von Kunst alltäglich erschien.

Roboter sind nicht darauf programmiert, die Initiative zu ergreifen, vor allem keine, über deren Konsequenzen man sich noch nicht im klaren ist. Sie sind es gewohnt, alles zu rationalisieren und gehen bei der Rechtfertigung ihrer Taten freizügig mit der Logik um. Derec war sicher, daß Lucius' unbewegliche Haltung das äußere Anzeichen dessen war, was sich in seinem Gehirn abspielte: Seine Schaltkreise rangen mit der unverrückbaren Tatsache, daß er eine nicht akzeptable Initiative ergriffen hatte, schafften es jedoch nicht, dies logisch zu rechtfertigen.

Es bestand daher die Gefahr, daß Lucius' Gehirn durchbrennen würde. Er würde den Tod eines Roboters durch positronische Abweichung erleiden, einen irreparablen geistigen Defekt — nur weil seine Programmierung vom Charakter her unfähig war, augenscheinliche Widersprüche aufzulösen.

Derec mußte sich beeilen. Der Körper würde sich natürlich reparieren lassen, nachdem die Katastrophe eingetreten war, aber das nutzlose Gehirn mußte man in den Wiederverwerter werfen. Die besonderen Umstände, die Lucius' Fähigkeit zu intuitiven Gedankensprüngen eröffnet hatten, ließen sich womöglich nie wieder herstellen.

Ein Ansatzpunkt! Ich brauche einen Ansatzpunkt, um Zugang zu Lucius' Bewußtsein zu kriegen! dachte Derec. *Aber was?*

»Lucius, hör mir genau zu«, sagte er mit verkniffenen Lippen. »Deine Gehirnfunktion ist in Gefahr. Ich möchte, daß du aufhörst, über bestimmte Dinge nachzugrübeln. Ich weiß, du hast Fragen, die dich beschäftigen. Aber es ist für dein Überleben entscheidend, daß du alle logischen Schaltkreise stillegst, die sich darauf konzentrieren. Hast du verstanden? Beeil dich! Denk daran, du tust es aus gutem Grund. Du tust es um des Dritten Gesetzes willen, das dir befiehlt, dich allezeit selbst zu schützen. Hast du verstanden?«

Als Derec zu sprechen begann, reagierte Lucius zunächst nicht. Derec zweifelte schon, ob seine Worte überhaupt in den positronischen Nebel eindrangen. Doch dann merkte Lucius auf und blickte sich zögernd um. Er hatte sich, wenn auch in eingeschränkter Form, wieder unter Kontrolle, war aber eindeutig immer noch gefährdet.

»Meinen Dank. Ihre Worte haben meine verschlungenen Gedanken fürs erste erfreulich geordnet. Ich bin dafür höchst dankbar. Es ist schwierig, der Menschheit zu dienen, wenn man völlig untauglich ist. Aber ich begreife nicht. Ich fühle mich so seltsam. Ist es dies, was die Menschen unter Gedankenstürmen verstehen?«

»Denk einfach nicht an dein physisches Funktionieren«, sagte Derec, immer noch besorgt. »Beschäftige deine Integrale vielmehr ausschließlich mit den Themen, die ich vorschlage.«

»Ich muß Sie respektvoll darauf hinweisen, daß das unmöglich ist«, entgegnete Lucius.

»Vielleicht könnte ich ihm einige Informationen vermitteln, die Ihnen zugute kommen, Derec«, sagte Mandelbrot.

Derec nickte zustimmend, worauf Mandelbrot zu Lucius sagte: »Erlaube mir, daß ich mich vorstelle, Kamerad. Mein Name ist Mandelbrot, und ich bin ein Robot. Aber kein Robot wie du. Du wurdest in einer Fabrik hier in Robot City hergestellt, mich dagegen hat Derec persönlich konstruiert. Er hat mich aus gebrauchten Teilen zusammengebaut. Diese wurden ihm von einem Fremdwesen zur Verfügung gestellt, das ihn gegen seinen Willen gefangenhielt. Möglich, daß Derec die Einzelheiten seines vergangenen Lebens nicht kennt, aber er ist ein hervorragender Robotiker. Er kann dir behilflich sein, dein Dilemma gedanklich zu bereinigen.«

»Aber das Denken fällt mir — fällt mir im Augenblick so schwer.« Lucius war zusehends dabei, wieder abzugleiten, in einen selbstgeschaffenen Gedankenstrom. Der Glanz wich allmählich aus seinen Sensoren, und aus dem Innern seines Körpers drangen seltsam klagende Laute.

»So, Lucius«, sagte Derec. »Ich möchte, daß du dich genauestens zurückerinnerst. Ich möchte, daß du dir alles ins Gedächtnis rufst, was, sagen wir, einige Stunden vor Einsetzen der Gedanken an dein Gebäude passiert ist. Ich möchte, daß du mir langsam und mit Sorgfalt alles genau erzählst. Kümmere dich nicht um augenscheinliche Diskrepanzen. Wenn du auf etwas stößt, das dir gefährlich vorkommt, werden wir uns damit auseinandersetzen, ehe wir weitermachen. Aber an eines mußt du dabei denken, ja?«

Lucius reagierte nicht.

»Ja?« wiederholte Derec eindringlich.

Lucius nickte.

»Ausgezeichnet. Als allgemeine Regel mußt du daran denken, daß die augenblicklichen Widersprüche im Lichte überlegener intellektueller Durchdringung schließlich erlöschen werden. Kannst du dir das merken?«

Lucius antwortete nicht und regte sich nicht.

»Antworte gefälligst!«

Verzweifelt klopfte er dem Robot an die Stirn — der Klang hallte von den Gebäuden wider.

Endlich nickte Lucius. »Ich verstehe«, sagte er schlicht.

»Dürfte ich etwas vorschlagen?« erkundigte sich Mandelbrot.

»Was du willst — aber schnell!«

»Lucius' Probleme entspringen seinem Glauben, daß er sich, als er der Stadt dieses Gebäude einprogrammiert hat, nicht an die Drei Gesetze gehalten und somit den rechten Pfad verlassen hat. Seine Auseinandersetzung mit dem Ebenholzfarbenen vorhin auf dem Platz mag zu seiner positronischen Unausgeglichenheit beigetragen haben, aber Worte allein hätten keinerlei Wirkung, wenn Lucius nicht schon selbst unbewußt auf die Möglichkeit vorbereitet gewesen wäre.«

»Soll das ein Vorschlag sein?« rief Derec ungeduldig aus. »Worauf willst du hinaus?«

»Verzeihen Sie mir, aber ein Robot versteht die Paradoxa der verhaltensmäßigen Umsetzung der Drei Gesetze besser als ein Mensch — nur daß bis jetzt ausschließlich Menschen intuitive Gedankensprünge gemacht haben. Nun frage ich Sie, Derec, was Sie Lucius fragen könnten: Woran liegt das?«

Derec wandte sich Lucius zu, stellte sich auf die Zehenspitzen und sprach direkt in die Gehörsensoren des Robots hinein. »Hör zu, Lucius. Ich möchte, daß du dich zurückerinnerst und mir von damals erzählst, als du deiner Meinung nach begonnen hast, anders zu sein als die übrigen.«

»Anders?«

»Für die Ausräumung von Zweideutigkeiten ist keine Zeit, Lucius — sprich! Warum bist du anders?«

Nach einer langgezogenen Pause — während derer Derec sein Herz schlagen hörte und seine Schläfen heftig pulsierten — hob Lucius wie hypnotisiert zu sprechen an. »Es geschah zu jener Zeit, da Sie und die mit Namen Ariel in der Stadt eingetroffen sind. Der Zentralcomputer hatte bereits Abwehrmaßnahmen gegen den Tod des Mannes eingeleitet, der aussah wie Sie.«

»Mein Doppelgänger, ja«, warf Derec ein und verschränkte die Arme. »Weiter.«

»Dem Fehlschluß folgend, die Stadt werde von geheimnisvollen, unbekannten, wenn nicht gar unsichtbaren Feinden angegriffen, schaltete der Computer sogleich auf Hochtouren und begann die Stadt mit nie dagewesener Geschwindigkeit umzugestalten, wobei er alle erwogenen Modifikationen bereits guthieß, ehe externe Faktoren wie Bedarf, Notwendigkeit und Angemessenheit in die Entwürfe integriert waren. Die Umgestaltungsrate wurde schon bald selbstzerstörerisch. Die Rohstoffquellen wurden aufs äußerste beansprucht. Die Klimabedingungen drohten den Siedepunkt zu erreichen. Die Stadt war dabei, sich selbst zu zerstören, um sich zu retten.«

»Daran kann ich mich noch gut erinnern«, sagte Derec.

»Verzeihen Sie, wenn ich das Offensichtliche kundtue, aber ich denke, es wird sich als relevant erweisen.« Lucius' Tonfall verriet keinerlei Erregung über Derecs Ungeduld. Zumindest diesbezüglich hatte der Robot keine Zweifel: Er befolgte nur seine Befehle. »Obwohl ich zugeben muß, weder dafür noch dagegen empirische Beweise gesammelt zu haben, halte ich es für gesichert, daß jeder Robot in der Stadt so sehr damit befaßt war, mit kurzfristigen

Direktiven Schritt zu halten, daß niemand bemerkte, daß sich eine Krise entwickelte.«

»Und was wäre deiner Meinung nach passiert, wenn es ein paar Robotern klar geworden wäre?«

»Sie hätten daraus schließen können, daß einige der kurzfristigen Direktiven in Wahrheit unproduktiv waren, was das Dritte Gesetz angeht, und sie hätten mit der Zentrale in Verbindung treten können, um sie zu veranlassen, daß sie ihre Befehle rückgängig macht.«

»Die Zentrale war doch völlig abgeschottet«, sagte Derec ungeduldig. »Das hätte in die Sackgasse geführt! Wie kommst du darauf, daß sie der Zentrale nicht gefolgt wären, selbst wenn sie sie für übergeschnappt gehalten hätten?«

»Weil *ich* es getan habe, weil ich die logischen Schritte vollzogen habe, die mir meine Schlußfolgerungen eingaben.«

»Ich nehme an, du hast mehrmals versucht, Verbindung aufzunehmen?«

»Und jedesmal lief die Interaktion darauf hinaus, daß die Leitungen nur in einer Richtung offen waren. Die Zentrale konnte zu mir sprechen, ich aber nicht zur Zentrale. Das kam meinen Neugierintegralen bedeutsam vor, da mir jedoch weitergehende Informationen fehlten, hatte ich keine Möglichkeit, die tiefere Bedeutung des Sachverhalts zu ergründen.«

»Und was hast du dann unternommen? Hast du dich den kurzfristigen Direktiven gefügt?«

»Nein. Ich hatte sie nun einmal als unproduktiv eingestuft, also blieb mir keine andere Wahl, als mit den mir zugänglichen Mitteln zu versuchen, eine logische, konstruktive Richtlinie zu bestimmen, die den Umständen entsprach. Ich ging durch die Straßen, beobachtete ihre Metamorphosen, untersuchte ihre Verwandlungen, versuchte die Grundstruktur festzulegen, von der ich glaubte, daß sie sich unter den veränderlichen Strukturen verbarg.«

»Sind dir andere Roboter aufgefallen, die es genauso machten — die einfach umherwanderten?«

»Nein. Andere Roboter, die ich zu sehen bekam, gingen schlicht ihren gestellten Aufgaben nach und führten ungeachtet der ungewöhnlichen Umwandlungsrate automatisch ihre Routinetätigkeiten aus. Es war wenig schmeichelhaft, so zu denken, aber ich betrachtete sie, zumindest in gewisser Hinsicht, als hirnlose Geschöpfe, die einfach taten, was man ihnen sagte, ohne auch nur einmal die langfristigen Konsequenzen ihrer Aktivität zu überdenken. Die Situation war völlig unannehmbar, aber was konnte ich tun? Ich konnte nur den Schluß ziehen, daß meine Ansichten nichts anderes waren als — eben Ansichten. Und zwar nicht unbedingt bessere als die der übrigen.«

»War das der Zeitpunkt, als es dir eingefallen ist — als du dein Bauwerk ersonnen hast?«

»Sie werden sich erinnern, daß es damals zu einer Reihe schwerer Regengüsse kam. Die Roboter verlagerten den Großteil ihrer Aktivitäten allmählich auf die Eindämmung der Fluten, waren jedoch weiterhin unfähig, das Problem an der Wurzel zu packen. Die Signifikanz dessen, was der Gang der Ereignisse über die oberflächliche Art aussagte, mit der wir unsere Gebräuche akzeptierten, entging mir nicht. Dieses blinde Hinnehmen schien mir in gewisser Hinsicht meinem einprogrammierten Daseinszweck zu widersprechen.«

»Und worin bestand nun diese Aussage?« fragte Derec.

»Damals war ich mir darüber nicht im klaren; es hatte den Anschein, als gebe es keinen konkreten logischen Gedankengang, auf den man angemessenen hätte zurückgreifen können.«

»Erzähl bitte weiter — du machst deine Sache gut. Bisher ist kein Verstoß gegen die Gesetze zu erkennen. Du brauchst dir keine Sorgen zu machen — ganz bestimmt nicht!«

»Ich entschied, daß ich genügend empirisches Material über die Stadt auf Straßenniveau zusammengetragen hatte. Nun mußte ich einen ungehinderten Blick auf den Himmel und die Regenfälle werfen, der nicht durch Gebäude verstellt war, ganz so, wie ich es mir bei einem Menschen in ähnlicher Situation vorstelle.«

Derec zuckte die Achseln. »Weiter.«

»Sobald mir der Gedanke gekommen war, handelte ich. So erpicht war ich, mein Ziel zu erreichen, daß mir nicht auffiel, was mir meine Sensoren unmißverständlich mitteilten: Die Straßen der Stadt hatten unter mir zu beben begonnen, ein Beben, das jede mögliche Vibration durch Regen und Wind überlagerte. Das Beben ging mir durch die Beine; es durchlief meinen Rumpf. Und als ich auf den nächstgelegenen Wolkenkratzer zuhielt, prickelten die Vibrationen in meinen Fingerspitzen.

Im Innern des Gebäudes angelangt, wurde mir klar, daß ich weiterhin unangemessen auf die Gewitterwolken über mir fixiert war. Ihre Schwarz- und Grauschattierungen wirbelten mir lebhafter durch den Kopf als zuvor beim direkten Hinsehen; ich war so sehr darauf bedacht, an dieser Vorstellung festzuhalten, daß ich, als das Erdgeschoß ohne Vorwarnung erzitterte und ich beinahe gegen die Wand geprallt wäre, nur den einen Gedanken hatte, unverzüglich den Aufzug zu erreichen.« An diesem Punkt hielt Lucius inne. Er streckte die Hand aus und legte sie Derec auf die Schulter.

Derec zuckte instinktiv zusammen, doch als Mandelbrot sich anschickte, Lucius' Hand abzuwehren, hielt Derec ihn mit einer Geste davon ab. Es kam normalerweise nicht vor, daß Roboter Menschen berührten, aber Derec spürte, daß Lucius ein Bedürfnis nach Körperkontakt hatte, wenn schon aus keinem anderen Grund als dem, sich zu versichern, daß seine Probleme sich in der Isolation der eigenen Gedanken ergeben hatten.

Lucius hatte Derecs Schulter ein wenig zu fest gepackt, als daß es angenehm gewesen wäre, doch der Mensch gab sich Mühe, nicht noch einmal zusammenzuzucken. Sonst würde Mandelbrot rasch entscheiden, daß weitere Untätigkeit seinerseits Derec allzu großen Schaden zufügen könnte, und Derec wollte in dieser Phase nicht Mandelbrots Eingreifen riskieren.

»Ich fürchte, das war meine erste richtige Übertretung. Die Erschütterung des Gebäudes setzte mir den Gedanken an alles in den Kopf, was ich in meinem kurzen Leben über die Art und Weise erfahren hatte, wie sich Menschen mit Hilfe von Nahrung am Leben erhalten.«

»Häh?«

»Das soll heißen, daß ich mir im Innern dieses von Erschütterungen bedrohten Gebäudes so vorkam, wie sich ein Lebewesen vorkommen muß, das von einem Menschen verschluckt wurde und in dessen Körper seinen Bestimmungsort erreicht hat.«

Derec bekam ein flaues Gefühl in der Magengegend. »Lucius, das ist ja barbarisch! So etwas tut keiner mehr — soviel ich weiß.«

»Oh, dann sind vielleicht meine Informationen zweifelhaft. Es ist so schwer, Faktum und Fiktion auseinanderzuhalten, wenn man versucht, die Menschen zu verstehen.«

»Ja, das kann man wohl sagen«, meinte Derec und dachte einen Augenblick an Ariel, ehe er beschloß, sich auf die anstehende Sache zu konzentrieren. »Erzähl weiter. Du hast also erkannt, daß deine Existenz gefährdet ist, wegen der Art und Weise, wie sich das Gebäude verhielt.«

»Ja. Es war drauf und dran, sich zu verändern, oder von der Straße absorbiert zu werden. Das Dritte Gesetz verlangte, daß ich mich sofort hinausbegab. Mir blieb also eigentlich nichts anderes übrig. Seltsamerweise jedoch bin ich nicht hinausgegangen. Der Drang, mich zu entfernen, ließ sich sogar ohne weiteres unterdrücken. Weil es mir in dem Augenblick wichtiger war, die Wolken unabhängig von jener Zivilisation zu betrachten, die mich hervorgebracht hatte, als mein Überleben sicherzustellen. Ich handelte auf eine Weise, die dem Verfahren diametral entgegengesetzt ist, wie es das Dritte Gesetz vorschreibt, und dennoch funktionierte ich normal, zumindest dem Anschein nach. Erst jetzt . . . jetzt . . . jetzt . . .«

Lucius wiederholte das letzte Wort, als habe sich sein Bewußtsein in einer unentrinnbaren Schleife verfangen.

»Unsinn!« fuhr Derec ihn an. »Falls deine Handlungen dich tatsächlich in physische Gefahr gebracht hätten — worauf es, denke ich, hinausläuft —, hättest du nicht mit letzter Sicherheit davon wissen können, oder? Klar, der Eindruck mag entstanden sein, aber du hattest eine Mission, eine Tat, die zu vollbringen war. Du hattest Faktoren, die du dagegen abwiegen mußtest. Du hattest etwas anderes im Sinn.«

»Dd — dden — dennoch bbestand Ggeffahr . . .«

»Aber doch auch die Möglichkeit, daß du durchkommst, wenn du einen klaren Kopf behältst. Eindeutig! Komm schon, Lucius, das liegt doch auf der Hand, sonst wärst du jetzt nicht hier. Komm schon, damals hättest du Anlaß gehabt, deine Sicherungen durchbrennen zu lassen, aber doch jetzt nicht. Leben um der Erfahrung willen, stimmts? Ganz wie ein Künstler!«

Lucius schwankte wie ein Betrunkener, richtete jedoch seine Optik unverrückbar auf Derec. Es war schwer auszumachen, ob er sich erholte, da sein metallenes Gesicht nicht in der Lage war, auch nur die leiseste Gemütsbewegung oder Gefühlsäußerung zu zeigen, und weil das Licht in seinen optischen Sensoren weiterhin schwach war. Seine Stimme dagegen klang wieder bestimmter, als er sagte: »Man hat uns beigebracht, auf Eventualitäten zu achten. Wir setzen uns ständig mit ihnen auseinander. Wir sind es gewohnt, sie im Bruchteil einer Zentade zu erwägen und uns entsprechend zu verhalten. Und die Eventualitäten waren wenig vielversprechend.«

»Was jedoch am meisten ins Gewicht fällt, ist das, was tatsächlich passiert ist — nicht das, was hätte passieren können. Alles übrige wirst du einfach zu deinen Erfahrungen zählen müssen, Lucius.«

Lucius ließ Derecs Schulter los. *Wird aber auch Zeit,* dachte Derec und massierte sanft die Stelle.

»Ja, Erfahrungen habe ich in letzter Zeit viele gesammelt, nicht wahr?« sagte Lucius in einem Tonfall, dessen Gemütsruhe Derec den Atem raubte. »Wollen Sie damit sagen, daß das Vermeiden von Risiken manchmal mehr schadet als nutzt, wenn es darum geht, in der Galaxis neue Erfahrungen zu sammeln?«

»Letztlich schon, denke ich«, sagte Derec und nickte nachdrücklich, obwohl es ihm lieber gewesen wäre, sich in dieser Hinsicht nicht festzulegen. »Im vorliegenden Fall hätte ein Verzicht auf die Erfahrung womöglich deine geistige Entwicklung in gewisser Hinsicht beeinträchtigt — was sich als eine Form von Schaden definieren ließe. Würdest du es nicht auch so sehen, Mandelbrot? *Lüge, wenn es sein muß.«*

»Verzeihen Sie, aber Sie wissen doch, lügen kann ich nicht. Wollten Sie vielleicht einen Witz machen?«

»Schon gut, Mandelbrot. Und was hat sich dann zugetragen, Lucius?«

»Dem schlechten baulichen Zustand des Gebäudes zum Trotz bin ich zum Aufzug gerannt und habe ihn in Gang gesetzt. Einen Augenblick lang überlegte ich, daß mir, falls sich die Instrumente verstellt hatten, keine andere Wahl geblieben wäre, als eilig den Rückzug anzutreten. Aber die Instrumente deuteten nicht darauf hin, daß eine Veränderung bevorstand, also verließ ich mich darauf, daß die Sicherheitsmargen der Stadt mir genügend Zeit lassen würden, mein Ziel zu erreichen und dann zu entkommen. Ich hätte mich nicht schlimmer irren können. Es traf mich wie der Schock bei einem Menschen, als mir das volle Ausmaß meiner Fehlkalkulation klarwurde.

Denn als mich der Aufzug etwa auf halbe Höhe emporgetragen hatte, tat sich in dem Gebäude ein Riß auf. Seine Fundamente lösten sich auf, seine Wände verschmolzen zu einem chaotischen Strom, der mich zunächst überschwemmte und dann rücksichtslos fortriß, dem Boden entgegen. Ich konnte nur noch die Flut der Metazellen erkennen, die meinen Körperumrissen nachgaben, mir jedoch nicht die geringste Bewegungsfreiheit ließen.«

»Einen Augenblick«, sagte Derec. »Willst du damit sagen, daß in der ganzen Geschichte der Stadt, wie kurz die auch sein mag, noch nie ein Robot durch Zufall in einem Gebäude festgesessen hat, als es sich veränderte oder wieder mit der Stadt verschmolz?«

»Natürlich nicht. Wann immer eine Veränderung bevorsteht, gibt es im Innern des betreffenden Gebäudes dafür zahlreiche Hinweise, und unser Gehorsam gegenüber dem Dritten Gesetz hält uns davon ab, über den Zeitpunkt hinaus dort zu verweilen, von dem an selbst eine zufällige Schädigung wahrscheinlich wäre. Außerdem würde die Stadt normalerweise ihre Aktivitäten einstellen, wenn ein Robot zurückbliebe, weil er durch Unfall bewegungsunfähig ist. Ich jedoch hatte die Folgen der besonderen Umstände außer acht gelassen, mit denen die Stadt damals zu tun hatte — die Annahme, sie sei angegriffen, die verzweifelten Umbaumaßnahmen, die tobende Naturkatastrophe . . .«

»Laß gut sein — du bist ein Robot, kein Hellseher. Du konntest nicht vorhersehen, inwieweit die Programmierung der Stadt zusammenbrechen würde. Was ist also passiert, als du untergetaucht warst? Was sind dir für Gedanken durch den Kopf gegangen?«

»Ganz klare — logisch wie nie zuvor. Merkwürdigerweise hatte ich überhaupt kein Zeitgefühl. Die Vernunft besagte, daß ich nur ein paar Dekaden lang untergetaucht war, aber in jeder praktischen Hinsicht liefen meine Gedanken in einem Tempo ab, das mir die Subjektivität des Zeitbegriffs nachdrücklich zu Bewußtsein brachte. Jeder Moment, den ich in den Fluten verbrachte, dehnte sich aus bis in die Ewigkeit. Und innerhalb dieser Ewigkeiten erstreckten sich unzählige Momente. Ich erkannte, daß ich einen Großteil meiner kurzen Existenz in einem Zustand des Traumtodes gelebt hatte. Ich hatte gelebt, gearbeitet, alles getan, wozu ich programmiert war, hatte jedoch versäumt, bisher unbeachtete Möglichkeiten zu erkennen. Nun, ich hatte keine Ahnung, was sich dagegen unternehmen ließ, doch ich beschloß, die greifbaren Möglichkeiten zu erkunden, worum es sich auch handeln mochte.

Es kam der Moment, da mir meine Sensoren mitteilten, daß ich mich nicht mehr in Bewegung befand. Ich war stationär, während die Flut an mir vorbei und über mich hinwegströmte, als habe man mich in einer wirbelnden Stromschnelle an einen Felsen gebunden. Allmählich ließ der Druck gegen meinen Körper nach, und ich stellte fest, daß ich von der Straßendecke unterhalb des sinkenden Gebäudes aufgehalten wurde.

Und ich blieb auf der Oberfläche liegen, als die letzten Ströme von Metazellen an mir abliefen und meinen Körper frisch und gereinigt zurückließen. Ich, der ich in ein Gebäude eingedrungen war, blieb mit einer individualisierten Vorstellung bezüglich der Art der Gebäude zurück, die Robot City enthalten sollte. Formgebung und Struktur waren sozusagen in meine Erfahrungswelt eingedrungen.«

»Kam dir das nicht ungewöhnlich vor?« fragte Derec.

»Nein. Es war logisch. Es war so logisch, daß es mir absolut sinnvoll erschien. Ich hatte einen Vorsatz gefaßt, und ich würde ihn in die Tat umsetzen. Ich hatte nicht das Bedürfnis, festzustellen, warum ich den Vorsatz gefaßt hatte, weil es mir nicht wichtig erschien. Dem Verhalten meiner Kameraden nach zu urteilen bin ich jedoch nicht der einzige, der sich bemüht, einem inneren Zustand Ausdruck zu verleihen. Das Verlangen danach scheint sich auszubreiten.«

»Wie eine Seuche«, sagte Derec.

»Seltsamerweise waren die Sterne und Wolken, die mich einst fasziniert hatten, nicht mehr von Interesse. Mir war einzig darum zu tun, mit den gegebenen Werkzeugen und Instrumenten aus meiner Idee Wirklichkeit werden zu lassen.«

»Du hast dir nicht überlegt, daß andere etwas dagegen haben könnten?« fragte Derec.

»Es fiel mir überhaupt nicht ein, die Meinungen anderer zu berücksichtigen. In meinen Schaltungen gab es zuviel innere Statik, um mich mit Störungen von außen zu befassen. Meine Denkbahnen durchliefen Phasen unkontrollierbarer Aktivität, und sie stellten unerwartete Verbindungen zwischen Gedanken her, die ich einst für gänzlich bezugsfremd gehalten hatte. Diese ständigen Erkenntnisblitze kamen ungebeten, mit scheinbar zunehmender Geschwindigkeit. In ihrem Fluß verbargen sich noch andere Gebäudeentwürfe, und wenn ich sie finden wollte, brauchte ich nur auf die pseudogenetischen Datenspeicher zurückzugreifen, um ihnen Gestalt zu verleihen.«

In Derecs Kopf entsprangen Hunderte neuer Gedanken. Er hatte gemeint, die Roboter zu verstehen, zu wissen, wie sie dachten, weil er wußte, wie ihre Körper und Gehirne aufgebaut waren. Er hatte geglaubt, das Durchschnittsmodell in einem halben Tag mit verbundenen Augen auseinandernehmen und wieder zusammensetzen zu können, womöglich noch mit Verbesserungen. Er hatte Ariel gegenüber sogar oft damit geprahlt — nicht, daß sie ihm das abgenommen hätte.

Bisher hatte er sich jedoch eingebildet, daß es zwischen ihm und den Robotern eine unüberwindliche Kluft gab. Er war davon ausgegangen, daß zwischen seinem Bewußtsein und dem eines Robots letztlich kaum Ähnlichkeiten bestanden. Derec war ein Geschöpf aus Fleisch und Blut, aufgebaut aus Zellen, die sich nach den komplexen Regeln des DNS-Codes herausbildeten. Fleisch und Blut und Zellen, die entweder in einer Gebärmutter oder in einem Brutkasten herangewachsen waren (wo, würde er erst erfahren, wenn er sein Gedächtnis wiederfand). Fleisch und Blut und Zellen, die eines Tages nicht mehr sein würden. Über diese Tatsache war sich sein Unterbewußtsein jederzeit im klaren gewesen.

Dagegen waren Roboter — auch *dieser* Robot — aus beliebig austauschbaren Teilen aufgebaut. Die positronischen Potentiale eines Robots waren natürlich in der Lage, ihn mit eigenen Persönlichkeitsmerkmalen auszustatten, und Roboter hatten im Rahmen der Drei Gesetze schon immer initiativ sein können. Aber auf diese Initiative konnte man sich recht gut verlassen, sie war durchaus nachvollziehbar, weil im allgemeinen ein Robot dachte wie der andere.

Nun jedoch wurde zunehmend deutlich, daß zumindest auf diesem Planeten das robotische Bewußtsein dem der Menschen insofern glich, als es sich an bestimmte Zwänge anzupassen wußte. Von nun an waren der Möglichkeiten unendlich viele.

Somit war Lucius auf seine Weise wie der erste Fisch, der aus dem Wasser aufs Land gekrochen war. Seine positronischen Potentiale hatten sich durch definitive evolutionäre Schritte dem Leben in Robot City angepaßt. Und andere Roboter waren von diesem Punkt nicht mehr weit entfernt.

»Derec? Geht es Ihnen gut?« erkundigte Mandelbrot sich leise.

»Ja, prima. Es kostet mich nur Mühe, das alles aufzunehmen«, entgegnete Derec nachdenklich und sah sich nach Ariel um. Er wollte wissen, was sie von dem Gehörten hielt, doch sie war nirgends zu sehen. Wolruf auch nicht. Die zwei hatten sich davongemacht, während er anderweitig beschäftigt war. »Äh — und wie geht es dir, Lucius?«

»Mir geht es gut — ich funktioniere reibungslos«, sagte Lucius gelassen. »Offenbar hat es mir geholfen, die Angelegenheit durchzusprechen.«

»Ich hab' noch so viele Fragen an dich — im Hinblick auf dein Bauwerk und deine Herangehensweise. Vor allem interessiert mich, wie du mit dem Zentralcomputer fertiggeworden bist und es geschafft hast, einige der pseudogenetischen Codes zu ändern.«

»Gewiß, meine Gedanken und Methoden stehen zu Ihrer Verfügung. Allerdings würde eine eingehende Erklärung mehrere Stunden dauern.«

»Mir soll's recht sein. Ich habe mich für morgen mit einem anderen Robot verabredet, aber mit dem dürfte ich innerhalb weniger Stunden fertig sein. Danach möchte ich dich befragen.«

»Untersuchen wollen Sie mich nicht?«

»Nein, ich habe Angst, dich zu beschädigen, wenn ich dich — selbst für eine Kurzdiagnose — auseinandernehme. Ich will nicht, daß du dich veränderst.«

Lucius deutete eine Verbeugung an. »Das dachte ich mir, freue mich jedoch über die Bestätigung.«

»Eines wüßte ich allerdings noch gern. Hat dein Bauwerk einen Namen?«

»Aber ja. Sie sind der erste, der danach fragt. Ich nenne es den ›Unterbrecher‹.«

»Ein interessanter Name«, sagte Mandelbrot. »Dürfte ich fragen, was er zu bedeuten hat?«

»Du darfst«, antwortete Lucius. Dann schwieg er.

»Mandelbrot, ich möchte, daß du mir einen Gefallen tust«, sagte Derec.

»Gewiß doch.«

»Geh und suche Ariel und behalte sie im Auge. Sie soll aber nichts von deiner Gegenwart erfahren. Offensichtlich will sie allein sein, was jedoch in ihrem Zustand nicht angeht.«

»Dafür ist bereits vorgesorgt. Ich habe eine zehnprozentige Wahrscheinlichkeit berechnet, daß sich eine Situation ergeben könnte, in welcher das Erste Gesetz gilt, war mir jedoch bezüglich ihrer Wünsche soweit im klaren, um zu wissen, daß es ihr um das Alleinsein ging. Daher habe ich Wolruf bedeutet, auf sie aufzupassen.«

Derec nickte. »Gut.« Er schämte sich ein wenig, daß er die Situation nicht schon eher im Griff gehabt hatte. Vielleicht war er etwas zu sehr mit sich selbst beschäftigt gewesen. Aber es war ein angenehmes Gefühl, daß Mandelbrot automatisch auf ihre Interessen Rücksicht genommen und sowohl ihren Körper als auch ihr Selbstwertgefühl geschützt hatte. Offenbar mußte ein Robot, um dem Menschen wirksam zu dienen, eine Art Psychologe sein. Oder zumindest Kenner der menschlichen Natur.

Lucius fragte: »Und wie hat mein Gebäude auf Sie gewirkt?«

»Oh, es hat mir gefallen«, sagte Derec zerstreut, denn in Gedanken war er immer noch bei Ariel.

»Ist das alles?« fragte Lucius.

Derec verbarg sein Lächeln hinter vorgehaltener Hand. »Du darfst nicht vergessen, dies war das erste Mal, daß du etwas Schöpferisches, dem Begriff der Kunst Verwandtes hervorgebracht hast. Heute abend haben deine Kameraden zum ersten Mal die Macht der Kunst erfahren. Wir Menschen sind Zeit unseres Lebens von ihr umgeben und werden von ihr beeinflußt, angefangen bei den ersten Gärten, die wir zu sehen bekommen, bis hin zu den ersten Hololandschaften, den ersten Holodramen und allem anderen, was die Hand des Menschen geschaffen oder beeinflußt hat.

Ihr Roboter dagegen seid sofort nach dem Einschalten sprachgewandt und intelligent. Und dies ist meines Wissens das erste Mal, daß einer von euch im eigentlichen Sinne kreativ war. Hätte ich ein ähnliches Projekt in Angriff genommen, wäre es mir bestimmt nicht so gut gelungen.«

»Ihre Talente mögen auf anderen Gebieten liegen«, sagte Lucius.

»Nun, ja — ich verstehe was von Mathematik und kann programmieren. Auch das sind Kunstformen, obwohl jene, die sich nicht aktiv damit befassen, sie häufig für geheimnisvolle Magie halten. Aber der Augenblick der Inspiration ist ähnlich, und man sagt, auch das Kreativitätsniveau sei ungefähr dasselbe.«

»So habe ich es nicht gemeint, und das wissen Sie wohl auch«, entgegnete Lucius. »Wenn ich den wahren Charakter menschlicher Kreativität begreifen soll, versteht es sich von selbst, daß meine Mitroboter und ich davon profitieren würden, Ihnen bei der Erzeugung von Kunst zuzusehen.«

»Aber Lucius, ich weiß doch nicht einmal, ob ich in deinem Sinne kreativ bin.«

»Dann eben in anderem Sinn«, meinte Lucius.

»Hmmm. Ich will's mir überlegen, nur im Augenblick habe ich was anderes im Kopf.«

»Wie Sie wünschen. Wahrscheinlich erübrigt es sich, hinzuzufügen, daß unserem Studium der Gesetze der Humanik jeder schöpferische Versuch Ihrerseits sehr zugute käme.«

»Wenn du meinst«, erwiderte Derec geistesabwesend und blickte zu den Wolken hinauf, die die Farben des Unterbrechers reflektierten. Doch er nahm nur die Unmrisse von Ariels Gesicht wahr, die von dort auf ihn herabsah.

Kapitel 4

Ariel und die Ameisen

Ariel schlenderte allein durch die Stadt. Gelangweilt von der Diskussion zwischen Derec und Lucius hatte sie entdeckt, daß ihr wenig um die robotischen Überlegungen zu tun war, die der Schöpfung des Gebäudes zugrundelagen. Sie hatte es gesehen und war davon beeindruckt gewesen, und das reichte ihr. *Ich gehöre wohl einfach in die Kategorie der Kunstbanausen,* dachte sie, während sie in eine Seitenstraße verschwand.

Augenblicke später, als sie soeben an einem großen Kanal vorbeikam (derzeit war er ausgetrocknet, denn es hatte seit Tagen nicht geregnet), spielte sich in ihrem Bewußtsein wieder einmal Seltsames ab. Nun, eigentlich nicht in ihrem Bewußtsein, entschied sie bei genauerer Betrachtung, sondern vor ihrem inneren Auge. Sie war nie im Zweifel über ihre Identität oder ihre Lebensumstände gewesen, sah jedoch bedrohliche Schatten zwischen den entfernten Gebäuden flimmern, wo es so dunkel war, daß sie dort gar keine Schatten hätte ausmachen dürfen.

Und diese Schatten flimmerten auf sie zu. Sie streckten ihr die langen, zweidimensionalen Finger über den Kanal hinweg entgegen und wurden im Licht des Gehweges unsichtbar. Die Straßenlampen schalteten sich ein und aus, paßten sich ihrem Vorankommen an. Sie war ständig in Licht getaucht, ständig außer Reichweite der krallenden Finger, doch es hatte den Anschein, als würde sie immer auf die Finsternis zugehen, wo die Gefahr drohte. Ariel war nicht sicher, ob ihr das behagen sollte. Ihr Gefühl der Unsicherheit verstärkte es allemal.

Auf Aurora war die Existenz eines festen Bauwerks etwas gewesen, auf das man sich verlassen konnte. Veränderungen waren dort selten und gingen langsam vor sich.

Seit sie von Aurora verbannt worden war, bot ihr Leben in dieser Hinsicht einen deutlichen Kontrast. Wie Derec mit seinem Shakespeare hatte auch sie in letzter Zeit viel gelesen, zu Themen, die sie persönlich interessierten. In einem Band mit Siedler-Aphorismen hatte sie einen alten Fluch gefunden: ›Mögest du aufregende Zeiten erleben.‹

Nun, aufregende Zeiten hatte sie sich während der Jahre auf Aurora immer gewünscht, wo sich, wenn man Glück hatte, einmal jährlich etwas mäßig Interessantes ereignete. Seit sie zurückdenken konnte, hatte sie sich danach gesehnt, aus der Langeweile und Sterilität auszubrechen.

Nachdem sie damit über ihre kühnsten Erwartungen hinaus Erfolg gehabt hatte, wünschte sie sich nichts so sehr wie ein bißchen Ruhe und Frieden — nur eine kleine Zeitspanne, in der überhaupt nichts los war, in der sie nichts zu tun hatte und sich um niemanden Sorgen machen mußte, nicht einmal um sich selbst. Zum Teil war es der Krankheit zu verdanken, die ihr zusetzte, daß es ihr schwerfiel, zu wissen, wie sie sich verhalten und was sie tun sollte — ein Problem, das sie auf Aurora nie gekannt hatte, wo Brauchtum und Ethos Richtlinien für praktisch jede gesellschaftliche Situation lieferten.

Sie stellte sich vor, nicht in Robot City zu sein, sondern auf den Feldern Auroras bei einem nächtlichen Spaziergang, allein und doch nicht allein, gefolgt von unsichtbaren, loyalen Robotern, die nach Kräften sicherstellen würden, daß ihr kein Leid geschah.

Anstelle der beengenden Gebäude war sie von weiten offenen Feldern mit Gras und Bäumen umgeben, von Ebenen, deren Verlauf nur durch vereinzelte Bauten in vertrauterem, verläßlicherem architektonischen Stil unterbrochen wurde. Die Wolken über ihr erinnerten sie an die mächtigen Stürme auf Aurora, wenn der Donner wie Erdbeben grollte und die Blitze dreigezackt aus dem Himmel barsten.

Im Laufe dieser Gewitter strömte der Regen, als sei dort oben ein Damm gebrochen. Die Schauer durchnäßten die Felder, reinigten die Bäume, und sie konnte währenddessen spazierengehen und sie den ganzen Tag auf sich niederprasseln lassen — nun, zumindest so lange, bis ihre unsichtbaren Roboter Angst hatten, sie könne sich erkälten, und darauf bestanden, daß sie sich unterstellte.

Hier inspirierte der Regen lediglich die Gossen zum Überlaufen. Hier konnte Regen der Vorbote von Tod und Zerstörung sein, anstatt des Lebens.

Und wo bleibt Derec, dachte sie auf einmal, *wenn ich ihn brauche?*

Ach ja. Er unterhält sich mit Lucius. Das sieht ihm ähnlich, sich so sehr mit Dingen zu beschäftigen, auf die es nicht ankommt, während er eigentlich versuchen müßte, eine Möglichkeit zu finden, wie wir diesen verrückten Planeten verlassen können.

Begreift er denn nicht, wie dringend wir alle beide Hilfe nötig haben? Er mit seiner Amnesie. Ich mit meinem Wahnsinn.

Wahnsinn? War es das wirklich? Gab es nicht ein anderes Wort, das sie dafür gebrauchen konnte? Geistige Anomalie oder Abweichung? Psychoneurose? Manisch-depressiver Zustand? Melancholie?

Sie fragte sich, wo die Felder geblieben waren. Eben waren sie doch noch da.

Wo kamen diese Gebäude her?

Lagen die Felder dahinter?

Sie umrundete die Gebäude, um nachzusehen. Dahinter, so weit ihr Auge reichte, standen weitere Gebäude, die endlich am abgeflachten Horizont verschmolzen. Eine schwarze Wand. Neue Schatten.

Sie schüttelte den Kopf, und der Nebel darin löste sich lange genug auf, daß sie sich erinnern konnte: Auf diesem Planeten gab es keine Felder, hatte es nur nackten Fels gegeben, ehe die Stadt gekommen war. Eine Stadt, die wie ein Lebewesen wuchs und sich entwickelte.

Eine neue Art Lebewesen.

Sie war hier wie ein Mikroorganismus. Ein Bazillus oder Virus im Innern einer Kreatur, die sie am Leben ließ, weil es ein paar Drähte und das eine oder andere Byte binärer Information so wollten.

Ihre Kehle juckte. Sie rieb sich den Hals. Wurde sie krank? Wenn ja, würde ein Robot es merken und sie verarzten? Würde die Arznei ihr Denken noch mehr vernebeln? Wenn ja, war das gut oder schlecht?

Ihr Ellbogen juckte. Sie kratzte sich, wobei die Wirkung ihrer scharfen Fingernägel teilweise durch ihre Kleidung gedämpft wurde. Das Jucken blieb.

Sie hörte auf, sich zu kratzen. Vielleicht würde es vergehen, wenn sie nicht darauf achtete.

Es verging nicht. Es wurde schlimmer. Sie versuchte, nicht daran zu denken, mit dem einzigen Resultat, daß es woanders juckte. An der Brust. Sie kratzte sich am Brustbein. Auch dieses Jucken verging nicht. Wie das andere weigerte es sich, abzuklingen.

Wo war Derec? fragte sie sich, während die Angst davor, die Kontrolle zu verlieren, ihr Gefühl der Hilflosigkeit verstärkte, was wiederum ihre Angst verstärkte, die Kontrolle zu verlieren.

Ach ja. Er ist noch mit dem Robot zusammen.

He, mir geht's doch gut. Ich weiß, wer ich bin. Vor ein paar Sekunden war ich woanders, konnte jedoch nicht zurück. Übrigens, gibt es da nicht einen Ort, an dem ich sein sollte, anstelle von hier?

Sie versuchte sich an ihren Namen zu erinnern und stellte fest, daß sie den auch nicht mehr wußte. So etwas Grundlegendes wie einen Namen konnte man doch nicht vergessen. Ganz und gar vergessen hatte sie ihn auch nicht. Aber er war nicht da, wo er hingehörte: in vorderster Gedankenfront, wo sie ihn finden konnte, wann immer sie wollte. Er war in ihren Gehirnbahnen vergraben.

Gehirnbahnen. Roboter hatten Gehirnbahnen. War sie ihnen so ähnlich?

War sie immer noch allein? Wenn nicht, änderte das etwas? Sie hatte das Gefühl, als bestünde ihr Bewußtsein aus abgelegten Ideenfetzen und Eindrücken, die vielleicht vor langer Zeit einmal sinnvoll gewesen waren. Derzeit bildeten sie einen Abfallhaufen.

Sie setzte sich hin, versuchte ihre Gedanken und ihr Sehvermögen in Einklang zu bringen. Ohne es zu merken, war sie bis zum Reservoir vorgedrungen. Ein ökologisches System, von Dr. Avery erzeugt, aber nicht weiterentwickelt. Eine Welt, die damit alleingelassen worden war, sich selbst zu erschaffen.

Sie dachte an die eßbaren Pflanzen, die am Ufer wuchsen. Ein klarer Fall von aktiver Evolution. Hatte Dr. Avery diese Möglichkeit bedacht?

Wie, wenn sich noch andere Meta-Lebensformen entwickelten?

Nun juckte es am Bauch und zwischen den Beinen. Schmerzhaft. Ihre Haut brannte wie von verschütteter Säure.

Sie vergrub den Kopf in den Händen. Ihre Schläfen pochten, und sie befürchtete, daß gleich jede Arterie in ihrem Gehirn platzen würde. Es fiel ihr leicht, allzu leicht, sich eine Gehirnblutung vorzustellen, mit Blut, das überall einsickerte und ihre unwillkürlichen Hirnvorgänge ausschaltete, das ihre Gedanken ersäufte.

Hatte sie wirklich allein sein wollen? Wo war Derec?

Ach ja . . .

Sie erkannte, daß ein Unterschied bestand, normalerweise kaum wahrzunehmen, jedoch in ihrem Erregungszustand deutlich spürbar, zwischen sich allein glauben und tatsächlich allein sein.

In Robot City graute der Morgen. Der Glanz, den Lucius erzeugt hatte, ging mit dem Sonnenaufgang zurück, und das Wasser des Reservoirs kräuselte sich mit wahllosem Geflimmer, wo sich die Strahlen spiegelten.

Lebensspendende Strahlen. Ariel sah fasziniert zu, wie sich die Kiesel unter ihren Füßen regten und einem grauen Stengel wichen, der sich innerhalb von Augenblicken aus dem Boden emporwand und zwei winzige Blätter entfaltete. Aus Versehen strich sie am Rand eines Blattes entlang, spürte einen stechenden Schmerz in ihrem Finger. Die Wunde war schmal, als hätte sie sich an einem Blatt Papier geschnitten. Ein Blutstropfen trat daraus hervor.

Verdammt, das tut weh, dachte sie und sah zu, wie sich weitere Stengel entrollten und zwischen den Kieselsteinen emporwanden. Ihr Kopf schmerzte immer noch. Sie stand auf, taumelte zu einem Felsbrocken hinüber und lehnte sich dagegen, wobei sie darauf achtete, keinen der Stengel zu zertreten. Aber es fiel ihr schwer, immer daran zu denken, selbst als sie sich ruhig verhielt. So schwer, sich zu konzentrieren, sich zu erinnern.

Jetzt war das Hautjucken überall, zog in auf- und absteigenden Wellen über sie hinweg, als sei sie einer unsichtbaren Strahlung ausgesetzt. Sie schwitzte. Sie fror. Sie stöhnte.

Sie beugte sich zurück, sah zum Himmel und den sich türmenden Wolken auf. Sie machte weit den Mund auf und atmete tief ein, versuchte ihre Gedanken zu ordnen.

Denn das allgegenwärtige Jucken hatte eine Erinnerung ausgelöst — das Kribbeln und Stechen hatte ihr einen Ausflug auf Aurora ins Gedächtnis gerufen, als sie sich niedergelassen hatte, um sich auszuruhen, und etwas Ähnliches gespürt hatte, wenn auch in schwächerer Form. Sie hatte nachgesehen und eine Ameise entdeckt, die an ihrem nackten Bein hochkrabbelte. Sie hatte vor Überraschung aufgeschrien, sie jedoch weggefegt, noch ehe die besorgten Roboter sie erreichen konnten.

Der Effekt dieser unsanften Berührung durch eine unverständige Lebensform, die alle möglichen ansteckenden Krankheiten mitschleppen konnte, war beunruhigend gewesen. Natürlich machte sie sich augenblicklich daran, ihr Erlebnis intellektuell zu verarbeiten; vor langer Zeit war sie zu der Ansicht gelangt, daß die auf Aurora übliche Furcht vor Erkrankungen bis ins lächerliche Extrem getrieben worden sei. Dennoch überkam sie bei diesem Erlebnis unfreiwillig ein Gefühl von Widerwillen und Abscheu, das stärker war als alle Vernunft. Es war erst vergangen, nachdem sie in einem Strudelbecken mit Desinfektionsmitteln gebadet hatte.

In jener Nacht hatte sie geträumt, von Tausenden von Ameisen überrannt zu werden. Dieser Alptraum ähnelte dem, was sie jetzt empfand.

Nur, daß das gegenwärtige Gefühl greifbarer war.

Sie versuchte sich einzureden, daß es nicht real war, daß weder sie noch Derec eine metallische Insektenart auf diesem Planeten entdeckt hatten. Allerdings hatte es bei den Robotern deutliche Hinweise auf eine geistige Evolution gegeben. Möglicherweise waren die Zellen, aus denen die Stadt aufgebaut war, zur Zufallsmutation fähig. Und daraus folgte, daß es nicht unsinnig war, davon auszugehen, daß sich eine Form von Insektenleben herausbilden konnte.

Ariel konnte sich vor Angst nicht rühren. Sie senkte den Blick in der Erwartung, eine Horde Ameisen um ihre Füße schwärmen zu sehen, die an ihren Stiefeln hochkrabbelten und in ihren Hosenbeinen verschwanden, auf der Suche nach einer geeigneten Stelle, sich vollzufressen und winzige Stücke von ihr davonzuschleppen.

Und als sie die Lider schloß, fiel es ihr nur allzu leicht, sich die großen Facettenaugen der Ameisen vorzustellen, die wie Zinn im Sonnenlicht glänzten, ihre kolbengetriebenen Spindelbeine, ihre mit einer Nuklearbatterie befeuerten Leiber, und vor allem die stetigen, mechanischen Kaubewegungen ihrer Freßwerkzeuge, die wie die Stäbe eines Geigerzählers ihre Haut abtasteten. Noch spürte sie das Zubeißen und Zerren dieser Freßwerkzeuge nicht, doch sie war sicher, daß gleich die Schmerzen einsetzen würden. Jede Sekunde.

Wo waren die Roboter, wenn man sie brauchte? Konnte sie denn keiner sehen? Waren denn keine da?

Nein, natürlich nicht, wurde ihr mit wachsender Resignation klar. *Du befindest dich am Reservoir, und sie sind alle in der Stadt und jammern, daß keine Menschen da sind, um die sie sich kümmern können.*

Bald wird es einen weniger geben. Ach, Derec, wo bist du? Warum kannst du mir nicht helfen?

Ariel hatte Angst zu atmen. Sie dachte, wenn sie sich absolut still verhielt wie eine Tote, würden die Ameisen sie vielleicht für einen Felsbrocken halten. Aber wie konnte sie sich lange stillverhalten, ohne zu atmen? Mußten die Ameisen nicht hören, wie die Luft von ihren Lungen eingesogen und ausgestoßen wurde?

Als wenn es darauf angekommen wäre. Sie mußte etwas tun, auch wenn es zu nichts führte. Sie spürte die mechanischen Ameisen überall, sie krabbelten über ihre Brüste, schmiegten sich in ihre Achselhöhlen, inspizierten ihr Haar. Warum fingen sie nicht zu fressen an? Hatten sie etwa keinen Hunger? Was sollten das für Ameisen sein?

Robotameisen, dachte sie. *Womöglich versuchen sie festzustellen, ob ich ein Mensch bin. Wenn sie entscheiden, daß ich einer bin, tun sie mir vielleicht nichts an. Wenn sie sich anders entscheiden —*

Nun wußte sie, warum der primitive Mensch Gottheiten angebetet hatte — um die ungeheure Angst der letzten Momente des Lebens abzuwenden, wenn es zum letzten Mal Abschied zu nehmen gilt, wenn Erklärungen anstehen, jedoch niemand da ist, dem man sie mitteilen könnte, und keine Zeit, sie zu vermitteln.

»Arr-iiiel?« flüsterte jemand schüchtern. »Schläfsst du?«

Ariels Augen hätten sich nicht weiter und schneller öffnen können, wenn sie einen elektrischen Schlag bekommen hätte. Sie zuckte beim Anblick Wolrufs, die sich direkt vor sie hingekauert hatte, in ihrer Benommenheit überrascht zurück. Und stieß sich prompt den Kopf an dem besagten Felsbrocken.

Alles verschwamm, während das hundeähnliche Wesen den

Kopf schieflegte. Wolruf hielt ein Bündel Stengel in der linken Hand, und ein paar hingen ihr rechts und links aus dem Fell um ihre Lefzen. »Alless in Orrdnung?«

»Natürlich ist alles in Ordnung! Hast du was anderes erwartet?«

»Meine Ahnen würrden ssagen, du bisst heimgessucht worrden.«

»Von wem? Was für eine Heimsuchung?« fragte Ariel barsch. Sie machte mit einer Willensanstrengung den Mund zu, versuchte sich zusammenzureißen. Sie schaffte es nur zum Teil. »Es muß dir doch klar sein, daß ich bis zu deinem Erscheinen hier allein war.«

»Zzwei Antworrten: Errsstens, hab' dich die ganzze Nacht im Auge behalten . . .«

»Was!«

»Mandelbrrot hat mich gebeten. Hat gemeint, ein Rrobot wärr' dirr nicht rrecht.«

»Also, dieser große Haufen Schrott . . .«

»Bitte, laß mich aussrreden. Zzweitenss: Meine Ahnen würrden ssagen, du warrst nicht allein in dein' Kopf, deshalb hab' ich gewarrtet und zzugesseh'n und gedacht, ich sstörr dich und dein' Bessucherr lieberr nicht.«

»Und wieso hast du nun beschlossen, mein seltsames Intermezzo zu unterbrechen?«

»Du hasst aussgessehen, als wollt'sst du in Ohnmacht fallen.«

»Verstehe.«

Wolruf verlagerte das Gewicht auf ihre Hinterbeine, so daß ihr Rücken kerzengerade war. Ihre Haltung, kam es Ariel vor, glich der menschlichen Verärgerung, insbesondere dann, als das Hundewesen auch noch die Arme verschränkte und wie enttäuscht den Kopf schüttelte. Wolruf gab sich große Mühe, Ariel nicht direkt in die Augen zu blicken, indem sie zunächst die Gebäude, das Ufer und die Felsen betrachtete und dann Ariel betont den Rücken zuwandte, wohl um einen besseren Ausblick auf das Reservoir zu haben.

»Also, wirst du mich denn nicht fragen, was mit mir los war?«

Wolruf drehte ein wenig den Kopf. »Warrum ssollt' ich?«

»Ich — ich dachte, du willst es vielleicht wissen, sonst nichts.«

»Geht mich nichtss an. Nicht unsserre Arrt. Jedenfalls meine nicht.«

»Machst du dir keine Sorgen?«

»Nein.«

»Liegt dir nichts an mir?«

»Hätt' dich nicht die ganzze Nacht im Auge behalten müssen. Warr zziemlich gelangweilt. Häufig abgelenkt. Hätt' dich jederrzeit alleinlassen können, ohne daß Mandelbrrot 'ss errfährrt oderr sich drrum kümmerrt.«

Ariel war plötzlich so müde wie nie zuvor. Selbst ihr nonchalantes Achselzucken bereitete ihr enorme Mühe. »Wie schmeichelhaft«, sagte sie sarkastisch.

Gleich darauf bedauerte sie ihre Worte. Wolruf verzichtete nun erst recht darauf, zu sagen, daß sie dageblieben war und aufgepaßt hatte, weil Ariels Wohlergehen ihr am Herzen lag. *So, Fräulein Burgess,* dachte Ariel. *Wenn du nicht mal das Gute in anderen Leuten, Mensch oder Nichtmensch, erkennst, verfällst du wirklich allmählich dem Wahnsinn.*

Sie setzte sich neben Wolruf und sagte: »Tut mir leid. Bitte versuch zu verstehen, daß neben unseren anderen Problemen manchmal mein Geisteszustand zu wünschen übrig läßt.«

»Iss' rrecht.«

»Nein, recht ist es nicht, aber ich weiß einfach nicht, was ich im Augenblick dagegen tun könnte. Schlimmer noch, ich finde dadurch immer eine Entschuldigung, mich danebenzubenehmen, selbst wenn ich zu dem Zeitpunkt nicht weiß, daß es nur daran liegt.«

Wolruf zog die Lefzen hoch zu einer Art Lächeln. »Jetzz' — geht 'ss dirr wiederr gut?«

»Besser.«

»Kein Grrund, sich überr Heimsuchung durrch den Taschenspieler aufzurregen. Sso unterwirrft err unss sseinem Willen, indem err unss ssehen läßt, wass er will.«

»Das mag für deine Rasse leicht zu akzeptieren sein, aber wir Menschen sind es nicht gewohnt, daß sich fremde Wesen nach Gutdünken in unseren Köpfen niederlassen.«

Wolruf nickte nachdenklich. »'ss fehlt euch die Perrsspektive.«

Ariel nickte ebenfalls. Sie hatte halb damit gerechnet, daß sich der Nebel der Erschöpfung auflösen würde, wenn sie sich entschuldigte, doch statt dessen hatte sie das Gefühl, jede einzelne Zelle ihres Körpers befinde sich in allmählicher Auflösung. Noch ein wenig länger, und sie würde als zitternder Protoplasmahaufen enden.

»Ein altes Spacersprichwort besagt, daß jeder gern das eigene Leben bestimmen will. Für die Bewohner Auroras gilt das in besonderem Maße«, sagte sie »Und warum auch nicht? Das ist nicht nur ein Auswuchs unserer heutigen Kultur, sondern Ergebnis unserer Geschichte. Als erste Weltraumsiedler haben wir Aurora nach unserem Geschmack und unseren Bedürfnissen terraformiert. Wir haben alles Erdenkliche getan, um aus unserem neuen Planeten einen Garten zu machen. Wir haben sogar die hübschesten, besten, nützlichsten terranischen Pflanzenarten mitgebracht und nur jene zurückgelassen, die uns das Leben allzu schwer machen würden.«

»Wenn dass die Geschichte deiness Planeten iss', sspiegelt ssich dass im Individuum.«

»Ja, bis ich ins Exil geschickt wurde und man mir die Mittel gesperrt hat, war ich sehr unabhängig. Innerhalb sozial akzeptabler Grenzen — die ich eigentlich nie richtig akzeptiert habe — konnte ich absolut frei handeln.«

»Du hasst diesse Grrenzzen verrletzzt . . .«

»Und die Kontrolle über mein Leben verloren. Komisch, die Einzelheiten meiner Rebellion erscheinen mir jetzt nur noch verschwommen. Muß sich um einen Nebeneffekt meiner Krankheit handeln. Jedenfalls ist es komisch, daß mir das eine, von dem ich angenommen hatte, daß ich darüber nach wie vor bestimmen kann — mein Geisteszustand —, mir jetzt allmählich zu entgleiten scheint.«

»Verrssuch dich zzu entsspannen. Glaub einerr, die viele Heimgessuchte gessehen hat. Du kannsst ihn nicht kontrrollieren, du mußt ihn abwenden.«

Ariel mußte lachen. »Du meinst, wenn Wahnsinn unvermeidlich ist, soll man sich entspannen und ihn genießen?«

»Nicht Wahnssinn. Anderren Zzwängen muß man ssich fügen. Derrec macht 'sso. Desshalb hat er sso viele Einfälle.«

»Ich wünschte, ich könnte das auch auf mich anwenden.« Ariel unterbrach sich, als ihr die Konsequenzen von Wolrufs Bemerkung klarwurden. »Ist das der Grund, warum er soviel Zeit mit Lucius verbringt, während er eigentlich einen Ausweg aus diesem Höllenloch zu suchen hätte?«

Plötzlich versteifte Ariel sich. Sie riß die Augen auf.

»Wass iss'?« fragte Wolruf. »Wass iss' loss?«

»Weiß nicht«, antwortete Ariel.

»Noch eine Vission?«

»Das — will ich doch hoffen.« Ariel verzog das Gesicht, machte die Augen zu und hob den Kopf gen Himmel. *Das gibt es nicht,* sagte sie sich, *ich bilde mir das nur ein. Aber wenn Realität etwas ist, das wir erzeugen, wie sollen dann wir mit den Mächten umgehen, die uns erzeugen?*

Obwohl sie einerseits wußte, daß mit ihren neurologischen Reaktionen etwas nicht stimmte, reagierte ihre physische Person nach wie vor auf das Gefühl, daß *etwas,* etwas Großes, Sechsbeiniges, *in* ihrer Montur steckte. Etwas, das sie kannte. Diesmal ging es nur um ein Exemplar, aber es war größer als in ihrer Erinnerung. Wesentlich größer.

Es krabbelte an ihrem Bauch nach oben. Sie zwang sich, die Augen aufzumachen und rechnete fest damit, daß ihr Anzug sich normal gegen ihren Rumpf schmiegen würde. Statt dessen erblickte sie — so deutlich, daß sie nicht anderes konnte, als es für absolut real zu halten — die Umrisse einer gigantischen metallischen Ameise, die sich unter ihrer Montur regte. Die kalte Berührung ihrer sechs Beine, die sich einzeln behutsam in ihre Haut verkrallten, ließen Wellen des Entsetzens durch ihr zartes, angeknackstes Gemüt fluten.

Die Umrisse bewegten sich deutlich, wenn auch vorsichtig vorwärts. Sie spürte die kalte Berührung eines Freßwerkzeuges an ihrer linken Brust und beobachtete mit äußerster Furcht, wie das Vorderteil der Umrisse sich ihrer rechten Brust zuwandte. Und sich darauf niederließ.

Ariel schrie aus Leibeskräften und rannte Hals über Kopf in die Richtung, in die sie zufällig gerade blickte. Sie nahm kaum wahr, daß Wolruf hinter ihr herrief, war zu beschäftigt, um darauf zu achten. Sie wußte nicht, wohin sie rannte, nur daß sie von hier wegmußte.

Sie stürzte sich ins Reservoir.

Sie befand sich mehrere Augenblicke darin, betäubt vom eiskalten Wasser, ehe ihr klarwurde, daß sie selbst hineingesprungen war. Hastig riß sie die Schnapp-, Knopf- und Reißverschlüsse ihrer Montur auf, fuhr mit den Händen hinein, tastete nach dem Insekt, um das Biest herauszuzerren und zu ertränken.

Aber sie fand nichts. Was ihre Rachegelüste anging, war das eine enttäuschende Entwicklung. Wie sie sich darauf gefreut hatte, zu sehen, wie es sich wand, um ihr im Wasser zu entkommen! Andererseits war sie ungeheuer erleichtert. Mit Wahnvorstellungen konnte sie umgehen; physische Qualen dagegen führten eindeutig zur Panik.

Ariel stellte sich vor, daß die Ameise vielleicht doch real gewesen sei und sich auf der Flucht einfach durch den Anzug gebohrt habe. Doch das Wasser um sie herum war, wenn schon nicht ungetrübt, so doch still.

Unter der Oberfläche gab es keinerlei Anzeichen von Bewegung. Selbst der Sand und Schlamm, den sie beim Eintauchen aufgewirbelt hatte, war inzwischen wieder abgesunken.

Sie beruhigte sich mühsam, schloß die Augen und wartete.

Schon bald war sie einigermaßen überzeugt, daß das Insekt nicht real genug war, um sie anzugreifen, blieb jedoch zur Sicherheit im Wasser. Die Kälte ging ihr durch Mark und Bein — aber selbst diese Unannehmlichkeit konnte sie nicht bewegen, wieder herauszukommen.

Wolruf saß geduldig am Ufer. »Alless wiederr gut?« erkundigte sich das Fremdwesen.

»Glaub' schon«, sagte Ariel. »Ich hatte wohl eine weitere Heimsuchung.«

»Dacht 'ss mirr doch.«

»Ich glaube, mein Besucher ist jetzt fort. Übrigens ist es mir ganz recht, mir meine Anfälle in Form von Heimsuchungen vorzustellen. So fällt es mir leichter, sie zu akzeptieren.«

»Gut. Wie wärr'ss, wenn du jetzz' auss'm Wasser ssteigst? Ssonst errkältesst du dich noch.«

»Nein. Ich komme mir schön rebellisch vor, wenn ich etwas tue, was neugierigen Robotaugen gar nicht gefiele.«

»Ich warrte.«

»Danke. Dauert nur noch ein paar Minuten. Wie sicher ich mich hier auch innerlich fühlen mag, ich glaube nicht, daß mein Körper die Kälte noch lange aushalten kann.«

Etwas streifte sie. Sie blickte hinab und sah, daß dieses Etwas den Schlamm aufgewirbelt hatte. Dieses Etwas war zu groß für eine Ameise. Außerdem war es real.

»Was ist das?« rief sie aus.

»Wass isst wass?« verlangte Wolruf zu wissen.

Aber Ariel konnte sich nicht zu einer Antwort durchringen. Ihre Zähne klapperten allzusehr. Sie nahm all ihren Mut zusammen — der ihrer Meinung nach derzeit Mangelware darstellte — und tauchte vorsichtig unter, wobei sie in der eisigen Flüssigkeit mühsam die Augen offenhielt.

Ein Metallhaufen lag halb vergraben auf dem Grunde des Reservoirs. Die sanfte Strömung hatte gerade soviel von dem Schlamm abgetragen, der ihn bedeckte, daß er begonnen hatte, in Richtung Ufer zu treiben. Eine steife Hand streifte ihr Bein.

Wessen Hand?

Ariel schluckte aus Versehen eine Nase voll Wasser. Sie kam prustend an die Oberfläche geschossen.

»Arr-iiiel?« fragte Wolruf. »Was ist los?«

»Ein Robot — dort unten liegt ein Robot!«

»Wass hat err da zzu ssuchen?« fragte das Hundewesen und kam an den Rand des Wassers gelaufen.

»Was weiß ich. Ich glaube, er ist tot!«

»Rroboterr können nicht ssterrben!«

»Der hier vielleicht schon. Er sieht aus wie Lucius!«

Kapitel 5

Vergiß, sonst . . .

Kurz vor Morgengrauen ging Derec mit dem Gedanken zu Bett, wie es wohl wäre, zu wissen, wer er war.

Er wußte, daß er träumen würde. Er würde sich wie immer an seinen Traum erinnern. Häufig suchte er die Bildwelt seiner Träume nach einem Hinweis auf seine Identität ab, denn er glaubte, daß ihm sein Unterbewußtsein zweifellos Informationen über dieses persönlichste all seiner Probleme zu vermitteln versuchte.

Oft träumte er, ein Robot zu sein. Insgesamt glichen sich diese Träume. Ob er nun in der Rettungskapsel begann oder im Diagnosehospital, oder gar in seinem Schlafquartier, immer sorgte Robot City für ihn und seine Freunde. Häufig stieß er versehentlich auf den Schlüssel zum Perihelion, beim Öffnen einer Abdeckplatte oder eines Schrankes, oder gar in seiner Montur, und jedesmal benutzte er ihn.

Immer erfüllte ihn das Reiseziel mit arger Enttäuschung oder auch Verzweiflung, denn immer war es ein Ort, an dem er sich in den vergangenen paar Wochen bereits aufgehalten hatte, leicht verändert, vielleicht bedrohlicher wirkend, jedoch immer frisch in seiner Erinnerung. Nie träumte er von einem Ort, an dem er gewesen war, ehe er sein Gedächtnis verloren hatte. Jedesmal ereignete sich ein Unfall — er fiel in einen Spalt, der sich vor seinen Füßen auftat, oder ein Arbeitsroboter funktionierte nicht richtig und schlitzte ihn auf, oder etwas gleichermaßen Katastrophales ereignete sich.

Aber er empfand keine Schmerzen. Es blutete nicht. Ein Blick auf seinen verletzten Körper ließ seine Skelettstruktur unter der Wunde erkennen.

Nicht jedoch seine Skelettknochen. Das war nämlich der Haken.

Er hatte keine Knochen, die brechen, kein Fleisch, das reißen konnte. Seine Haut bestand aus Plastik, sein Skelett aus Metall. Wo Muskulatur sein sollte, gab es blinkende Lichter, und Drähte anstelle von Arterien.

Er empfand keinen Schmerz, keine Todesfurcht angesichts der

Wunde, nur den überwältigenden Drang, sich so bald wie möglich zu reparieren.

An diesem Punkt endeten seine Träume. Dann wachte Derec schweißgebadet auf, starrte seine Hand an und fragte sich, ob sie vielleicht nur darauf programmiert sei, auf irrationale Ängste hin zu zittern, Ängste, die ihn gemäß seiner Programmierung hin und wieder überfallen mußten.

Jedesmal schaffte er es unter Mühen, wieder einzuschlafen, nachdem er sich, obwohl er nicht zum Grübeln neigte, einen kurzen Moment lang gefragt hatte, ob, vom Offensichtlichen einmal abgesehen, tatsächlich ein Unterschied bestand zwischen dem Gefühl, ein Mensch zu sein, und dem, ein Robot zu sein.

Gelegentlich fing daraufhin derselbe Traum oder eine kaum veränderte Variation wieder von vorn an.

An diesem Abend jedoch, während er sich herumwarf und drehte, war der Traum irgendwie anders.

Natürlich begann er auf dem Platz.

Es war Nacht, und Derec war allein. Nirgends ein Lebewesen in Sicht. Und als er sich die etwas höheren, ein wenig groteskeren Versionen der Gebäude rund um den Platz besah, taten sich Zweifel auf, ob es in der Stadt überhaupt Leben gab.

Aber irgend etwas fehlte. Er spürte, daß der verlassene Platz noch leerer war, als er hätte sein sollen.

Etwas fehlte. Der Unterbrecher! Wo war der Unterbrecher?

Derec senkte den Blick und sah, wie der Plastbeton über seine Füße kroch und ihn an Ort und Stelle festnagelte. Er spürte deutlich, wie seine Füße mit dem Plastbeton verschmolzen, wie die Metazellen sich auf seine biologischen Zellen einzustimmen begannen. Derec unterdrückte mühsam die aufsteigende Panik. Er wußte nicht, wovor er sich mehr fürchtete: vor dem Ende oder davor, zu erwachen, ehe er erfahren hatte, worauf alles hinauslief.

Innerhalb weniger Momente hatten die Metazellen Derec vollständig eingehüllt. So gründlich hatten sich die metallischen Zellen mit den seinen vermengt, daß er nicht wußte, wo sie aufhörten und die seinen anfingen.

Seltsamerweise empfand er sich selbst als breiter, höher, fester in jeder Hinsicht. Er konnte weder sehen noch sich bewegen, stellte jedoch fest, daß ihn danach auch nicht verlangte. Er hatte sich in den Unterbrecher verwandelt, er fing die Energie des Sternenlichts ein, formte sie um, verstärkte sie und gab sie wieder frei. Er war kräftiger, robuster und solider als je zuvor.

Andererseits hatte er sein Bewußtsein verloren. Der Übergang vom Jemand zum Niemand war auf einen Schlag erfolgt. Er vermißte sein Identitätsgefühl nicht. Er konnte nicht verstehen, warum er sich gewünscht hatte, sein Gedächtnis wiederzuerlangen. Was konnten ihm, der so stark und fest den atmosphärischen Strömungen trotzte, Denken und Wissen schon nützen?

Derec wachte nur allmählich auf; die Momente, während derer sein Bewußtsein zwischen Wachsein und Schlaf verharrte, wurden durch ein tiefsitzendes Gefühl innerer Entrückung verlängert. In der Tat zogen sich diese Momente ungewöhnlich lange hin. Sowohl seine unmittelbare Zukunft als auch die unmittelbare Vergangenheit erschienen ihm einfach nicht greifbar.

Doch die Zukunft machte sich bereits bemerkbar. Ihm fiel auf, daß seit einiger Zeit ein lautes Klopfen an der Tür zu hören war. Verärgert erinnerte er sich seiner Verabredung. Wie schade. Eigentlich wäre er gern wieder eingeschlafen. Brauchen konnte er diesen Schlaf.

Na gut, da kann man halt nichts machen.

Das Klopfen setzte sich unvermindert fort, wurde allmählich immer eindringlicher. Nun wurde Derec richtig wütend. Andauerndes Klopfen, wenn es von einem Menschen kam, war eine grobe Unhöflichkeit. Roboter konnten nicht anders, sie mußten höflich sein, ungeachtet der Umstände. Was war das für ein Robot, der zu Überreaktionen wie unnötig hartnäckigem Klopfen neigte?

Dann fiel es Derec plötzlich wieder ein. *O nein! Ich hab' vergessen, daß es sich um Harry handelt!*

Derec zog sich hastig an und machte die Tür auf. Und in der Tat, auf der Schwelle stand Harry. »Ich darf doch davon ausgehen, daß ich nicht zu lange geklopft habe«, sagte der Robot. »Ich habe einhundert Fragen an Sie.«

»Und ich noch ein paar mehr an dich«, entgegnete Derec und bat ihn herein, »allerdings fürchte ich, wir müssen uns heute zeitlich beschränken.«

»Soll das bedeuten, daß Sie später noch Lucius befragen?« erkundigte sich Harry. »Warum sich mit diesem Genie abgeben, wenn Sie mich zur freien Verfügung haben?« Dann: »War das gut? War das witzig?«

Derec versuchte, sein Lächeln zu verbergen. Er wollte den Robot nicht ermuntern, was dieser ohnehin nicht nötig hatte. »Ich denke, ihr werdet für meine Untersuchung darüber, was mit den Robotern auf diesem Planeten vorgeht, gleichermaßen bedeutsam sein. Hast du deine Freunde mitgebracht?«

»M334 und Benny? Nein. Die arbeiten gemeinsam an einem Projekt. Ich glaube, es soll eine Überraschung werden.«

»Die wird ihnen vermutlich gelingen«, sagte Derec sarkastisch, »wenn man von den Ereignissen der letzten paar Tage schließen darf.«

»Ich bitte im voraus um Entschuldigung, aber war diese Bemerkung ebenfalls humoristisch gedacht?«

»Eigentlich nicht, nein.«

»Ach so. Sie müssen verstehen, daß es einem Robot oft schwerfällt, zu verstehen, was der Tonfall eines Menschen bedeutet«, sagte Harry wieder ausgesprochen höflich.

Derec beschloß, seine Frage ernst zu nehmen. »Das war eine beiläufige Bemerkung, ein Kommentar, den ich mit Frohsinn zu würzen gedachte, einer Geisteshaltung, die häufig Lachen auslöst.«

»Soweit ich es beurteilen kann, hat es sich sarkastisch angehört.«

»Hat es das? Vielleicht sollten wir doch M334 hinzuziehen. Unser Gespräch gestern abend war euer erster richtiger Kontakt mit der menschlichen Rasse, nicht wahr?« fragte Derec und holte durch Knopfdruck eine Tasse Kaffee aus der Essensausgabe.

»Ja, und schicksalhaft war er obendrein.«

»Wer drückt sich jetzt unklar aus, Harry? Wie lange sind deine Gehirnbahnen denn schon mit Humor befaßt?«

»Seit der Wachstumskatastrophe, die beinahe Robot City zerstört hätte und vor der Sie uns gerettet haben, danke sehr.«

»Und seither hast du mit der für Roboter charakteristischen Zielstrebigkeit dein Ziel verfolgt?«

»Wie denn sonst?«

»Allerdings, wie denn sonst. Ist dir etwa nie aufgegangen, daß selbst Humor zeit- und ortsabhängig ist, und daß der Durchschnittsmensch es nicht ertragen kann, ständig mit jemandem zusammenzusein, der jede Antwort auf eine Frage oder jede beiläufige Aussage zur witzigen Bemerkung geraten läßt? Das wird nach einiger Zeit vorhersehbar und kann dazu führen, daß eine ansonsten erfreuliche gesellschaftliche Situation sich rapide verschlechtert. Mit anderen Worten, daß sie langweilig wird. Fade. Banal. Uninteressant.«

»Sie ruft also nicht die gewünschte Reaktion hervor.«

»Roboter können nicht lachen«, orakelte Derec und nippte an seinem Kaffee. Er war gallenbitter, genau das, was seine Nerven brauchten.

»Wie ich sehe, sind Sie dem Grundproblem auf die Spur gekommen, das mich beschäftigt, seit ich mein kleines Projekt gestartet habe.«

»Glaube mir, es ist unübersehbar. Aber ernsthaft, Harry, wie würdest du reagieren, wenn du die Straße entlanggehst, und plötzlich tut sich unter dir ein Mannloch auf, und du fällst hinein?«

»Was ist das, ein Mannloch? Handelt es sich dabei um eine sexuelle Anspielung?«

»Aber nein, ein Mannloch ist eine meist mit einem Deckel versehene Öffnung in der Straße, durch die man sich Zugang zu einem Abflußrohr oder einem Heißwasserspeicher verschaffen kann.«

»Sind Sie sicher, daß keine sexuelle Anspielung mit dem Wort verbunden ist? Ich habe eifrig die Kunst des *double entendre* studiert, aber es gibt noch so viel zu verstehen, weil ich über die menschliche Sexualität nur das weiß, was der Zentralcomputer für mich auswirft.«

»Diese Informationen muß ich so bald wie möglich persönlich inspizieren. Aber um beim Thema zu bleiben, wie würde es dir ergehen, wenn du in ein Mannloch fällst?«

Harry deutete ein Achselzucken an. »Rumms würde es bei mir machen.«

»Ernsthaft.«

»Meine logischen Schaltkreise würden mich informieren, daß das Ende naht und sich, wie ich mich kenne, ordnungsgemäß abschalten, um mir die Schmach eines zufälligen Defekts zu ersparen.«

»Verstehe. Und wie wäre dir zumute, wenn du die Straßen entlanggehst und mich in ein Mannloch fallen siehst?«

»Nun, logischerweise fände ich das rasend komisch. Es sei denn, natürlich, Sie machen Platsch, ehe ich den Anforderungen des Ersten Gesetzes genügen kann.«

»Hmmm. Siehst du, in diesem Fall würdest du dich mit meiner unwürdigen Lage identifizieren und, wenn du ein Mensch wärst, deine Beklemmung durch Lachen abreagieren. Das heißt, ehe du Anstalten machst, mich zu retten. Die Frage lautet: Wie wirst du deine Beklemmung los, wenn du nicht lachen kannst?«

»Alle können sich *einig sein*, daß etwas komisch ist. Auf diesem Wege informieren mich auch meine Kameraden, wenn sie der Meinung sind, daß ich auf dem richtigen Kurs bin.«

»Aber ein Komiker, der vor einem Publikum aus lauter Robotern seine Vorstellung gibt, kann doch nicht nach jedem Witz unterbrechen und jeden fragen, ob er auf der richtigen Spur ist.«

»Das läßt sich umgehen. In so einer Situation ist es unter Robotern üblich, zu nicken, wenn sie etwas für komisch halten. Wenigstens versuche ich sie immer dazu zu überreden.«

Derec nahm den letzten Schluck Kaffee und bestellte augenblicklich eine zweite Tasse. »Wie ich sehe, hast du dir einige Gedanken gemacht.«

»Den einen oder anderen, ja.«

»Sollte das ironisch klingen?«

»Nein, witzig.«

»Ich glaube, damit andere Roboter deinen Humor lohnend finden, mußt du dir Pointen ausdenken, die ihre robotischen Ängste bewältigen helfen. Ich bin mir nicht ganz sicher, worin diese Ängste bestehen. Du könntest dich über ihre Schwächen lustig machen. Du könntest eine Satire über einen Robot schreiben und aufführen, der alles so wörtlich nimmt, daß er manchmal nicht begreift, was um ihn herum vorgeht. Einige der Figuren bei Shakespeare sind so, und obendrein menschlich, aber es wäre doch sinnvoll, wenn ein robotischer Held alles mögliche lächerlich übertreibt.«

»Sie meinen einen Helden, der Worte den Buchstaben nach versteht, jedoch nicht ihre Bedeutungsnuancen?«

»Die Zuschauer werden sie verstehen. Natürlich werden sie in ihrer Eigenschaft als Roboter in bezug auf ihre Neigung, alles wörtlich zu nehmen, eine Linderung ihrer positronischen Ängste erfahren, wenn sie sich mit ihm identifizieren. Dabei muß er nicht einmal sympathisch sein; er könnte durchaus eine Persönlichkeit von der Sorte haben, wie sie Roboter liebend gern hassen würden, wenn sie zu solchen Emotionen fähig wären.«

»Was haben Menschen für Ängste?«

»Schwer zu sagen. Ich kann mich an keine Menschen erinnern. Ich hab' nur ein paar Bücher gelesen. Viele von Shakespeares Scherzen, seine Wortspiele, seine Possen sind von einem derben, zotigen Humor geprägt, der mir heute ein wenig schlüpfrig erscheint, trotz des Abgrunds der Jahrhunderte zwischen uns. Darum meine ich, man kann mit Sicherheit sagen, daß Menschen immer ein gewisses Maß sexueller Ängste eigen war, und eine der Methoden, sie loszuwerden — oder Wege zu finden, wie man mit ihnen fertig wird —, ist der Humor.«

Harry nickte, als habe er verstanden, wovon die Rede war. *Wenn es mir nur auch so ginge,* dachte Derec. *Ich hab' mich hier wohl aufs Glatteis begeben.*

»Ob Sie mir, wenn das so ist, wohl einen alten Spacerwitz erklären könnten, den ich in meinen Auftritt einzubauen versucht habe?«

»In Ordnung . . . Sagtest du Auftritt?«

»Mein Auftritt. Bislang habe ich ausschließlich meinen persönlichen Bekannten Witze erzählt — Kameraden, die wissen, was ich anstrebe. Aber ich habe außerdem eine Vorstellung zu einem offiziellen Anlaß vorbereitet. Einen Auftritt.«

»Wie viele Witze hast du beisammen?«

»Ein paar. Es ist mir nicht gelungen, eigenes Material hervorzubringen, daher habe ich die Vokalrhythmen bereits existierender Scherze untersucht.«

»Um dein Timing darauf abzustellen?«

»Ja, soweit ich verstanden habe, was dieses Talent beinhaltet. Es gibt zwar keine Stimmaufzeichnungen, die ich untersuchen könnte, aber die Verweistexte enthalten häufig Einträge dieser Art.«

»In Ordnung, Harry«, sagte Derec und kicherte angesichts des Bevorstehenden, während er die Arme vor der Brust verschränkte und sich gegen die Konsole lehnte. »Schieß los!«

»Eines Tages fliegen drei Männer in einer Rettungskapsel das örtliche Raumdock an. Sie waren mehrere Tage ausgesetzt und freuen sich auf ihre Rückkehr zu den Annehmlichkeiten der Zivilisation. Der eine ist ein Siedler, der zweite stammt von Aurora, der dritte ist Solarier.«

Derec verbarg sein Grinsen hinter vorgehaltener Hand. Harrys Vortrag war in der Tat ungeschickt, und seine wenigen Gesten standen in keinerlei Zusammenhang zu dem, was er sagte. Andererseits gab er sich deutlich Mühe. Außerdem versprach die unterschiedliche Herkunft der drei Charaktere eine interessante Wechselwirkung. Historisch gesehen gab es soziale Reibungspunkte zwischen den Gruppen: Die Bewohner Auroras und die Solarier hatten Vorurteile gegen die Siedler wegen derer erst kürzlich erfolgter, ›drittklassiger‹ Kolonisierung ihrer Planeten; und zwischen Auroranern und Solariern hatte nie besondere Zuneigung geherrscht, vor allem, seit letztere auf mysteriöse Weise ihre Welt im Stich gelassen hatten und einfach verschwunden waren. Derec war sich bereits im klaren, daß er den hier Ariel erzählen mußte.

»Die drei sind also gerade über dem Dock angelangt, da wird die Radareinrichtung eines Frachters defekt, und das gigantische Schiff kreuzt direkt vor ihnen ihre Flugbahn. Ein Zusammenstoß ist unvermeidlich, und die drei Männer bereiten sich auf ihr Ende vor.«

»Eine logische Reaktion«, sagte Derec. Gleich darauf bekam er es mit der Angst zu tun, daß seine Worte Harry aus dem ohnehin holprigen Konzept gebracht haben könnten, und er beschloß, sich für die Dauer des Witzes ruhig zu verhalten.

Harry jedoch erzählte stur weiter, als sei nichts geschehen. »Plötzlich — wenige Augenblicke vor dem Zusammenstoß — werden alle drei Männer in goldenes Licht getaucht — und verschwinden spurlos!

Sie blicken sich um und sehen weder ihre Rettungskapsel, noch den Frachter, noch das Dock. Sie sitzen in einer unendlichen Pfütze bläulichen Lichts — einem seltsamen Mann mit einem Blätterkranz auf dem Kopf gegenüber. Der seltsame Mann hat einen weißen Bart, ist in leinene Gewänder gehüllt und hat einen hölzernen Stab in der Hand. Den Männern wird klar, daß sie sich in Gegenwart einer Art Gottheit befinden.

›In Raum und Zeit bin ich bekannt als Derjenige Welcher Das Launische Schicksal Walten Läßt‹, sagt der Mann, ›und ich bin gekommen, um es an euch walten zu lassen.‹ Und getreu seinen Worten zeigt er auf den Siedler und sagt: ›Du sollst die nächsten Momente überleben, aber nur, wenn du versprichst, nie wieder alkoholische Getränke zu dir zu nehmen. Nie mehr. Sobald du trinkst, egal, wie viele Jahre bis dahin vergehen, wirst du augenblicklich sterben. Hast du verstanden?‹

›Verstanden, Herr‹ sagt der Siedler, ›aber ist es nicht ein bißchen viel verlangt von einem Siedler, daß er sein Leben lang den Freuden des Alkohols entsagen soll?‹

›Mag sein‹, sagt Derjenige Welcher, ›aber meine Forderung bleibt bestehen. Ich wiederhole, sobald eine Flüssigkeit, die Alkohol enthält, deine Lippen berührt, wirst du ebenso sterben, als seist du bei der Kollision ums Leben gekommen.‹

›Einverstanden‹, sagt der Siedler widerstrebend.

Und Derjenige Welcher zeigt auf den Auroraner und sagt: ›Du mußt deiner Habgier abschwören.‹

›Ist gut!‹ sagt der Auroraner sogleich. ›Abgemacht!‹

Und Derjenige Welcher zeigt auf den Solarier und sagt: ›Und du mußt alle Gedanken an Sexualität aufgeben, bis auf jene, die du ausschließlich für die Zwecke gesellschaftlich akzeptablen Eheglücks brauchst.‹

›Vergib mir Herr‹, sagt der Solarier, ›aber das ist unmöglich. Weißt du denn nicht, was wir Solarier durchgestanden haben? Weil die Jahrhunderte unserer sozialen und persönlichen Unterdrückung erst so kurz hinter uns liegen, haben wir kaum eine andere Wahl, als an unsere neugewonnenen Freiheiten zu denken, und zwar des öfteren.‹

Derjenige Welcher runzelt die Stirn und schüttelt den Kopf. ›Das geht mich nichts an. Ich habe euch dreien meine Bedingungen genannt. Nehmt sie an oder sterbt.‹

›Ich nehme sie an‹, sagt der Solarier.

Wieder erfolgt ein greller Lichtblitz, und die drei Männer finden sich auf dem Boden wieder, während in der Ferne ihre Rettungskapsel dramatisch mit dem Frachter zusammenstößt. Sie empfinden enorme Erleichterung. Der Siedler wischt sich die Stirn und sagt: ›Ich bin überglücklich, daß diese kleine Episode vorüber ist. Seht nur, dort ist eine Bar. Schließt euch mir an, während ich unser gütiges Schicksal mit ein paar geistigen Getränken feiere.‹

Der Auroraner und der Solarierr sind einverstanden. Sie haben beide das Bedürfnis nach einem Trankopfer, außerdem wollen sie sehen, was mit dem Siedler passieren wird.

Und in der Tat, sobald der Siedler den ersten Schluck zu sich nimmt, stirbt er sprichwörtlich auf der Stelle. ›Potz galaktischer Blitz, der seltsame Mann hat die Wahrheit gesagt‹, ruft der Auroraner. ›Wir müssen dieses Lokal räumen!‹

Der Solarier stimmt enthusiastisch zu. Doch auf dem Weg hinaus erspäht der Auroraner ein seltenes und kostbares Juwel unter einem unbesetzten Tisch. Der Auroraner kann nicht widerstehen. Und als er sich vorbeugt, um das Juwel aufzuheben — stirbt der Solarier!«

Harry schwieg, und je länger Derec auf die nächsten Worte des Robots wartete, desto klarer wurde es, daß der Witz vorbei war. Zunächst verstand er ihn nicht und mußte sich die Szene und das, was sich ereignet hatte, vor Augen führen. Der Auroraner hatte sich gebückt . . . Der Solarier hatte sein Wort gebrochen . . .

Derec brach in Gelächter aus. »Ha, ha! Der ist richtig gut. Kaum vorhersehbar.«

»Das ist mir klar,« sagte Harry. »Ich weiß, daß der Handlungsablauf sie dazu verleitet, zu glauben, der Auroraner sei als nächster dran, aber ich begreife einfach nicht, woran der Solarier gedacht haben mag. Der Zentralcomputer war bisher nicht in der Lage, Material aufzufinden, das mich erleuchten könnte. Würde es Ihnen etwas ausmachen, mir die Sache zu erklären?«

»Nein, nein. Ich bin wirklich der Meinung, daß es Dinge gibt, die ein Robot nicht wissen soll.«

»Gestatten Sie mir, Fräulein Ariel dieselbe Frage zu stellen?«

»Nicht ehe ich sie etwas Ähnliches gefragt habe.« Derec packte Harry beim Arm und begann, ihn in Richtung Tür zu geleiten. »Nun muß ich dich rauswerfen. Gleich kommt Lucius, und ich möchte allein mit ihm sprechen, wenn du nichts dagegen hast.«

»Wie könnte ich etwas dagegen haben?« fragte Harry.

»Das war bloß eine Redewendung«, sagte Derec und griff zum

Türknopf. Doch ehe er noch die Chance hatte, ihn zu berühren, ging die Tür von der anderen Seite her auf.

Ariel kam mit tropfnassem Haar und angeklatschter Montur in die Wohnung gerannt. »Da bist du also!« rief sie.

»Kannst du nicht anklopfen?« brauste Derec auf, dann beruhigte er sich wieder, als er merkte, daß etwas Ernstes vorgefallen war. Außerdem brauchte sie natürlich nicht zu klopfen. Sie wohnte schließlich auch hier. »Alles in Ordnung?«

»Ja, klar. Wolruf und ich haben, äh, eine Entdeckung gemacht . . .«

»Und? Heraus damit!« rief Derec.

»Ich war heute morgen am Reservoir«, sagte sie stockend. »Äh, *im* Reservoir war ich und bin mit etwas Seltsamem in Berührung gekommen. Es war Lucius. Sein positronisches Gehirn war teilweise zerstört.«

»Was sagst du da?« fragte Derec, und der Raum begann sich um ihn zu drehen.

»Jemand hat mit Absicht Lucius sabotiert. Unwiderruflich. Man könnte sagen, er ist ermordet worden.«

»Lächerlich«, sagte Harry ruhig. »Nur ein Außenseiter würde eine solche Tat begangen haben, und das ist ausgeschlossen. Die Stadt hätte auf die Gegenwart eines Fremden reagiert.«

»Nicht unbedingt«, sagte Derec und dachte an Dr. Avery, der hier ein Büro unterhielt und dessen Eintreffen sicher nicht die automatischen Warneinrichtungen der Stadt auslösen würde.

»Es war kein Unfall«, sagte Ariel überzeugt. »Ich denke, ihr werdet euch meiner Meinung anschließen. Wolruf überwacht die Roboter, die den, äh, Leichnam herbringen. Dann werdet ihr ja sehen.«

»Einer von euch muß mehr wissen«, sagte Harry. »Ein Robot würde einem anderen niemals absichtlich Schaden zufügen. Ihr beide und das Fremdwesen seid die einzigen Verdächtigen.«

Derec rieb sich nachdenklich das Kinn. »Nein, es gibt kein Gesetz, das ausdrücklich vorschreibt, ein Robot dürfe einem anderen Robot gegenüber nicht gewalttätig werden. Ein Robot hätte sogar keine andere Wahl, wenn er wirklich glaubt, daß ein Mensch zu Schaden kommen könnte, wenn er es unterläßt, zu handeln.« Er warf einen Blick auf Ariel. »Wo sind Mandelbrot und Wolruf?«

»Passen auf die Roboter auf, die den Leichnam herbringen«, wiederholte sie.

»Harry, laß uns jetzt bitte allein. Wir beenden unsere Unterhaltung später.«

»In Ordnung«, erwiderte der Robot und ging zur Tür hinaus. »Obwohl ich mich verpflichtet fühle, Sie zu warnen: Sie haben meine Gegenwart nicht zum letzten Mal erlebt!«

»Gibt's so einen Robot überhaupt?« fragte Ariel, nachdem er gegangen war.

»Ich fürchte, ja«, erwiderte Derec. »Bist du sicher, daß wir es hier mit einem Fall absichtlicher Deaktivierung zu tun haben — nicht mit einem Unfall irgendwelcher Art?«

»Nein — aber jemand hat Lucius mehrmals ins Gesicht geschlagen, Derec. Für mich sah das wie Absicht aus, als wollte jemand sicherstellen, daß er nicht identifiziert wird.«

»Was unmöglich ist, weil die meisten seiner Einzelteile Seriennummern tragen, die sich zurückverfolgen lassen.«

»Genau. Wer es auch gewesen sein mag, er muß mittendrin darauf gekommen sein und Lucius dann ins Reservoir geworfen haben, in der Hoffnung, daß er dort nicht gefunden wird. Oder, falls er doch gefunden wird, so rostig ist, daß die meisten Seriennummern unleserlich sind.«

»Und wenn es sich nicht um einen unidentifizierten Eindringling handelt — was mir unwahrscheinlich vorkommt —, war ein Robot dafür verantwortlich.«

»Erstaunlich, nicht wahr?«

Derec nickte. »Absolut. Was hattest du eigentlich im Reservoir zu schaffen?«

Ariel wurde rot, aber Derec wußte nicht, ob aus Wut oder Verlegenheit. »Ich bin geschwommen.«

»In voller Montur? Übrigens, du hast Gewicht verloren, simmt's?« fragte er und musterte sie mit aufgerissenen Augen.

»Wer weiß, Derec, wie kannst du in einem Augenblick wie diesem frivol sein? Daß wir Lucius verloren haben . . .«

»So früh in seiner Laufbahn, ich weiß. Die Galaxis ist eines großen Künstlers beraubt, fürchte ich. Tragisch. Einfach tragisch. Ich muß lachen, Ariel. Das ist für mich der einzige Weg, damit fertigzuwerden, und im Moment ist es mir egal, ob du das verstehst oder nicht! Nun sei still und laß mich nachdenken!«

Ariel blinzelte überrascht und warf den Kopf zurück, als habe er ihr einen Schwinger versetzt. Doch sie fügte sich seinen Wünschen.

Derec starrte die Wand an und versuchte sich zu erinnern, wann er und Mandelbrot sich von Lucius verabschiedet hatten. Es war wenige Stunden vor Morgengrauen gewesen. Hatte Lucius etwas darüber gesagt, wo er hinwollte oder was er vorhatte? Nichts, woran sich Derec erinnern konnte, nur daß er, ehe er mit der Arbeit an seinem nächsten Projekt beginne, einige Stunden abschalten wolle. Nein, Indizien gab es wohl nicht. Lucius hatte mit Sicherheit nicht vorhersagen oder gar vermuten können, daß er ermordet werden sollte.

Hmmm, kann man die Stillegung eines Robots ›Mord‹ nennen? fragte sich Derec. *Oder ist Mord ein zu starker Begriff im Zusammenhang mit einer Maschine, wie fortgeschritten sie auch sein mag?*

Wenige Augenblicke später wurde Derec klar, daß er gar nicht so sehr über den eigentlichen Vorfall nachdachte, sondern ein tiefsitzendes Gefühl der Empörung unterdrückte. Während der wenigen gemeinsamen Stunden hatte Lucius für ihn etwas Besonderes zu werden begonnen. Natürlich, es bestand die Möglichkeit, daß er wegen seiner längst erwiesenen Affinität zu Robotern überreagierte, andererseits hatte er in jener kurzen Lebensspanne, an die er sich erinnern konnte, besondere Vorliebe für intelligentes Leben in all seinen Ausprägungen bewiesen.

Lucius war ein Robot, dachte Derec. *Ich werde nimmer seinesgleichen sehn.*

Im nachhinein erkannte Derec, daß er soeben eine Zeile aus Shakespeares *Hamlet* umgedichtet hatte. Das gemahnte ihn an das Versprechen, das er Lucius gegeben hatte, und er grübelte immer noch über die Konsequenzen dieses Versprechens nach, als Mandelbrot und Wolruf längst die Roboter, die Lucius schleppten, in die Wohnung eskortiert und angewiesen hatten, diesen auf einem Tisch abzulegen. Offenbar hatte Mandelbrot oder Ariel die Roboter angewiesen, sich zu entfernen, denn Derec konnte sich nicht erinnern, je so einen Befehl erteilt zu haben.

Als er sich das verbeulte und entstellte Gesicht ansah, hoffte Derec zunächst zu entdecken, daß alles ein schrecklicher Irrtum war, daß es sich gar nicht um Lucius handelte, sondern um einen ganz anderen Robot. Aber die Größe stimmte. Das Modell stimmte. Die Farbe stimmte. Sämtliche Identifikationsmerkmale, die allen Stadtrobotern in unterschiedlichem Ausmaß eigen waren, stimmten. Vor allem aber stimmte das Gefühl in Derecs Magengrube.

Lucius war in der Tat tot. Ermordet. Die Schaltkreise seines positronischen Gehirns waren mit Präzision entfernt worden. Nur die Persönlichkeitsintegrale waren im Schädel zurückgeblieben, damit sie im Wasser des Reservoirs dauerhaften Schaden nahmen. Demnach konnte es sein, daß Lucius' einzigartige Fähigkeiten erhalten waren, aber die Interaktion zwischen Gehirn und Körper sich vermutlich nicht wiederherstellen ließ. Die Persönlichkeit war für immer dahin.

»Entschuldigt mich bitte«, sagte Derec, dem nun bewußt wurde, daß seine Freunde ihn anstarrten und auf seine Reaktion warteten. »Ich wäre gern eine Weile mit Lucius allein.«

Und dann, nachdem sie gegangen waren, weinte Derec. Er weinte aus Mitleid und Bedauern, nicht Lucius, sondern sich selbst gegenüber. Es war seines Wissens das erste Mal, daß ihm die Tränen gekommen waren. Als es vorbei war, ging es ihm kaum besser, aber er hatte eine Vorstellung davon, was er zu tun hatte und an wen er sich wegen der Lösung des Rätsels wenden mußte.

Derec fand den Ebenholzfarbenen auf dem von ihm so benannten Unterbrecherplatz. Andere Roboter unterschiedlicher Art und Intelligenzniveaus standen um das Gebäude versammelt und beobachteten seine Farben, die in gedämpften Tönen das Sonnenlicht reflektierten. Gelegentlich ließen Reflexionen der glatten Gebäudeflächen die Roboter oder die übrigen Bauten aufblitzen. Der Gesamteffekt des Unterbrechers war im Sonnenlicht weniger spektakulär. Auch das hatte zweifellos zu Lucius' Plan gehört, daß er dem Gebäude gestattete, bei Tag kontrollierbar und damit ›ungefährlicher‹ zu sein, während die Nacht seine wahren Kräfte freisetzte. Er mußte herausfinden, nach welchem Prinzip die Solarbatterien arbeiteten.

Noch eine Frage, die Lucius nicht mehr persönlich beantworten konnte; wie interessant sie rein wissenschaftlich auch sein mochte, im Lichte der jüngsten Ereignisse erschien sie Derec nicht besonders wichtig.

Der Ebenholzfarbene stand am Rande des Platzes. Sein Kopf wandte sich keinmal dem Gebäude zu; er beobachtete die anderen Roboter, als suche er nach dem Sinn ihrer Aktivitäten. Oder nach dem Unsinn, je nachdem. Der Ebenholzfarbene stand gerade und hoch aufgerichtet da, mit kaum einer Nuance, die Derec auch nur entfernt menschlich nennen konnte. Es fiel ihm leicht, sich einen schwarzen Umhang vorzustellen, der von den Schultern des Ebenholzfarbenen herabhing, und noch viel leichter, sich ihn auf einer Hügelkuppe stehend vorzustellen, wie er trotzig dem heraufbrausenden Unwetter entgegenstarrte.

Blast, Wind', und sprengt die Backen, dachte Derec eine Zeile aus *König Lear.*

Indem er sich große Mühe gab, lässig zu wirken, so als befinde er sich lediglich auf einem Spaziergang, schlenderte Derec auf den Ebenholzfarbenen zu und sagte:. »Verzeihung, habe ich dich nicht gestern abend hier gesehen?«

»Das ist möglich«, erwiderte der Ebenholzfarbene und beugte Kopf und Schultern leicht nach vorn, als werde er jetzt erst auf die Gegenwart des Menschen aufmerksam.

»Zusammen mit den anderen Robotern?«

»Ich war auf dem Platz, aber meine Schaltkreise erkennen die Tatsache, daß ich mit den anderen Robotern *zusammen* gewesen sein soll, nicht an.«

»An deinen Abzeichen und deinem Modell erkenne ich, daß du ein Überwacherrobot bist.«

»Das stimmt.«

»Und was sind deine Aufgaben?« fragte Derec beiläufig.

Mit einer beinahe feierlichen Kopfbewegung wandte sich der Ebenholzfarbene dem Unterbrecher zu und wartete, bis das Schweigen zwischen ihnen recht lang wurde — absichtlich, um des dramatischen Effekts willen, dachte Derec. Er hatte vor, zu antworten, aber erst, nachdem er ihn hatte warten lassen. Derec begann sich eindeutig mulmig zu fühlen.

Schließlich sagte der Ebenholzfarbene: »Meine Aufgaben wechseln. Ich bin programmiert festzustellen, was getan werden muß, und es dann zu tun oder zu veranlassen.«

»All das nach eigenem Gutdünken?«

»Ich bin vorschriftsmäßig bestallter Ordnungshüter. Die Stadt erfordert, daß gewisse Stichproben durchgeführt werden, damit alles optimal funktioniert. Wenn eine Maschine nach und nach kaputtgeht, erkennt der Überwacher vor Ort dies womöglich nicht, weil er sich ununterbrochen dort aufhält. Er würde sich an die Situation gewöhnen, würde nicht einmal merken, daß etwas nicht in Ordnung ist, während ich mit meinen besonders feinen Gedächtnisspeichern und einem Auge, das in der Lage ist, einzelne Schichten von Metazellen auszumachen, sofort darauf kommen würde.«

»Natürlich nur, wenn du dir das Problem tatsächlich ansiehst.«

»Natürlich. Ich möchte bezweifeln, daß selbst ein Mensch eine Maschine reparieren könnte, noch ehe er Bescheid weiß, ob und an welcher Stelle sie kaputtgegangen ist.«

»Unterschätze uns nicht.«

»Ich will mir Mühe geben. Aber glauben Sie nicht, daß meine einzige Funktion darin besteht, als mechanischer Störungssucher zu arbeiten. Häufig greift die Zentrale auf mich zurück, wenn es darum geht, bei Problemen mit der robotischen Leistungsfähigkeit visuelle und kognitive Hilfestellung zu leisten — nicht, weil meine Kameraden jemals weniger als optimal funktionieren würden, sondern weil sie manchmal nicht sicher sind, ob sie ihre Energien auch zum optimalen Nutzen der Allgemeinheit einsetzen.«

»Demnach bist du ein Problemlöser! Du hilfst, Lösungen für die unvorhersehbaren Mängel im Programm der Zentrale zu finden!«

Derec lehnte sich gegen eine Mauer und sah zu, wie der Unterbrecher sich nach Art eines Ballons, der in einem Luftstrom aufgehängt ist, hin und her drehte. Er kam sich vor, als hätte ihm jemand mit einem Schraubenschlüssel einen Schlag auf den Hinterkopf verpaßt. Seine Lungen fühlten sich an wie Papier. Seine Knöchel fühlten sich an, als hätten die Knochen sich in Gummikitt verwandelt.

Zunächst war er zu benommen, um Widerwillen gegen den Ebenholzfarbenen zu empfinden, aber dieses Gefühl wuchs und wuchs, während er an der Mauer lehnte und versuchte, seine Gedanken zu ordnen.

Dieser Robot hat Entscheidungsgewalt, dachte Derec. *Die Natur seines Amtes verlangt von ihm analytische Kreativität! Möglicherweise hat er den Unterbrecher als so revolutionär in bezug auf die robotische Psyche eingestuft, daß er ein Hindernis für die Pflichterfüllung der Arbeiter darstellte. Und in dem Fall . . . in dem Fall hätte der Ebenholzfarbene sich genötigt gesehen, gegen Lucius einzuschreiten.*

Die Drei Gesetze sagen nichts darüber aus, daß ein Robot einem anderen keinen Schaden zufügen darf. Im Gegenteil. Situationen gemäß dem Ersten Gesetz oder Befehle gemäß dem Zweiten können dies erforderlich machen.

Bewiesen ist damit allerdings noch nichts.

Einen Moment lang überlegte Derec, was er unternehmen sollte, nachdem er Beweise in der Hand hatte. Er würde den Ebenholzfarbenen — beziehungsweise den Robot, der der Mörder war — eine Weile funktionsfähig erhalten müssen, bis die Mechaniker und die Psychologen ihn auf Anomalien hin untersucht hatten. Die Frage, was dann passieren sollte, mußte entschieden werden, wenn alle Fakten vorlagen. Es war immerhin möglich, daß der Ebenholzfarbene nicht anders konnte.

Zudem war es möglich, daß die Drei Gesetze ein signifikanter Faktor gewesen waren, daß der Ebenholzfarbene, nachdem er sich logisch damit zu beschäftigen begonnen hatte, sie rigoros bis zum tragischen Ende befolgt hatte.

»Sag mal«, fragte Derec und strengte sich an, gerade dazustehen, »ergreifst du jemals die Initiative, wenn es darum geht, Probleme zu identifizieren?«

»Wenn Sie damit meinen, ob ich einen potentiellen Defekt aufspüren kann, noch ehe die Zentrale darauf aufmerksam wird, lautet die Antwort Ja. Diese Gelegenheiten sind jedoch recht selten und meist unübersehbar.«

»Sie sind also unübersehbar, außer für die Zentrale.«

»Bitte?«

»Und ergreifst du beim Lösen von Problemen die Initiative?«

»Das ist schon vorgekommen, und die Zentrale mußte dann die Feinabstimmung übernehmen.«

»Aber nicht immer.«

»Wie ich sehe, muß ich mich exakt ausdrücken. Die Zentrale hat nur für Feinabstimmung bei dreien von siebenundvierzig meiner Lösungsstrategien gesorgt. Habe ich Ihre Fragen insoweit zufriedenstellend beantworten können?«

»Siebenundvierzig? Das sind aber viele Probleme, und zwar nur die, die du selber gefunden hast.«

»Robot City ist jung. Zweifellos wird es noch viele Systemdefekte geben, bevor die Stadt wirklich hundertprozentig funktioniert.«

»Und du wirst gewiß dein Teil dazu beitragen, wie?«

»Ich habe nichts anderes gelernt.«

Derec nickte. »Verstehe. Übrigens, wie heißt du?«

»Canute.«

»Sag mal, Canute, wie würdest du — in bezug auf seine Funktionstüchtigkeit — einen Robot beurteilen, der absichtlich einen Kameraden abschaltet?«

»Das müßte gründlich untersucht werden. Obwohl es natürlich denkbar wäre, daß das Erste oder Zweite Gesetz so eine Handlung gestattet.«

»Ist dir bekannt, daß jemand, vermutlich ein Robot, gestern nacht auf brutale Weise Lucius ausgeschaltet hat? Daß er irreparabel beschädigt wurde?«

»Natürlich weiß ich das. Über Komverbindung verbreitet sich jede Neuigkeit schnell.«

»Demnach hast du zum ersten Mal über andere Roboter davon erfahren?«

»Warum fragen Sie mich nicht geradeheraus, ob ich der verantwortliche Robot war? Sie wissen, daß es mir verboten ist, zu lügen.«

Canutes Worte wirkten wie ein Eimer kaltes Wasser, den jemand Derec ins Gesicht geschüttet hatte. Ihre Offenheit verblüffte ihn. »Ich — ich — woher wußtest du, daß ich darauf hinauswill?«

»Ihre Fragestellung schien mir darauf hinzudeuten.«

»Wie ich sehe, hast du erhöhte deduktive Fähigkeiten.«

»Eine Vorbedingung für meine Arbeit.«

Hmmm. Vielleicht bist du genau die Sorte Robot, die ich brauche, dachte Derec. Mit einer Willensanstrengung unterdrückte er seine Gefühle für Lucius und dachte an Ariel und die Möglichkeit, daß Canute, der von einem soliden und praktischen Bezugsrahmen ausgehend seine intuitiven Sprünge ausführte, gerade richtig wäre, um ihre Erkrankung zu diagnostizieren und zu heilen. Allerdings nur, wenn sich seine geistigen Bezüge umstellen ließen.

Es würde darauf ankommen, ihn zu bewegen, daß er sich entsprechend anpaßte — daß er die Schwere seines Irrtums einsah —, ohne dabei positronisch durchzubrennen. Sonst würde Canute nicht einmal mehr eine Büroklammer reparieren können.

Also kam direktes Herangehen nicht in Frage. Außerdem hatte Derec ein Versprechen einzulösen.

»Canute, es mag dir schwerfallen, mir zu glauben, aber nach einem Modell wie dir habe ich lange gesucht.«

»Ich verstehe nicht?«

»Ja, ich habe ein bestimmtes Gebäude im Sinn, das ich hier in der Nähe errichtet haben will. Außerdem soll es so dauerhaft wie möglich sein. Ich meine, sein Vorhandensein wird das Leben hier in Robot City enorm bereichern.«

»Dann ist mir daran gelegen, zu tun, was Sie verlangen. Was für ein Gebäude haben Sie denn im Sinn?«

»Ein Freilufttheater — eine Spielstätte. Ich gebe dir später die Einzelheiten, aber ich will die funktionale Ausarbeitung des Entwurfs sehen. Ich will, daß du dir zu einigen der Details selbst Gedanken machst. Darauf bestehe ich. Verstanden?«

»Ja«, sagte Canute und neigte leicht den Kopf. »Dürfte ich fragen, warum Sie ein Theater erbaut haben wollen?«

»Hast du je von *Hamlet* gehört?«

Kapitel 6

Die Welt des Dramas

In einer Beziehung hatte Canute recht: Neuigkeiten verbreiten sich schnell, wenn sie es über Komverbindung tun. Nach seiner Rückkehr vom Unterbrecherplatz war Derec kaum zur Tür herein, da meldete Mandelbrot sich bereits zu Wort.

»Wo waren Sie nur? Man hat mich mit Anerbieten nur so bestürmt, bei Ihrem neuesten Projekt behilflich sein zu dürfen. Ich fürchte, mangels ausreichender Informationen war ich gezwungen, jedermann zum Warten aufzufordern. Hoffentlich ist Ihnen das recht.«

»Klar«, sagte Derec und ließ sich auf die Couch sinken. »Wo ist Ariel?«

»Sie hat sich auf ihr Zimmer begeben. Sie hat etwas davon gemurmelt, ihren Shakespeare blank reiben zu müssen.«

»Blank reiben? Ach, du meinst wohl aufpolieren?«

»Wenn Sie das sagen.«

»Menschliche Redewendungen behagen dir nicht, stimmt's Mandelbrot?«

»Der Umgang mit ihnen kann mir weder behagen noch mißbehagen. Sie wollten wohl sagen, daß es mir manchmal schwerfällt, sie in ihrer besonderen Bedeutung praktisch anzuwenden. Wie beispielsweise, geht das an, jemanden aus der Antike aufzupolieren? In dieser Hinsicht habe ich gelegentlich Kommunikationsprobleme. Nun zu diesem Projekt . . .«

»Schon gut. Ich erzähl's dir ja. Aber warte — wo ist Wolruf?«

»Bei Fräulein Ariel. Ich glaube, daß Wolruf eine Aufgabe übernommen hat. Verzeihen Sie, falls ich mich wieder verkehrt ausdrücke, aber sie waltet als Fräulein Ariels Einpaukerin.«

»Psst. Still. Hör doch mal.«

Und Derec hörte ganz leise durch die geschlossene Tür Ariel folgende Worte sprechen: »O welch ein edler Geist ist hier zerstört! Des Hofmanns Auge, des Gelehrten Zunge, des Kriegers Arm, des Staates Blum' und Hoffnung, der Sitte Spiegel und der Bildung Muster, das Merkziel der Betrachter, äh . . .«

»Ganzz« sagte Wolruf mit gedämpfter Stimme, nicht leise genug, um ein Flüstern genannt zu werden, aber doch so leise, wie es ihr möglich war.

»Ganz, ganz hin!« schloß Ariel hingerissen.

»Hmm, wie es aussieht, ist die Besetzung der Nebenrollen schon fast komplett«, sagte Derec.

»Besetzung?« fragte Mandelbrot. »Sie wollen eine Eroberung machen?«

»Nein, keineswegs«, erwiderte Derec lachend.

»Ich muß schon sagen, sonst hätten Sie Ihre Absichten auch schrecklich gut geheimgehalten.«

»Meine Lieblingsbeschäftigung. Sag mal, was würdest du mit dem Robot anfangen, der Lucius auseinandergenommen hat?« Die plötzliche schockierende Vorstellung von dem Robot, der dort hinter der geschlossenen Tür in seinem Arbeitszimmer aufgebahrt war, ließ einen Schauer von Verlust und Trauer durch Derecs Adern rinnen. Und des Entsetzens. Nie hatte er geglaubt, daß auch Roboter sterben konnten. Er hatte immer angenommen, daß sie auf eine Weise unsterblich waren, wie es das Leben niemals sein konnte.

»Verzeihung, aber ich würde mich nicht damit befassen. Ich würde nur Ihre Anweisungen befolgen.«

»Und wenn ich nicht da wäre, um Anweisungen zu erteilen? Wie, wenn du dich allein entscheiden müßtest?«

»Erstens würde ich den Robot auffordern, sich zu erklären, und feststellen, welche Rechtfertigung sein Handeln gehabt haben mag, speziell was die damit verbundene Interpretation der Drei Gesetze angeht.«

»Aber es gibt kein Gesetz dagegen, daß ein Robot dem anderen Schaden zufügt.«

»Natürlich, aber der fragliche Robot könnte auf Befehl eines Menschen gehandelt haben. Was hier, nehme ich an, nicht der Fall war.«

»Nun, ja . . .«

»Nach Entgegennahme der Erklärung würde ich den sichersten Weg einschlagen und den Robot abschalten lassen, bis die entsprechenden Reparaturen vorgenommen sind oder bis menschliche Instruktionen eingeholt werden können.«

»Das kann lange dauern, vor allem hier in Robot City.«

»Das schadet nichts. Nach der Reaktivierung, falls darauf der Beschluß lautete, würde der Robot sich so verhalten, als sei er lediglich am Vortag zum Nachstellen kurz abgeschaltet worden.«

»Hmmm. Was aber, wenn man etwas von dem Robot wollte?«

»Das käme darauf an, was man von ihm will und wie dringend man es braucht.«

»Ich bin froh, daß du auch so empfindest, nicht, daß ich behaupten wollte, du würdest empfinden, aber es ist ein gutes Gefühl, zu wissen, daß deine Logik zum Teil mit dem Folgenden übereinstimmt . . .« Und er setzte Mandelbrot seine Theorie auseinander, wonach ein kreativer Robot mit wissenschaftlichen Neigungen in der Lage sein müßte, in der Diagnostik den Durchbruch zu schaffen und Ariel zu helfen.

»Aber woher wissen Sie, daß Canute wissenschaftlich begabt ist?«

»Ich weiß es nicht. Aber vielleicht kann ich mit Hilfe seiner Gedankengänge mehr darüber erfahren, was mit den hiesigen Robotern vor sich geht. Und ich muß es schaffen — muß Canute dazu bringen, daß er seinen Fehler zugibt, ohne dabei den Verstand zu verlieren. Das ist ein Grund, warum ich dieses Drama angesetzt habe.«

»Dieses Drama?«

»*Hamlet*, von William Shakespeare. Still; so hör doch.«

Ariels Stimme kam durch die Tür, gedämpft aber deutlich. Sie wiederholte und setzte dann den Text fort, den sie zuvor geprobt hatte, diesmal in lauterem, zuversichtlicherem Tonfall. »Und ich der Frau'n elendste und ärmste, die seiner Schwüre Honig sog, ich sehe die edle hochgebietende Vernunft mißtönend wie verstimmte Glocken jetzt.«

»Ist das nicht wunderschön?« schwärmte Derec.

»Die Worte, oder wie Fräulein Ariel sie spricht?«

»Hast du dich etwa mit Harry verständigt?«

»Ich verstehe nicht, worauf Sie hinauswollen.«

»Schon gut. Jedenfalls werde ich dieses Schauspiel als Blitzableiter benutzen, um sämtliche Roboter mit kreativen Tendenzen an einem Ort zu versammeln, sie an einem gemeinsamen Projekt arbeiten lassen und sehen, was dabei herauskommt. Ich weiß zwar nicht, was hier vorgeht, aber was es auch sein mag, ich komme schon noch dahinter!«

Es klopfte an der Tür. »Geh du hin, ja?« bat Derec und wandte sich in Richtung auf Ariels Arbeitszimmer. »Ariel? Hier spricht dein Regisseur! Komm da raus, ja?«

Ariel kam blitzartig hervorgeschossen, und Wolruf folgte ihr mit großen Sätzen. »Regisseur?« sagte sie. »Und wer wird mein Protagonist?«

»Wie? Woher wußtest du überhaupt, als du von dieser Inszenierung erfahren hast, daß du die Ophelia geben wirst?«

»Weil ich sämtliche geistigen und körperlichen Voraussetzungen erfülle. Wer könnte besser ein Mädchen spielen, das dem Wahnsinn verfällt, als eines, dem es genauso ergeht? Natürlich wüßte ich nicht, wer Hamlets Mutter spielen soll, aber das ist nicht mein Problem, stimmt's?«

Wenigstens hat sie sich ihren Humor erhalten, dachte Derec. »Nein — das ist Sache deines Regisseurs — und Protagonisten.«

Ariel grinste und verneigte sich. »Zu Ihren Diensten, Herr Regisseur.«

»Derec . . .«

»Ja, Mandelbrot.«

»Entschuldigen Sie die Einmischung, aber Harry, Benny und M334 sind an der Tür. Sie behaupten, sie hätten Ihnen Vibrationen zu übermitteln.«

»Vibrrationen?« fragte Wolruf. »Kein ansständiges Worrt auf meinerr Welt.«

»Ja, aber wer weiß, was es hier bedeutet«, sagte Ariel. »Schick sie rein, Mandelbrot.«

»Ja, ich denke, wir müssen früher oder später sowieso mit dem Vorsprechen für unsere Darsteller und Techniker anfangen«, sagte Derec.

Herein marschierten die drei Roboter, jeder bewaffnet mit einem Messingobjekt. Diese Objekte kamen Derec recht seltsam vor. M334 hatte ein Rohr in der Hand, mit zwei Dutzend Klappen und einer Art Mundstück am einen Ende. Es handelte sich offenbar um ein Blasinstrument, obwohl Derec sich nicht vorstellen konnte, was für Klänge es hervorbringen sollte.

Auch bei den Instrumenten der beiden anderen Roboter wußte er nicht, mit welchen Klängen er zu rechnen hatte. Das von Benny war kleiner als das von M334 und ließ sich leicht mit einer Hand halten; an der Spitze befanden sich drei Ventile, wohl um die Klangfarbe zu modulieren. Harrys Instrument war das geradeste und längste der drei; es hatte eine Schiebevorrichtung, die wohl dafür gedacht war, das Rohr nach Wunsch des Spielers zu verkürzen oder zu verlängern, vermutlich wiederum zur klanglichen Modulation.

»Guten Tag«, sagte Benny. »Wir können nur annehmen, daß wir in Ihre Vorbereitung hineinplatzen . . .«

»Du meine Güte, das hat sich doch wohl nicht schon rumgesprochen!« rief Ariel.

»*Du* hast es doch auch erfahren, nicht wahr?« sagte Derec.

Ariel zuckte die Achseln. »Ich hab's von Wolruf gehört.«

»Und wie hast du es erfahren, Wolruf?« fragte Derec.

Wolruf zuckte ebenfalls die Achseln, sonst nichts. Die Bewegung ließ ihren ganzen Körper erzittern.

»Deshalb dachten wir, Sie möchten sich vielleicht selbst vom Resultat eines Projekts überzeugen, dem wir uns gewidmet haben, statt in unserer Freizeit abzuschalten«, fuhr Benny fort, als habe niemand sonst etwas gesagt.

»Aha, und worum geht es bei diesem Projekt?« fragte Derec mißtrauisch.

»Ursprünglich war es rein musikalisch«, sagte Benny.

»Als wir jedoch erfuhren, daß Sie vorhaben, uns bei der Nachschöpfung einer menschlichen Kunstform einzusetzen, haben wir Nachforschungen angestellt und herausgefunden, daß Musik häufig bedeutenden Anteil an derartigen Einsätzen hatte«, sagte Harry.

»Das erschien uns als außerordentlicher Glücksfall«, sagte M334. »Wir waren der Meinung — vielleicht ist sie vermessen, aber wie sollten wir das feststellen, wenn wir davon Abstand nehmen, zu fragen —, daß unsere Musik einen wichtigen Beitrag zu dem Unternehmen darstellen könnte.«

»Äh, was für Musik soll das denn werden, mit diesen Dingern

hier?« fragte Ariel. »Auroranische Nouveau Fugues? Tantorianische Ektovariationen?«

»Etwas Zeitgemäßes, im terranischen Stil«, sagte Harry.

»Du meinst, von der Erde?« fragte Ariel ungläubig. Terranische Kultur galt bei den Spacern nicht viel.

»Shakespeare stammte von der Erde«, warf Derec versöhnlich ein.

»Ja, aber er hatte Glück, daß er so talentiert war«, sagte Ariel. »Von den meisten terranischen Künstlern kann man das nicht behaupten.«

»Möglicherweise urteilen Sie zu hart über unsere Bemühungen«, sagte Benny.

»Ja, Sie sollten Ihr Urteil fällen, nachdem Sie uns haben spielen hören«, sagte M334.

»Ja, dann haben Sie bestimmt genug kritische Munition«, sagte Harry.

Ariel starrte Derec an. »Das war ein Witz«, sagte Derec.

»Fasst sschon gelungen!« sagte Wolruf.

Daraufhin befestigten die drei Roboter computergesteuerte, flexible künstliche Lippen mit Hilfe von Magneten an ihren Sprechgittern. Die Lippen waren über Elektrokabel angeschlossen, die in die positronischen Hohlräume hineinführten, und an der Art, wie die Roboter die Lippen bewegten und Luft hindurchbliesen, erkannte Derec sogleich, daß sie direkt auf Gedankenkontrolle reagierten.

Genau wie richtige Lippen, dachte Derec und biß sich auf die Unterlippe, wie um sich zu vergewissern. »Seid mir nicht böse, Jungs, aber ehe ihr loslegt, wüßte ich gern die Namen dieser angeblichen Instrumente.«

»Das ist eine Trompete«, sagte Benny.

»Ein Saxophon«, sagte M334.

»Und eine Posaune«, sagte Harry.

»Und zur weiteren Einführung«, erklärte Benny, »die Nummer, die wir Ihnen untertänigst zu Gehör zwingen, ist eine alte Komposition, die kaum vierhundert Jahre nach der Shakespeare-Zeit entstand. Das war bereits die Ära der aufgezeichneten Musik, aber die Zentrale hat derzeit keine Aufnahmen zur Verfügung, daher können wir nur durch Untersuchung der Notenblätter auf die Art und Weise schließen, wie diese Instrumente gespielt wurden.«

»Soweit vorhanden«, sagte Harry. »Ein Großteil dieser Nummer ist improvisiert.«

»O je!« sagte Ariel zu sich und legte sich schützend die Hand vor die Stirn. *»Ich muß wohl im Delirium sein!«*

»Außerdem ist die Nummer, die wir untertänigst zu Gehör zwingen, das, was die Referenzbänder im Sprachgebrauch der Zeit als flotten Gassenhauer bezeichnen. Der Komponist, ein Mensch namens Duke Ellington, hat seinem Stück den Titel ›Bouncing Buoyancy‹ gegeben.«

Das will mir gar nicht gefallen, dachte Derec. Er winkte. »Spielt auf, McDuffs!«

Die Roboter spielten auf. Zumindest gingen die beiden Menschen und das Fremdwesen davon aus, daß sie es versuchten. Aber die musikalische Form war so radikal anders als alles, was sie je gehört hatten, die Spielweise so wahllos und merkwürdig, so voller unabsichtlicher Ausbrüche und Temposteigerungen und Verhalte, daß man nur erraten konnte, was die Roboter zu erreichen versuchten.

Bennys Trompete spielte die Melodielinie, eine schmetternde Notenfolge, die sich für das Ohr gelegentlich sogar richtig anhörte. Der Lärm, den das Instrument veranstaltete, glich dem Geheul einer rückwärts abgespielten Sirene. So hoch war seine Frequenz, daß Derec Angst bekam, daß seine Ohren davon bluten könnten. Andererseits schienen Bennys Noten eine innere Logik zu besitzen, als wüßte er Bescheid, wo er hinwollte, ohne sich darüber im klaren zu sein, wie es zu erreichen wäre.

Harry an der Posaune und M334 am Saxophon versuchten, Benny eine solide Grundlage zu bieten; ungeschickt wiederholten sie jeweils acht Takte einer gleichbleibenden Harmonie. Sie hielten diese Harmonie beinahe erfolgreich durch, und vielleicht wären ihre Patzer weniger aufgefallen, wenn es ihnen auch nur manchmal gelungen wäre, die acht Takte gemeinsam zu beginnen und zu beenden.

Die Posaune neigte dazu, wie eine hervorragend modulierte Unmutskundgebung aus dem Munde eines verächtlichen Esels zu klingen. Dagegen erinnerte der Angriff des Saxophons auf die Gehörgänge an eine Gänseschar, die unter Wasser gurgelt. Der Gesamteffekt der drei Instrumente war so, daß Derec sich einen

Moment lang fragte, ob damit nicht vielleicht ein interplanetarer Abrüstungsvertrag verletzt würde.

Derec verbrachte die erste Minute damit, die Musik absolut gräßlich zu finden, ganz und gar ohne ausgleichenden sozialen Wert. Sie gehörte zur schlimmeren Sorte Lärm; gemeint ist Lärm, der vorgibt, etwas anderes zu sein. Allmählich jedoch begann er verschwommen das ebenso verschwommene Ideal zu begreifen, dem die Roboter nacheiferten. Diese Musik hatte, wenn man von der Art und Weise absah, wie sie gespielt wurde, eine zielstrebige Fröhlichkeit an sich, die rasch ansteckend wirkte. Derec entdeckte, daß er mit dem Fuß einen Rhythmus anschlug, der dem der Musik verwandt war. Ariel nickte nachdenklich. Wolruf hatte fragend den Kopf schiefgelegt, und Mandelbrot wirkte wie üblich unergründlich.

Eine Sekunde lang ließ Derec seine Gedanken schweifen und fragte sich, ob er den Robotern eine Abart dieser lippenähnlichen Aufsätze verpassen sollte, damit sie während der Aufführung menschliche Gefühle darstellen konnten. Die Tatsache, daß die meisten unbewegliche Gesichter hatten, denen selbst rudimentäres Mienenspiel versagt blieb, würde die Illusion beeinträchtigen, wenn es ihm nicht gelang, eben diese Ausdruckslosigkeit als Effekt zu nutzen. Er stellte sich ein Lippenpaar vor, das sich vor Lachen über die Possen der im Stück vorkommenden Schauspieler verzieht, oder vor Entsetzen beim Anblick der auf der Bühne verstreuten Leichen. *Nun ja, das wäre eine Idee,* dachte er. Dann wandte er sich wieder der Musik zu,

Das Arrangement von ›Bouncing Buoyancy‹ endete damit, daß alle drei Instrumente zugleich das Leitmotiv spielten. Theoretisch. Dann rissen sich die Roboter die Mundstücke von den Lippen und streckten ihrem Publikum die Instrumente entgegen.

Derec und Ariel sahen einander an. Ihr Gesichtsausdruck besagte: *Du bist der Regisseur, übernimm du das Reden.*

»Wie hat Sie unser Stück erwischt?« fragte Benny.

»Äh, ungewöhnlich war es jedenfalls. Ich denke, ich weiß, worauf ihr Roboter hinauswollt, und ich denke, es könnte mir gefallen, wenn es euch irgendwann gelingt. Meinst du nicht auch, Ariel?«

»O ja, unbedingt.« Was sie meinte war: *Da habe ich so meine Zweifel.*

»Iss' dass etwa *Hamm-lit*?« erkundigte sich Wolruf.

»Keine Ahnung«, sagte Derec. »Ich darf doch wohl annehmen, daß dieser Ellington noch andere Werke komponiert hat.«

»In zahlreichen Stilen und Stimmungen«, sagte Benny.

»Die sich alle für unsere Instrumente transponieren lassen«, sagte Harry.

»Das hatte ich befürchtet«, sagte Derec. »Aber keine Sorge. Ich bin sicher, daß ihr mit entsprechender Übung besser werdet. Ich nehme an, das war euer Geheimprojekt, Benny?«

Benny verbeugte sich auf eine Weise, die für einen Robot seltsam huldvoll wirkte. »Ich persönlich habe die Instrumente gebaut und meinen Freunden beigebracht, was mir an Wissen über die Kunst des Hörnerblasens eigen war.«

»Nehmt bitte diese Lippen ab, ja? Der Anblick ist mir unheimlich.«

Als die Roboter gehorchten, sagte Mandelbrot: »Derec, diese Aufführung. Wo wird sie stattfinden? Ich glaube nicht, daß die Stadt über ein Theater verfügt.«

»Keine Angst. Das habe ich veranlaßt. Ich kenne einen Robot, der uns ein Theater bauen kann, wie es der Bevölkerung von Robot City gebührt. Er weiß nur noch nichts davon.«

»Und wer mag das sein?«

»Canute. Wer denn sonst?« Derec lächelte. »Da fällt mir ein, holt mir Canute. Laßt ihn sofort herkommen. Ich möchte, daß er sich dieses Gebräu namens ›Bouncing Buoyancy‹ anhört.«

»Jedes Zeitalter kennt andere Schrecken und Spannungen«, verkündete Derec wenige Tage später auf der Bühne des Neuen Globe-Theaters, »aber sie eröffnen alle denselben Abgrund.«

Er hielt inne, um festzustellen, welche Wirkung seine Worte auf die Roboter hatten, die auf Stühlen vor dem Proszenium saßen. Er hatte seine Aussage für höchst profund gehalten, doch die Roboter starrten ihn nur an, als habe er die Symbole einer bedeutungslosen Gleichung hergebetet, die nur deswegen interessant waren, weil ein Mensch sie genannt hatte.

Er räusperte sich. Seitlich von den Robotern saßen Ariel und Mandelbrot. Ariel hatte ein Notizbuch dabei, während Mandelbrot, den Derec zum Requisiteur bestimmt hatte, natürlich keines brauchte; sein eidetisches Gedächtnis würde ohne Aufzeichnungen den Materialbedarf der Produktion festhalten.

Wolruf saß hinter den beiden auf einem Stuhl und leckte sich die Pfote. Sie hatte darauf bestanden, das Amt der Souffleuse oder des Korrepetitors zu übernehmen, und hatte bereits viel Zeit darauf verwendet, Derec und Ariel zu soufflieren, während sie sich ihren Text einprägten — eine Aufgabe, die, wie er befürchtete, in seinem Fall noch längst nicht erfüllt war.

Derec räusperte sich wieder. Seine Unsicherheit machte sich bemerkbar — falls das wissende Lächeln, mit dem Ariel ihn bedachte, als Hinweis gelten durfte. Wolruf fuhr fort, ihre Läufe zu lecken; er wurde das Gefühl nicht los, daß sie, ohne es jemals auszusprechen, den faulen Zauber, den Menschen wie Roboter veranstalteten, unglaublich amüsant fand.

»Hmmm. Ihr alle seid vertraut mit den Studien, die einige von euch im Hinblick auf die Gesetze der Humanik unternommen haben. Jedenfalls seid ihr zumindest nebenbei so vertraut mit den Eigenheiten und Widersprüchen des Menschseins. Leidenschaft und Wahnsinn, Fanatismus und Nihilismus — so was gibt es bei euch Robotern nicht. Wir Menschen dagegen müssen uns in unterschiedichem Ausmaß jeden Tag damit auseinandersetzen.

In Kürze werden wir kühn in Gefilde vordringen, die kein Robot je betreten hat. Wir werden uns in den dichten, düsteren, bodenlosen Abgrund der Rachsucht stürzen, und wenn wir daraus hervorkommen, werden wir etwas — etwas — etwas *wirklich* Kolossales haben, auf das wir uns in künftigen Tagen rückbesinnen können. Das wird toll. Ihr werdet sehen.«

»Zur Sache!« rief Ariel dazwischen.

»Verzeihung, aber es ist meine wohlerwogene Meinung, daß Sie sich Themen zuwenden sollten, die mehr mit dem Theater zu tun haben«, piepste Mandelbrot. In dem Bemühen, natürlich zu wirken, hatte er die Beine übereinandergeschlagen und seine Handflächen auf die Knie plaziert. Es gelang ihm nur insoweit, als er wie eine Ansammlung von Sperrholzstücken aussah, die von rostigen Nägeln zusammengehalten wird.

»Schon gut, Mandelbrot«, sagte Derec und spürte, wie ihm das Gesicht heiß wurde. »Ich muß mich nur erst warmreden.« Er wandte sich wieder den Robotern zu und konnte nicht umhin, zu bemerken, daß ihre Haltung ebenso steif war wie die seines Robotgehilfen. Er fragte sich kurz: *Was um alles in der Welt habe ich hier zu suchen?* Dann stählte er sich und ging zum Thema über. »Theater ist eine Kunstform, die auf der Zusammenarbeit vieler beruht . . .« begann er.

Hier, das war das Neue Globe-Theater, entworfen von Canute, dem Robot, und unter seiner persönlichen Aufsicht gebaut. Indem er den Hinweisen folgte, die Lucius beim Zugriff auf dessen Programme im Zentralcomputer hinterlassen hatte, gelang es Canute, der Stadt mitzuteilen, was sie bauen und wie lange der Bau stehenbleiben solle. Canute hatte also praktisch das getan, was Lucius getan hatte, allerdings auf Befehl eines Menschen. (Während er diesen Aspekt seines Projekts beaufsichtigte, war Derec klar geworden, daß Lucius bereits Hinweisen gefolgt sein mochte, die gelegt worden waren, als Derec die Einrichtung von Essensautomaten in jedem zehnten Gebäude veranlaßt hatte. Ob es so war, würde Derec natürlich nie erfahren.)

Vielleicht war die Aufgabe für Canute leichter, weniger anstrengend, weil er im Gegensatz zu Lucius einer Vorlage folgen konnte: der des alten Globe Theatre in London, auf der Erde, zu Shakespeares Zeit. Aber er hatte ohne Derecs Zutun seine eigenen Spezifikationen hinzugefügt. Er hatte versucht, die speziellen Probleme von Form und Funktion zu meistern, je nachdem, ob sie seiner Vorstellung davon, wie sich ein Theater ästhetisch ins Stadtbild von Robot City einzufügen hatte, entsprachen oder nicht.

Derec hatte absichtlich darauf verzichtet, Canute anzuvertrauen, warum er unter allen Robotern der Stadt gerade ihn mit dem Entwurf für das zweite permanente Gebäude der Stadt beauftragt hatte. Und er hatte ein wachsames Auge auf Canute, während er seine Befehle erteilte, um festzustellen, ob die Gefahr einer positronischen Abweichung bestand, weil er nun (wie Derec meinte) genau das tat, weswegen er einem anderen Robot Schaden zugefügt hatte.

Aber Canute ließ davon nichts erkennen. Offenbar brauchte er zu seiner Zufriedenheit nichts weiter, als daß menschliche Befehle die Impulse lieferten.

Wie das alte Globe-Theater war das von Canute annähernd zylindrisch, jedoch zugleich verdreht und krumm, wie eine Metallstange, die in angeschmolzenem Zustand auf den Boden gelegt und dann unter dem Gewicht eines gigantischen Fußes verdreht wird. Wie im alten Globe-Theater — zumindest nach Aussage der meisten Mutmaßungen, die darüber angestellt wurden, nachdem es wenige Jahrzehnte nach Shakespeares Tod abgerissen worden war, um einer Reihe von Behausungen Platz zu machen — gab es auf der Bühne drei Versenkungen, von denen aus man in unterschiedliche Bereiche der Hinterbühne gelangte. Ein Zugang zur Hinterbühne war außerdem mit dem unterirdischen Versorgungstunnel verbunden, für den Fall, daß es Energieprobleme gab.

Über der Bühne gab es sowohl eine erste als auch eine zweite Galerie und mehrere versteckte Kameras in den Kulissen. Die Sitzreihen waren gestaffelt, um jedem Besucher einen unverstellten Blick zu gestatten. Ebenfalls im Bemühen, im Sinne des Publikums für optimale Sichtlinien zu sorgen, war der Boden angeschrägt und verlief in einer Reihe flacher Stufen.

Über der Bühne waren nach dem Vorbild moderner Konzertstätten riesige Leinwände für Nahaufnahmen aufgehängt. Und Bühne wie Galerien waren durchweg mit versteckten Mikrophonen ausgestattet.

Allein die Größe des Theaters war beeindruckend. Der Entwurf war so angelegt, daß eine Vielzahl dramatischer Effekte möglich wurde. Es war jedoch Canutes Farbauswahl, die das Neue Globe-Theater einer Hyperfunkmeldung wert machte. An der pechschwarzen Decke waberten glitzernde Punkte wie Sterne, die man durch einen Hitzeschleier wahrnimmt. Teppich und Sitzbezüge waren graubraun gehalten, Variationen jener Farben, die sich in den Tunneln und auf den Straßen der Stadt fanden — Canutes Version von ›erdigen Tönen‹. Der Vorhang war leuchtend karmesinrot und glitzerte ebenfalls, und die Wände waren in gedämpftem, unauffälligem Weiß gehalten. Der sanfte Luftzug der Klimaanlage hielt die Vorhänge in ständiger Bewegung.

Natürlich brauchten Roboter keine Klimaanlagen, was Derec den Eindruck vermittelte, als habe Canute das Theater nicht nur für Roboter, sondern auch für Menschen entworfen. Als habe der Ebenholzfarbene das Theater in der geheimen, möglicherweise unbewußten Hoffnung gestaltet, daß hier eines Tages ein Schauspiel vor menschlichem Publikum aufgeführt werden würde.

Eine unbewußte Hoffnung?

»Als Roboter seid ihr von der Konstitution her unfähig, zu lügen«, wandte sich Derec an seine teilnahmslosen Zuhörer. »Das können nur Menschen, wenn auch nicht immer erfolgreich. Das Theater jedoch ist eine Welt des Scheins, die auf die Kooperation mit der Vorstellungskraft des Zuschauers angewiesen ist. Der Zuschauer muß bereit, willens und fähig sein, an die Lüge der Fiktion zu glauben, um darin Vergnügen oder gar die eine oder andere Erkenntnis zu finden. Unsere Aufgabe ist es, ihm dabei zu helfen, ihn zu veranlassen, daß er der Lüge glauben will.

Auf der Shakespeare-Bühne wurde wenig gezeigt, aber alles hatte Bedeutung. Sprache, Aktion, Requisiten, Dekoration — alle arbeiteten zusammen, um dem Zuschauer ein Fenster zur Verfügung zu stellen, durch das er die Welt betrachten konnte. Und wenn all die Bemühungen des Ensembles und der Techniker Erfolg hatten, gab sich der Zuschauer, obwohl er wußte, daß er Erdichtetes sah, *bereitwillig der Illusion hin*, entschied sich für den Augenblick das, was er sah, für wahr zu halten, um eine Beziehung zum Dargebotenen herzustellen.

Für uns ist die Herausforderung eine andere. Wir müssen Roboter unterstützen, zwingen und anregen, ihre logischen Integrale auf eine Weise zu gebrauchen, daß auch diese Integrale zeitweilig außer Kraft gesetzt werden. Wir müssen nicht nur ein Fenster zur Welt, sondern eines zum Herzen des Menschen liefern.

Wie ich es verstehe, haben wir es mit drei Welten zu tun, die bei jeder Inszenierung berücksichtigt werden müssen. Gemeint sind die Welt des Dramas, die Welt des Dramatikers und die Welt der Inszenierung. Ich denke, wir sind uns einig, wie die Welt der Inszenierung aussieht; ich möchte mich darauf beschränken, mit einigen Worten auf die anderen beiden Welten einzugehen.«

»Willst du dieses Schauspiel nun auf die Bühne bringen — oder totreden?« rief Ariel schelmisch dazwischen.

Derec lachte nervös. Sie hatte ihn aus dem Konzept gebracht, und er wußte nicht mehr, was er als nächstes hatte sagen wollen.

»Die Welt des Dramatikers«, soufflierte Mandelbrot hilfsbereit.

»Ach ja. In unserer Zeit hat die Menschheit eine mehr oder weniger umfassend zivilisierte Lebensweise erreicht. Wenige Menschen verstoßen gegen die Gesetze der Menschen. Die meisten genießen ein langes und gesundes Leben.

In der Shakespeare-Zeit dagegen war das Leben oft weniger ein kostbares Geschenk als eine Bagatelle, die es zu erdulden galt. Die Arbeitsbedingungen waren brutal und schwierig, Bildung gab es nur für die privilegierten Klassen, und die wissenschaftliche Denkweise — logisches Denken, gestützt durch empirische Beweise — stand erst am Anfang. Die meisten starben durch Krieg, Pestilenz, Verfolgung, unhygienische Lebensbedingungen und dergleichen, noch ehe sie fünfunddreißig waren. Man muß sich nur vorstellen, daß man Königin Elisabeth I. von England, die Herrscherin der Shakespeare-Zeit, für verschroben hielt, weil sie einmal im Monat ein Bad nahm. Allerdings — ja, was ist?« fragte Derec, der bemerkt hatte, daß ein Robot in Canutes Nähe schüchtern die Hand erhoben hatte.

»Ich bitte untertänigst, reuig und zerknirscht um Vergebung für diese unpassende Unterbrechung«, sagte der Robot, »aber nach dem Lesen des Textes und stundenlangem Nachdenken über seine Bedeutung habe ich mich unglücklicherweise an einem Problem von überwältigender Bedeutung festgefahren, und es erscheint mir vernünftig, davon auszugehen, daß nur ein Mensch es mir angemessen erklären kann.«

»Natürlich. Mir ist jede Frage willkommen.«

»Selbst eine subjektive?«

»Selbstverständlich.«

»Selbst eine, die man in bestimmten Kreisen als zu ungeschliffen für den normalen gesellschaftlichen Umgang erachten würde?«

»Natürlich. Shakespeare war ein Missionar, er hat auf Jahrhunderte hinaus die Sprachbarrieren terranischer Kommunikation aufgehoben.«

»Selbst wenn die Frage persönlicher Natur ist?«

Derec warf einen verstohlenen Blick nach unten, um festzustellen, ob sein Reißverschluß zu war. »Äh, na klar. Wir werden uns hier mit einigen ganz hübsch komplexen Motivationen grundlegender menschlicher Triebkräfte beschäftigen müssen.«

»Selbst wenn die Frage *extrem* persönlicher Natur ist?«

»Also, was?«

»Ist das ein direkter Befehl?«

»Nein, eine direkte Frage, aber du kannst sie als Befehl verstehen, wenn du nur endlich mit der Sprache herausrückst!«

»Ausgezeichnet. Einen Moment lang hatte ich befürchtet, meine Integrale würden mir versagen, es auszusprechen, wenn ich nicht durch den zusätzlichen Impuls eines direkten Befehls ermuntert werde.«

»Würdest du mir nun bitte sagen, was du auf dem Herzen hast?«

»Ich weiß, daß bei den Menschen Männer und Frauen unterschiedliche Konturen haben, und daß diese Unterschiede etwas mit ihrer häufig komplexen sozialen Interaktion zu tun haben, daher lautet meine Frage schlicht: Was ist es, das menschliche Männer und Frauen in ihrer Freizeit miteinander anfangen?«

Im Theater herrschte eisiges Schweigen. Derecs Blick verschwamm, und das leise Summen der Klimaanlage vollführte eine Reihe hypnotischer Wah-Wahs, als sei es in einem Aufnahmestudio eingespeist worden. Er warf Ariel einen fragenden Blick zu. Sie lächelte und zuckte die Achseln. Er blickte Wolruf an.

Sie schüttelte den Kopf. »Mich brrauchsst 'u nicht anssehen. Bei unss gib'ss keine Paarungssrrituale. Wirr tun 'ss, Sschluß auss.«

»Das möchte ich doch stark bezweifeln«, konterte Derec. Er blickte soeben nach rechts, als Harry, seine Posaune in der Hand, den Kopf aus den Kulissen hervorstreckte. Benny und M334, die ebenfalls ihre Instrumente dabeihatten, standen hinter Harry und gestikulierten, als wollten sie den Robot bei den Schultern packen und zurückreißen.

Doch besannen sie sich offenbar eines Besseren und ließen zu, daß Harry sagte: »Herr Regisseur, ich glaube, Beleuchtung in die Sache bringen zu können.«

Derec verbeugte sich und winkte ihn auf die Bühne. »Nur zu.«

Doch als Harry rasch hervorkam und vor dem Roboterpublikum in Stellung ging, wurde Derec plötzlich flau. »Äh, Harry, es handelt sich doch wohl nicht um einen deiner Scherze, wie?«

»Ich werde mich, denke ich, lehrreich erweisen.«

»Na gut. Ich weiß, wann ich geschlagen bin.« Derec entfernte sich und stellte sich zwischen Ariel und Wolruf.

Harry würdigte die Menschen keines Blickes mehr, ehe er begann. Er konzentrierte sich ganz auf die Roboter. »Ein Axiom karbonischer Lebensformen lautet, daß die Natur von ihnen verlangt, sich zu vermehren. Nicht unbedingt planmäßig, nicht unbedingt bei passender Gelegenheit, nicht unbedingt ästhetisch, aber effizient. Wenn die fragliche Lebensform beim Reproduktionsakt eine gewisse Befriedigung empfindet, ist das für diese Lebensform schön und gut, aber der Natur geht es nur um den Vermehrungstrieb. Die Zentrale verfügt über einige visuelle Daten, und ich schlage vor, ihr seht sie euch bei Gelegenheit einmal an, damit wir alle verstehen, welche chemische Reaktionen in Ophelia und Hamlet ablaufen, während letzterer die Wonnen des Augenblicks beiseite schiebt, um seiner Krone habhaft zu werden.« Harry nickte Derec zu. »Wie Sie sehen, habe ich das Stück bereits gelesen.« Dann sagte er, wieder ans Publikum gewandt:

»Damit ihr die unbekannten tiefsten Tiefen dieses Triebes versteht, muß ich eure Aufmerksamkeit auf die Anfänge der Planetenbesiedlung durch die Menschen lenken, als sie die Roboter noch nicht durchweg als treue Gefährten akzeptiert hatten, als die Kriege der Erde mit ihren Nuklearraketen und Weltraumverteidigungssystemen dem Menschen zu den Sternen gefolgt waren. Damals waren militärische Stützpunkte auf neubesiedelten Planeten die Regel, und zwar wurden sie weitab von den zivilen Einrichtungen angelegt.

Damals waren die Geschlechter noch häufig getrennt, daher war es nicht ungewöhnlich, daß sich an die einhundert Männer allein in fernen, öden Gefilden aufhielten, um auf Schlachten zu warten, die sich nie ereigneten, um auf den Tag zu warten, an dem sie sich wieder weiblicher Gesellschaft erfreuen und den Drang loswerden konnten, der während ihrer Isolation immer mehr zugenommen hatte. Zugenommen. Zugenommen. Immer mehr zugenommen.

Wie hielten es nun die Männer mit dem Geschlechtstrieb? Sie dachten daran, sie sprachen darüber und sie träumten davon. Einige unter ihnen unternahmen sogar etwas dagegen.

Dieses Etwas beschäftigte, wie das Schicksal es wollte, einen gewissen General Dazelle außerordentlich, denn es war ein Problem, mit dem er auf seinem neuen Posten als Kommandeur des Stützpunktes Hoyle zu tun bekommen würde. Der General war ein penibler Mann, der gern alles geordnet wußte, daher bestand er bei seiner Ankunft in dieser entlegenen militärischen Einrichtung darauf, daß der Attaché ihn sogleich überall herumführte.

Der General war von den Kasernen, den Schutzanlagen, ja, vom gesamten Stützpunkt recht angetan, doch als er und der Attaché um eine Ecke bogen und an einem Lampenpfosten festgebunden die armseligste, jämmerlichste, krummste, verlausteste alte Schindmähre der Menschheitsgeschichte erblickten, geriet er in arge Bedrängnis. ›Was — was ist das denn —?‹ fragte der General.

›Das ist eine Mähre‹, sagte der Attaché.

›Und warum befindet sie sich hier? Warum hat man sie nicht ausgestopft und aufs Feld gestellt, damit sie die Habichte und Krähen vertreibt?‹

›Weil die Männer sie brauchen‹, sagte der Attaché.

›Brauchen? Wozu sollten sie sie brauchen?‹

›Nun, wie Sie wissen, liegt die nächste Zivilistensiedlung über hundert Kilometer enfernt.‹

›Ja.‹

›Und Sie wissen, daß die Mannschaften aus Sicherheitsgründen ausschließlich zu Fuß nach dort gelangen können.‹

›Ja, aber ich begreife nicht, was das mit diesem fehlgeschlagenen genetischen Experiment hier zu tun hat.‹

›Nun, es muß Ihnen doch bekannt sein, daß Männer Männer sind. Wie Sie wissen, haben sie Bedürfnisse. Bedürfnisse, die befriedigt werden müssen.‹

Der General warf einen entsetzten Blick auf die Mähre. Er konnte kaum glauben, was er da zu hören bekam. Die Information war in großer Gefahr, ihm schweren geistigen Schaden zuzufügen. ›Sie meinen, die Männer — sie — mit der alten Mähre?‹

Der Attaché nickte ernsthaft. ›Ja. Der Drang baut sich auf. Es bleibt ihnen nichts anderes übrig.‹

Der General befand sich am Rande der Hysterie. Ihm wurde so schwindelig, daß er sich beim Attaché anlehnen mußte. ›Bei meiner Soldatenehre‹, sagte der General, ›so verzweifelt gedenke ich nicht zu werden.‹

Aber im Laufe seiner Dienstzeit baute sich der Drang immer mehr auf, bis ihm eines Tages keine andere Wahl blieb, als zuzugeben, daß er so verzweifelt geworden war. Schließlich hielt er es nicht länger aus und sagte zu dem Attaché: ›Bringen Sie die Mähre unverzüglich in mein Quartier.‹

›In Ihr Quartier?‹ fragte der Attaché, der offenbar etwas an der Sache nicht verstand.

›Ja, in mein Quartier‹, sagte der General. ›Sie erinnern sich doch, was Sie mir über die Männer erzählt haben — und die Mähre?‹

›Jawohl, Sir!‹ sagte der Attaché und salutierte.

Der Attaché tat, wie ihm befohlen. Inzwischen war die Mähre nicht mehr als ein Schatten ihres ohnehin schon hinfälligen Selbst. Erst kürzlich war sie von einer Klippe gefallen, hatte jedoch glücklicherweise nur leicht verkrüppelt überlebt, und ihr Körper war durch Krankheit ausgezehrt. Daher war der Attaché überaus entsetzt, ja, betroffen bis in den Kern seiner Existenz, als der General die Hosen herunterließ und sich an dem jämmerlichen Tier zu schaffen machte.

›Sir!‹ rief der Attaché, ›was machen Sie denn da?‹

›Ist es nicht offensichtlich, was ich mache?‹ sagte der General. ›Ich tue es den Männern nach!«

›Ich verstehe nicht, worauf Sie hinauswollen‹, sagte der Attaché. ›Nie, nie habe ich so etwas erlebt.‹

›Aber, aber, Sie sagten doch, die Männer — ihre Bedürfnisse — und die Mähre . . .›

›Sir, die Männer haben ihre Bedürfnisse, das ist wahr, aber ich wollte damit sagen, daß sie, wenn der Drang ihnen zuviel wird, auf die Mähre steigen und auf ihr zur nächsten Siedlung reiten.‹

»So. Alles klar?« beendete Harry seine Geschichte.

»Wovon rredet der nurr?« knurrte Wolruf.

»Nun bin ich total konfus«, flüsterte Derec. »Aber wenigstens hat sich seine Erzähltechnik verbessert.«

Ariel dagegen konnte nicht mehr aufhören, zu lachen. »Das ist ja — das Blödeste — was mir je zu Ohren gekommen ist«, sagte sie atemlos.

Harry blieb an seinem Platz auf der Bühne, als warte er auf das Urteil seines Publikums. Die Roboter hatten das Ende des Witzes mit einer Art eisigen Schweigens begrüßt, wie es nur Metall heraufbeschwören kann. Ohne Ausnahme starrten sie Harry mehrere Augenblicke lang unverwandt an.

Dann wandte sich der Robot mit der Frage, die den Witz ausgelöst hatte, an seinen rechten Nachbarn und sagte: »Ja, das ergibt einen Sinn.«

»Ich verstehe es«, sagte ein anderer.

»Klar wie Kloßbrühe«, meinte ein dritter.

»Unverständlich, absolut unverständlich«, erklärte Canute.

Der Ebenholzfarbene gehörte jedoch zur Minderheit, da die meisten Roboter mit Harrys Erklärung zufrieden zu sein schienen.

Derec wartete, bis Ariel zu lachen aufgehört hatte, und fragte sie: »Weißt du, was hier vorgeht?«

Sie wandte sich ihm zu, ergriff seinen Arm und flüsterte in verschwörerischem Tonfall: »Die Roboter erschließen sich die Welt des Menschen so, wie wir es tun — durch Witze.«

»Das begreife ich nicht«, entgegnete Derec.

»Hmm. Laß es mich so sagen. Wenn man auf Aurora aufwächst und in die Schule geht, ist eines der größten Geheimnisse des Lebens das, was man gewöhnlich mit den Blumen und den Bienen umschreibt.«

»Ja, diesen Begriff kenne ich, aber ich weiß nicht mehr, wie ich davon erfahren habe.«

»Das liegt daran, daß du unter Gedächtnisschwund leidest. Nun hör zu, obwohl wir über den wissenschaftlichen Aspekt in der Klasse viel erfahren haben, gab es doch gewisse . . . Ängste. Du kannst dich an deine nicht erinnern, aber du hast sicher noch eine Menge davon. Ist nicht persönlich gemeint, nur als Tatsache.«

»Danke sehr. Mach weiter.«

»Und eine Methode, wie wir Kinder unsere Ängste bewältigt

haben, bestand in dem künstlerischen Ausdrucksmittel, das in der gesamten Galaxis als der dreckige Witz bekannt ist.«

»Und darum geht es hier?« Derec konnte sich nicht erklären, wieso, aber er spürte, wie er rot im Gesicht wurde. »Das ist ja unerhört! Soll ich dem ein Ende machen?«

»Ach, du bist ja so prüde. Natürlich nicht. Das gehört alles zur Lernerfahrung. Du kennst doch das alte Sprichwort: ›Niemand ist für einen dreckigen Witz zu haben — es sei denn, er hört ihn von jemand, der ihn zu erzählen versteht.‹«

»Warum gebe ich mir dann solche Mühe, eine große Produktion auf die Bühne zu bringen? Warum bitte ich dich nicht einfach, dich für sie auszuziehen?«

»Dir würde das gefallen, aber ihnen wäre es gleichgültig. Sie hören sich diese Witze nicht aus Sensationslust an, sondern weil sie mehr über uns erfahren wollen.«

»Das wollen sie. Sie wollen unbedingt verstehen, was es bedeutet, ein Mensch zu sein, nicht wahr?«

»Ich denke, es verhält sich ganz anders. Außerdem denke ich persönlich, du solltest dich auf das konzentrieren, was vorgeht, weil Harry gerade einen neuen Witz gestartet hat.«

Und in der Tat, so war es. »Der letzte Mensch auf der Erde sitzt allein in seinem Zimmer«, sagte der Robot soeben. »Plötzlich klopft es an der Tür . . .«

»Laß gut sein, Harry, du warst großartig.« Derec ruderte mit den Armen, eilte zu ihm hinüber und legte die Hand über sein Sprechgitter. Eine symbolische Geste, soviel stand fest, aber dennoch eine wirksame. »Schließ du dich nur wieder deinen Kameraden hinter der Bühne an, bis ich dich rufe, ja?«

»Jawohl, Herr Regisseur«, erwiderte Harry und marschierte munter von dannen.

»Wo waren wir stehengeblieben? Ach, egal. Unterhalten wir uns über das Stück. ›Das Schauspiel sei die Schlinge‹, sagt Hamlet, ›in die den König sein Gewissen bringe.‹ Hamlets Onkel Claudius hat Hamlets Vater umgebracht, den König von Dänemark, und den Platz seines Bruders auf dem Thron eingenommen. Um seinen Anspruch zu sichern, hat Claudius Hamlets Mutter Gertrude geheiratet. Als Hamelt von der Hochschule heimkehrt, findet er den Thron, der ihm zusteht, besetzt vor, und obwohl er seinen Onkel übler Machenschaften verdächtigt, besitzt er keine Beweise, bis auf das Wort eines Geistes aus dem Jenseits.

Um seine Beweise zu untermauern, heuert Hamlet eine reisende Schauspielertruppe an, um ein Stück aufzuführen, worin das Verbrechen geschildert wird, dessen er Claudius verdächtigt. Er hofft, daß er, indem er seinen Onkel während der Vorstellung beobachtet, die Schuld, das geheime Wissen um sein Verbrechen vom Gesicht seines Onkels ablesen kann.

Claudius dagegen verdächtigt Hamlet, den Wahnsinnigen zu spielen, um sich den Beweis zu verschaffen, deshalb belauert er seinen Neffen, während Hamlet ihn belauert. Das Stück dreht sich um das geistige Duell zwischen den beiden und die Maßnahmen, die Männer ergreifen, um zu bekommen, was sie haben wollen — sei es ein Thron, oder ihre Rache, oder Gerechtigkeit.«

Derec wandte sich an Mandelbrot und nickte. Mandelbrot stand auf und sagte: »Der Herr Regisseur möchte sich bei euch bedanken, daß ihr euch freiwillig gemeldet und dem Vorsprechen unterzogen habt.« Mandelbrot wies auf Canute. »Und dafür, daß ihr eure Befehle befolgt habt. Zweifellos werden viele der Befehle, die ihr in den nächsten Tagen empfangen werdet, barsch ausfallen, und der Herr Regisseur möchte euch auch im voraus danken. Wie den meisten bekannt ist, wird der Herr Regisseur die Rolle des Hamlet auf sich nehmen, während Fräulein Ariel die dem Untergang geweihte, beklagenswerte Ophelia darstellen wird. Ich werde euch nun über Komverbindung eure Aufgaben in den Bereichen Kunst und Technik zuweisen.«

Mandelbrot brauchte dafür nur wenige Sekunden, da er über die Funkfrequenzen soviel schneller mehr Informationen vermitteln konnte. Derec und Ariel hörten nichts; sie wußten nur, daß die Roboter etwas hörten, weil sie immer wieder nickten, um anzudeuten, daß sie verstanden hatten.

»In Ordnung, sind wir uns alle einig?« fragte Derec, als Mandelbrot wieder seine steife Sitzposition einnahm.

Canute hob die Hand. »Dürfte ich Sie einen Moment sprechen?«

»Klar«, sagte Derec und wandte sich nach links in die Kulissen. »Komm dort hinüber.«

Canute kam und fragte: »Derec, soll ich der Tatsache Bedeutung beimessen, daß mir die Rolle des Claudius zugeteilt wurde?«

»Nein. Wie kommst du darauf?«

»Es hat für mich den Anschein. Als Sie mich damals auf dem Platz ansprachen, haben Sie Fragen gestellt, deren Charakter ich nur als mißtrauisch beschreiben kann. Bald darauf haben Sie mir eine ähnliche Aufgabe zugewiesen wie jene, die Lucius übernommen hatte. Und nun besetzen Sie mich mit der Rolle eines Mörders — der Gegenstand des Theaters im Theater ist. Gewiß muß doch der logische Geist aus alledem etwas schließen.«

»Nee. Keinesfalls, Canute. Das ist Zufall, reiner Zufall.«

»Dürfte ich noch etwas fragen?«

»Unbedingt.«

»Warum fragen Sie mich nicht geradeheraus, ob ich derjenige bin, der für Lucius' Ableben verantwortlich ist. Sie wissen doch, daß ich die Wahrheit nicht für mich behalten kann.«

»Canute, ich staune über dich. Ich habe keinerlei Interesse daran, dich danach zu fragen. Nun geh. Der Höhepunkt kommt noch.« Derec schob den Ebenholzfarbenen in Richtung der anderen Roboter, dann rieb er sich die Hände, als wolle er sie an einer nahen Feuerstelle wärmen. Hätte Derec die Herausforderung angenommen, wäre es mit dem Schauspiel womöglich auf der Stelle aus gewesen, und er hätte nie die richtigen Antworten auf seine Fragen gefunden.

Als er kurz vor seiner Ansage des Höhepunkts noch einmal über den Vorfall nachdachte, entdeckte Derec, daß er trotz allem ungeheuren Respekt für Canute empfand. Nicht Hochachtung, nur Respekt. Wenn er für schuldig befunden wurde, war der Robot bereit, die Konsequenzen seiner Tat auf sich zu nehmen, wollte sich ihnen jedoch auf eine Weise, die Derec an menschliche Gefühle erinnerte, lieber früher als später stellen.

»Viele von euch wissen sicherlich über den menschlichen Zeitvertreib des Musikhörens Bescheid, und über jene, die Musik spielen oder aufzeichnen, aber ich gehe davon aus, daß keiner von euch je welche gehört hat«, sagte Derec zu den Schauspielern und Technikern. »In der Tat möchte ich, obwohl ich mich nicht erinnern kann, persönlich schon einmal Musik gehört zu haben, die Behauptung wagen, daß sie meines Wissens noch nie so gespielt wurde, wie es diese drei Kameraden tun.

Ich darf euch nun die drei Kameraden vorstellen, die uns die Szenenmusik für unser Stück liefern werden — Harry, Benny und M334 — die Three Cracked Cheeks of Robot City!«

Derec winkte die drei herein und stellte sich hinter Ariel. Er flüsterte ihr ins Ohr: »Hoffentlich klappt das.«

Benny trat an den Bühnenrand, während Harry und M334 ihre künstlichen Lippen aufsetzten. »Seid gegrüßt, Kameraden. Wir dachten, wir spielen euch ein altes terranisches Liedchen namens ›Tootin' Through the Roof.‹ Wollen hoffen, daß es eure Kokosmilch zum Wallen bringt.«

Und die Three Cracked Cheeks of Robot City begannen zu spielen, als erstes einen Riff im A-A-B-A-Schema mit einem Solo für Benny auf der Trompete. Es folgte ein Posaunensolo für Harry, und dann übernahm M334 auf dem Saxophon. Und es dauerte nicht lange, bis die Solos in rascher Folge wechselten, während die beiden Begleitmusiker jeweils mit dem Riff-Motiv einsprangen. Die Soli erweckten den Eindruck, als spielten die drei einander einen Ball zu; und wer den Ball zu fassen bekam, mußte sich auf die anderen beiden verlassen, damit er Boden unter die Füße bekam.

Seit dem ersten Vorspielen hatte Derec die drei nicht mehr gehört. Das erste, was ihm an ihrem Vortrag auffiel, war ihr gesteigertes Selbstvertrauen, die beinahe mathematische Präzision der Solo-Übergänge und der perfekte Schliff, mit dem sie die Melodie angingen. Er blickte auf seinen Fuß herab. Der hatte schon wieder im Takt gewippt.

Er spähte zu Ariel hinüber. Er hatte damit gerechnet, daß sie sich langweilte; ihre Verachtung für alles Terranische war schließlich das Ergebnis mehrerer Generationen Kulturgeschichte. Aber anstatt gelangweilt dreinzuschauen, widmete sie sich mit verzückter Aufmerksamkeit ganz den dreien. Ihr Fuß bewegte sich ebenfalls.

»Sso lob' ich mirr mein' *Hamlet*!« kommentierte Wolruf.

Kapitel 7

Erinnertes Morgengrauen

In zwei Stunden sollte die Vorstellung beginnen. Derec saß in seinem Zimmer und versuchte, nicht daran zu denken. Eigentlich versuchte er, an überhaupt nichts zu denken. Denn, obwohl er praktisch das gesamte Stück im Kopf hatte und meinte, seine Auftritte mit verbundenen Augen spielen zu können, befürchtete er, wenn er nun so spät noch einmal alles durchginge, würde es ihm ebenso total entfallen wie seine Identität.

Schließlich wußte er nicht, was seine Amnesie verursacht hatte. Sie konnte ebensogut durch einen schweren Schlag auf den Kopf wie durch einen ernstzunehmenden Fall von Sauerstoffentzug hervorgerufen worden sein, andererseits konnte er sich eine Krankheit zugezogen haben — eine Krankheit, die ihn mehrfach das Gedächtnis gekostet hatte, so daß er gezwungen war, immer wieder neu mit der Suche nach seiner Identität zu beginnen. Eine Krankheit, die jeden Moment erneut ausbrechen konnte. Beispielsweise drei Minuten vor Vorstellungsbeginn.

Derec zuckte die Achseln und legte sich aufs Bett. Nun, entschied er, in dem Fall bliebe ihm zumindest die Erniedrigung erspart, sich zu blamieren. Er würde sich an nichts und niemanden erinnern.

Das schrecklichste an seinem Tagtraum — der, zugegeben, ein wenig paranoid war, wenn auch unter den derzeitigen Bedingungen vielleicht nicht ganz unangebracht — war die Vorstellung, daß er in der Vergangenheit wieder und immer wieder die Freundschaft intelligenter Lebewesen verloren haben könnte, die ihm so viel bedeutet hatten wie Ariel und Wolruf und Mandelbrot jetzt.

Vielleicht sollte ich doch anfangen, mich mit dem Stück zu beschäftigen, dachte er. *Das wäre womöglich sicherer.*

Das wichtigste, woran er zu denken hatte, war der geheime Zweck der Produktion. Er mußte Canutes Reaktionen auf die kleinen Überraschungen beobachten, die sich Derec für den Robot hatte einfallen lassen.

Denn genau wie Hamlet gehofft hatte, Claudius dazu zu bringen, daß er während des Theaters im Theater seine Schuld zu erkennen geben würde, hoffte Derec, daß Canute zumindest gezwungen würde, sich dem eigenen wahren Charakter zu stellen.

Dies hatte Canute nämlich während der Proben hartnäckig vermieden. Wenn er für seine Leistung beim Bau des Theaters gelobt worden war, hatte Canute lediglich zugestanden, daß er Befehle ausgeführt habe, daß er nichts von sich einbezogen habe als seine Logik. Wenn er im Probenverlauf eine Szene besonders gut gespielt hatte, hatte Canute lediglich zugestanden, daß er seine Befehle haargenau befolgt und sie mechanisch ausgeführt habe, wie es nur ein Robot konnte.

Doch war aus Canute inzwischen, falls alles gutging, ein Fall von robotischer Vermessenheit geworden. Derecs Pläne hingen davon ab, daß Canute glaubte, den unangenehmsten Teil der Untersuchung bereits hinter sich zu haben.

Natürlich bestand immer die Möglichkeit, daß die Überraschungsmomente nicht funktionieren würden. Was dann? Was mußte Derec in diesem Fall unternehmen?

Derec merkte, daß er ziemlich verspannt war. Er bemühte sich, etwas zu entspannen. Dann, als seine Gedanken automatisch auf dasselbe Thema zurückkamen, versteifte er sich wieder und mußte noch einmal mühsam um Entspannung ringen. Ob das eine Form von Lampenfieber war? Wenn ja, hätte es ihn wohl schlimmer treffen können. Es hätte sein können, daß er vor Menschen auftreten mußte.

Es klopfte an der Tür. »Herein«, sagte er, schlug die Beine übereinander und legte die Hände hinter den Kopf, damit sein Besucher glauben sollte, er sehe der bevorstehenden Aufführung mit äußerster Ruhe entgegen.

»Heilige Milchstraße! Du siehst ja grauenhaft aus!« sagte Ariel atemlos, während sie die Tür hinter sich zumachte. »Du bist wohl nervös. Gut, zu wissen, daß es mir nicht allein so geht.«

Derec setzte sich auf, die Füße auf dem Boden. Durch ihre bloße Gegenwart hatte sie ihm den Atem geraubt. Sie war im Kostüm — eine blonde Perücke und ein weißes Gewand, das sich an ihren Körper schmiegte, als sei es aus dem Netz einer Spinne gewoben. Die Schminke erhöhte die Farbe ihrer Wangen und Lippen und verlieh ihrer Haut eine etwas gesündere Blässe. Es war ihm nicht klargewesen, daß sie so schön aussehen konnte, so erfüllt von innerem Leben.

Natürlich, wenn er sich überlegte, was sie zusammen durchgemacht hatten — gemeinsam waren sie in ein Krankenhaus eingeliefert worden, waren vor etwas davongerannt und irgendwo gestrandet —, leuchtete es ein, daß sie noch nie Gelegenheit gehabt hatte, ihre Weiblichkeit zu betonen. Ihre Schönheit in diesem Kostüm war ihm vertraut und zugleich neu, als habe er einen Blick in einen längst vergessenen Traum erhascht.

Aber falls sie seine Reaktion wahrnahm (mit anderen Worten, falls er sich verraten hatte), ließ sie es sich, dort neben ihm auf dem Bett sitzend, nicht anmerken. Seine zweite Reaktion war es, die sie veranlaßte, ihn anzustarren. Schmeichelhaft konnte sie nicht gewirkt haben, denn sie sah ihn an, als habe er ihr ein Gummi-Hähnchen über den Kopf gehauen. »Was ist denn mit dir los?« fagte sie.

»Wonach riecht es hier?« entgegnete er.

»Ach, ich hab' mir von Mandelbrot ein Parfum synthetisieren lassen. Ich dachte, das würde helfen, meine Rolle durchzuhalten.«

»Es ist sehr angenehm.«

»Das widerspricht dem, was vorhin an deinem Gesicht abzulesen war.«

»Nur weil ich nicht sicher war, was ich gerochen hatte.«

»Hmm. Kein großes Kompliment. Es soll gut riechen, ob du nun weißt, was es ist, oder nicht.«

»Also bitte, ich habe meine gute Erziehung vergessen, genau wie alles andere.«

»An deinem Gesicht war abzulesen, daß es nach Düngemittel riecht.«

»Ich bin nicht mal sicher, ob ich weiß, wie Düngemittel riecht.«

Sie zog einen Schmollmund und wandte den Blick ab, doch er konnte nicht umhin, zu bemerken, daß ihre Hand auf dem Bett der seinen ziemlich nahe war. Ihre Finger berührten sich fast. »Nervös?« fragte sie.

Er zuckte die Achseln. »Nee. Wer weiß, vielleicht ist dies meine erste Begegnung mit Parfum.«

»Ich meinte das Stück, du Dummkopf.«

»Ach so. Nun, ein wenig vielleicht. He, wer weiß, vielleicht bin ich in der Hinsicht ein alter Hase.«

»Verstehe. Meinst du, Amnesie könnte manchmal ein versteckter Segen sein?«

»Ariel, dich bedrückt doch was. Geht es dir gut?«

»Einigermaßen. Die Inszenierung hat mir etwas relativ Konstruktives gegeben, auf das ich mich konzentrieren konnte, obwohl ich nicht sicher bin, daß es eine gute Idee war, mich jemanden spielen zu lassen, der dem Wahnsinn anheimfällt. Mir wird langsam klar, auf welch unangenehme Weise meine eigenen Probleme sich darin spiegeln.«

»Möchtest du lieber Hamlets Mutter spielen?«

»Nein. Nun ja, vielleicht. Aber warum könnte ich nicht Hamlet selbst spielen? Ich bin überall auf der Bühne zu hören, und du hast erst gestern gesagt, daß ich mich gut in was reinsteigern kann. Wie verrückt. Verzeih meine Wortwahl.«

»Die Rolle ist den theaterkundlichen Texten zufolge gelegentlich von Frauen gespielt worden. Ich bin sicher, die Roboter wären nur allzu positronisch beglückt, dir bei einer *Hamlet*-Inszenierung behilflich zu sein. Oder bei einem anderen Stück.«

»Die Rede war davon, ob ich nicht in *dieser* Produktion den Hamlet spielen könnte.«

»Aha. Du hattest deine Chance, aber du hast erst mal erklärt, die Ophelia spielen zu wollen! Du bist deinen eigenen Vorurteilen aufgesessen — ehe ich dazu kam, meine eigenen Vorurteile walten zu lassen.«

»Das stimmt«, antwortete sie, ein wenig ernsthafter, glaubte er, als es seine Worte rechtfertigten. »Außerdem gibt es wohl Gründe, warum du dir *Hamlet* ausgesucht hast, abgesehen von jenen, die mit Canute zu tun haben. Du hättest dich für alle möglichen Stücke entscheiden können, weißt du, *Othello* oder *Julius Käser.*«

»Es heißt *Julius Cäsar*!«

»Auch gut. Jedenfalls denke ich, du hast in ihm viel von dir selbst gesehen — den verrückten Romantiker, den gewissensgeplagten Abenteurer, den eitlen, großspurigen, eigensinnigen . . . eigensinnigen . . .«

»Den Egoisten.«

»Richtig. Den Egoisten.«

Derec lächelte. Es war ein Erlebnis, sie neben sich sitzen zu haben. Bis auf die gemeinsamen Proben waren sie lange nicht mehr so zusammengewesen, und die Feststellung, wie sehr ihm das behagte, überraschte ihn. Er war nervös und entspannt zugleich.

»Derec? Paß doch auf. Ich rede mit dir«, sagte sie nachsichtig. »Hör mal. Ich hab' über die Unterschiede zwischen uns und den anderen Leuten nachgedacht, jedenfalls über die Art und Weise, wie sie dargestellt werden. Ich komme nicht umhin, mich zu fragen, ob heutzutage noch jemand eine Liebe empfindet wie Ophelia gegenüber Hamlet.«

»Oder Lady Macbeth gegenüber Macbeth?«

»Ich mein's ernst. Ich weiß, Ophelia ist eindeutig ein schwaches Geschöpf. ›Hallo Papa, spann mich doch für deine ruchlosen Machenschaften ein. Ja?‹ Aber abgesehen davon liebt sie wirklich mit verzehrender Leidenschaft. Auf Aurora ist mir nie jemand begegnet, der so eine Liebe empfunden hat . . . soweit ich weiß, natürlich. Ich denke halt, ich müßte es wissen, wenn dort draußen irgendwelche Ophelias rumlaufen.«

»Wie steht es mit dir?« fragte er mit unerwartet heiserer Stimme.

»Mit mir? Nein, solche Leidenschaft habe ich nie erlebt.« Sie kniff die Augen zusammen und sah ihn an. Unwillkürlich fragte er sich, was sie wirklich dachte, während sie von ihm abrückte, einen Fuß auf das Bett stellte und den Kopf auf ihr Knie legte. »Natürlich hatte ich Geschlechtsverkehr und war verliebt, aber nichts, was an Ophelias Gefühle heranreichen könnte.« Sie schwieg und vergrub das Gesicht in ihrem Gewand, dann hob sie den Kopf gerade so weit, daß er sehen konnte, wie sie die Augenbrauen hochzog. Und sagte mit entschieden interessanter Betonung: »Vielleicht ließe ich mich überreden, es zu versuchen.«

Derec spürte, wie sich in seiner Kehle ein Kloß von der Breite eines Bürgersteigs festsetzte. »Ariel!«

»Derec — bist du noch Jungfrau?«

»Woher soll ich das wissen? Ich hab' das Gedächtnis verloren!« Nun war es an ihm, die Augenbrauen zu heben, während sie näherrückte.

»Weißt du, Ophelia hat noch eine andere Seite«, sagte sie. »Sie steht für etwas.« Näher. »Etwas, das Hamlet braucht, dem er jedoch entsagen muß, um Rache üben zu können.«

»Er hat sie nur ausgenutzt.«

»Na so was.« Näher.

Sie beugte sich vor. Er küßte sie. Nein, er konnte sich nicht entsinnen, so etwas schon einmal erlebt zu haben. Doch da er sich verpflichtet fühlte, der Sache wissenschaftlich nachzugehen, war er zuversichtlich, sich nach einigen weiteren Experimenten doch noch erinnern zu können.

»Warte«, sagte sie nach einer Weile und zog sich zurück. »Tut mir leid. Ich hab' mich hinreißen lassen. Ich kann mich nicht immer beherrschen.«

»Äh, schon gut«, erwiderte er, auf einmal leicht verlegen.

»Darum geht's nicht. Ich rede von meinem Gesundheitszustand. Sei mir nicht böse, aber im Augenblick fühle ich mich um einiges *gesünder,* als mir die Vernuft zugesteht. Erinnere dich nur, wie ich mein kleines Leiden erworben habe.«

»Keine Angst. Ich werde es nicht vergessen«, sagte er und zog sie an sich, um sie noch einmal zu küssen. Ihre Lippen waren millimeterweit voneinander entfernt, als es plötzlich hartnäckig an die Tür klopfte. »Verdammt!« flüsterte er. »Das muß die Gehirnpolizei sein!«

»Derec?« fragte draußen eine eiskalte metallische Stimme. »Ariel?« Es war die Stimme eines Suchrobots.

»Ja? Was ist denn?« brüllte Derec. Dann flüsterte er: »Siehst du? Ich hatte gewissermaßen recht.«

»Mandelbrot hat mich geschickt, Sie aufzuspüren und daran zu erinnern, daß Sie bald zum Neuen Globe-Theater aufbrechen müssen. Es gibt gewisse Details, die nur mit Ihnen besprochen werden können.«

»Ist gut«, antwortete Derec. »Wir kommen bald.«

»Sehr wohl«, sagte der Suchrobot, und seine Stimme verklang.

»Was hast du gesagt?« fragte sie. »Gehirnpolizei.«

»Ich weiß auch nicht. Ist mir nur so eingefallen.«

»Wenn ich mich recht erinnere, kommt die Gehirnpolizei in einem Holodrama für Kinder vor, das ich in meiner Jugend gesehen habe. Es ist berühmt. Aus der — aus der Serie *Tyrannen des Blutes.*«

Derec war verblüfft. »Es geht um einen Maskierten, der auf einem totalitären Planeten unschuldige Gedankenabweichler rettet. Ich entsinne mich. Ob das ein Hinweis auf meine Identität ist?«

»Das möchte ich bezweifeln. Wie gesagt, das Stück ist berühmt. Außerdem wurde es syndikalisiert und in allen bekannten Sonnensystemen gezeigt. Es läuft seit Generationen.«

»Ach so. Demnach hat es nichts zu bedeuten.«

»Nein, es bedeutet, daß wir zumindest sicher sein können, daß du von einer zivilisierten Welt stammst.«

»Herzlichen Dank. Nun komm. Unser Publikum wartet.«

Kapitel 8

Sein, oder was?

»Wenn mein Verständnis der menschlichen Natur zutreffend ist, werden Sie beglückt sein, zu erfahren, daß wir ein volles Haus haben«, sagte Mandelbrot.

»Danke, aber ich hab' schon beim Hereinkommen die Besucherschlangen gesehen«, sagte Derec, während er hastig die engen Reithosen überstreifte, die zu seinem Kostüm gehörten. Er wartete, bis er die übrigen Kostümteile angezogen hatte — eine lila Uniformjacke über einem weißen Hemd mit gerüschten Ärmeln und ein Paar Stiefel —, ehe er Mandelbrot fragte: »Wie geht es Canute? Hat er sich irgendwie ungewöhnlich verhalten — hat er zu erkennen gegeben, daß er über meine speziellen Pläne informiert ist?«

»Bisher hat es den Anschein, als verhalte er sich wie die übrigen Roboter. Das heißt, so ruhig wie eh und je.«

»Du bist doch nicht etwa nervös, wie?«

»Ich mache mir, ebenso wie die anderen Roboter, natürlich Sorgen, ob die Illusion sich auch so einstellen wird wie geplant. Die einzige Nervosität, die ich vielleicht habe, wenn ich einen Begriff wie ›Nervosität‹ überhaupt gebrauchen darf, dreht sich um die Sorge, daß Ihre schauspielerische Leistung Ihren persönlichen Anforderungen genügt.«

»Danke. Wieviel Zeit haben wir noch?«

»Wenige Momente, bis der Vorhang aufgeht.«

»Alles an Ort und Stelle?«

»Alles, bis auf Ihre Fettschminke.«

»Mein Make-up! Das hatte ich völlig vergessen.«

Mandelbrot half ihm, die Schminke dick aufzutragen. Derec war sicher, daß sie primitiv und grotesk übertrieben wirken würde, wenn sie von den Kameras erfaßt wurde. »Ist die Bühne klar?« fragte Derec. »Alles am richtigen Platz?«

»Natürlich.«

»Aber der Suchrobot sagte doch . . .«

»Verzeihen Sie, aber ich habe deduziert, wie die verbleibenden Details in Ihrem Sinne zu handhaben waren.«

Derec nickte schweigend. Plötzlich packte ihn die überwältigende Angst, daß er auf die Bühne hinaustreten und jede einzelne Zeile seiner Rolle vergessen würde. Oder schlimmer noch, daß er mit der falschen Szene anfangen würde.

»Nur ruhig, Derec. Ich bin zuversichtlich, daß Sie eine buchstabengetreue Leistung vollbringen werden.«

Derec lächelte. Er blickte in den Spiegel. Er hoffte, gut auszusehen. Dann begab er sich in die Kulissen und gesellte sich zu Ariel und den Robotern.

Wolruf hockte auf einem Spezialstuhl ganz hinten auf der Hinterbühne, vor sich eine Bildschirmwand, die die Bühne aus mehreren Blickwinkeln zeigte. Drei Überwacherrobots saßen vor den Schirmen und bedienten die automatischen Kameras, die versteckt überall im Theater angebracht waren und mittels Nahaufnahmen und Schwenks ein vollständiges Bild dessen gaben, was sich auf der Bühne abspielte. Wolruf hatte nichts weiter zu tun, als die Bildregie zu übernehmen und einem der Roboter zu sagen, was auf die Holoschirme überall in der Stadt übertragen werden sollte.

Neben ihr stand eine riesige Schale mit synthetischem Gemüse. Obwohl sie sich auf die Schirme konzentrierte, griff sie zerstreut, aber systematisch zu und stopfte sich eine Handvoll nach der anderen ins Maul.

Wenn sie einen Schwanz hätte, dachte Derec, *würde sie damit vor Glückseligkeit wedeln.*

»Derec, Vorstellungsbeginn!« sagte Mandelbrot.

»Derec zog eine Augenbraue hoch. »Mandelbrot! Ist das ein aufgeregtes Beben, was ich deiner Stimme entnehme?«

Mandelbrot schüttelte den Kopf — Derec wußte nicht zu sagen, ob aus Verwirrung oder dem Wunsch heraus, ein entschiedenes *Nein* zu übermitteln. »Das wäre unmöglich.« Er richtete sich auf und besann sich. »Es sei denn, ich hätte einige Ihrer Lektionen über stimmlichen Ausdruck assimiliert und sie anzuwenden begonnen, ohne mir dessen bewußt zu sein.«

»Später, Mandelbrot, später. Laß uns erst mal die Vorstellung auf die, äh, Bretter bringen.« Er winkte einem Bühnenarbeiter, und der Vorhang ging auf.

Ein einzelner Scheinwerfer richtete sich auf den Robot, der Francisco den Wachsoldaten spielte und im Zentrum der Bühne stand. Der Robot, der Bernardo spielte, trat auf und sagte: »Wer da?«

Francisco stand stramm, hob seine Lanze und sagte gebieterisch: »Nein, mir antwortet: steht und gebt Euch kund.«

Im Augenblick konnte sich Derec an keine Zeile seines Textes erinnern, nicht einmal an die schwierigen Monologe, aber nun war er zuversichtlich, daß er wissen würde, was er tun und sagen mußte, wenn es soweit war. Er versteifte sich, als ihm klar wurde, daß er eine Weile vergessen mußte, Derec Soundso zu sein. Während der nächsten drei Stunden würde er ein anderer sein, jemand namens Hamlet, Prinz von Dänemark.

Und in der Tat, sobald er in den Fluß des Geschehens eintrat, wurde Derec Hals über Kopf vom Ablauf des Stücks fortgerissen, als hätten ihn Stromschnellen erfaßt. Er vergaß sogar einige seiner Überraschungen für Canute, leichte Textumstellungen, die sich auf die Ereignisse der letzten Wochen bezogen und seiner Meinung nach so subtil waren, daß nur Canute ihre Bedeutung verstehen und erkennen konnte, daß Derec vorhatte, ihn zu entlarven.

Schließlich bedeutete Derec Mandelbrot, daß er diesen Aspekt seines Vorhabens ganz fallenlassen wolle, weil es ihm, selbst aus triftigen Gründen, beinahe kriminell vorkam, an diesem Punkt das Stück verändern zu wollen.

Sämtliche Roboter spielten hervorragend, mit absoluter Präzision. Derec erkannte, daß seine Befürchtungen, die Aufführung könne ein Mißerfolg werden, unbegründet waren, zumindest in dieser Hinsicht. Denn er hatte es mit Robotern zu tun, nicht mit Menschen, die ihre Spielweise hin und wieder abwandeln mochten. Nachdem die Roboter während der Proben einmal begriffen hatten, was Derec beabsichtigte, wichen sie nie mehr davon ab. Der heutige Abend war keine Ausnahme.

Unnötig zu sagen, daß Canute sich während der Proben nicht verraten hatte. Aber heute abend bei der Aufführung spielte er seine Rolle sehr gut, fast schon brillant. Er spielte den Claudius so, wie Derec ihm gern befohlen hätte, die Rolle zu spielen, doch hatte er aus Angst, sich in die Karten schauen zu lassen, davor zurückgeschreckt. Am heutigen Abend war Canute arrogant, beherrscht, selbstsicher, schuldbewußt und davon besessen, an dem festzuhalten, was ihm in seiner Einbildung rechtmäßig zustand.

Es war beinahe so, als habe sich Canute, nachdem ihm klargeworden war, daß er die Inszenierung überstehen konnte, ohne sich zu entlarven, innerlich entspannt und zugelassen, daß ihn dieselben Stromschnellen mitrissen.

Gut, dachte Derec während der zweiten Szene des dritten Akts. *Dann dürfte die große Überraschung noch besser funktionieren.*

Denn dies war die Szene mit dem Theater auf dem Theater, und ehe die ›Schauspieler‹ mit ihrer ›echten‹ Vorstellung begannen, verlangte das Buch nach einer Pantomime, einem Spiel ohne Worte, das die Handlung von *Hamlet* wiedergab. Im Original liegen sich ein König und eine Königin leidenschaftlich in den Armen, und dann tritt die Königin ab, während der König schläft. Ein dritter erscheint, nimmt dem König die Krone ab und schüttet ihm Gift in die Ohren. Als die Königin zurückkehrt, trauert sie um ihren verlorenen Ehemann. Dann wird sie von dem Giftmörder umworben, der rasch ihre Zuneigung gewinnt.

Derec war davon ausgegangen, daß es in Ordnung war, die Pantomime umzuschreiben, weil damit keine Dialogänderung verbunden war. Außerdem hatte er im Vorwort zu dem Stück gelesen, daß an Shakespeares Stücken häufig herumgepfuscht worden war, um sie (wenigstens dem Anschein nach) relevanter für die Welt der Inszenierung zu machen.

In der neuen Fassung baute der König ein hohes Gebäude aus Stangen und Versatzstücken, während die Melodie ›Blue Goose‹ erklang. Die Königin bewunderte es, dann trat sie ab. Und während der König noch in seine Schöpfung vertieft war, schlich sich der dritte von hinten an und zog ihm mit einer mächtigen Stange eins über den Schädel. Der König fiel tot zu Boden, dann riß der dritte das Gebäude nieder. Und die Three Cracked Cheeks spielten dazu ›Stormy Weather‹.

Derec applaudierte, um anzuzeigen, daß die Pantomime vorbei war. Als Ariel ihm fragende Blicke zuwarf, zuckte Derec nur die Achseln und konzentrierte sich auf Canute, während dieser seinen Text sprach. Als die Schauspieler daraufhin ihre Vorstellung fortsetzten, spielte Canute die Szenen, in denen es um Claudius' Schuld geht, nicht anders als zuvor, wenn man die ›entspanntere‹ Verfassung des Robots berücksichtigte.

Der Rest des Stücks lief ohne Zwischenfall ab. Als es soweit war, daß Hamlet starb, landete Derec mit hörbarem Aufprall auf dem Boden, selbst innerlich ziemlich tot. Armer Lucius! Der erste kreative Robot der Geschichte, und es war unmöglich, ihn zu rächen.

Na ja, ich bin noch nicht am Ende, dachte Derec am Boden liegend, während die Roboter die letzte Szene des Stücks beendeten. *Ich kann, wenn ich will, Canute buchstäblich auseinandernehmen — und ich denke, genau das werde ich tun.*

Derec stand auf, als der Vorhang gefallen war, und sah sich erwartungsvoll nach allen Seiten um. »Na — wie, glaubt ihr, ist es gelaufen?«

»Verzeihen Sie«, sagte Canute und richtete sich beinahe wie ein stolzer Mann zu seiner vollen Höhe auf, »aber wenn Sie meine subjektive Meinung hören wollen: Ich glaube, die Produktion war ein totaler Mißerfolg.«

Kapitel 9

Das Ensemble bekommt Besuch

»Was soll das heißen, das Stück war ein Mißerfolg?« wollte eine leichenblasse Ariel wissen. »Die Inszenierung war durchdacht, ausgesprochen glaubwürdig«, fügte sie an Derec gewandt hinzu.

Im Augenblick war Derec viel zu sehr in der Defensive, um ihr mit Worten zu antworten, doch er nickte dankbar. Schauspieler und Techniker hatten sich zum überwiegenden Teil hinter dem Vorhang um sie versammelt, und fast alle sprachen miteinander. Das Durcheinander war zu groß, als daß Derec daraus schlaugeworden wäre. Jedenfalls kam er sich verloren vor. Das Stück war vorbei, und er mußte wieder er selbst sein.

»Ruhe, alles herhören!« sagte Canute mit erhobener Stimme.

Sie gehorchten und wurden gewahr, daß das Publikum auf der anderen Seite des Vorhangs schwieg.

»Seht ihr?« sagte Canute nach einer Weile. »Keinerlei Reaktion. Ich hatte recht: Roboter sind nicht künstlerisch veranlagt, noch können sie auf Kunst reagieren. Vermutlich ist es ein Glücksfall, daß Ihr Freund Lucius nicht hier sein kann, um das zu erleben.«

»Verzeih mir, Freund Canute«, sagte Harry, »aber du hast eines übersehen: Keiner hat die Roboter je darüber aufgeklärt, womit sie reagieren sollen. Wie ich meine Kameraden kenne, sitzen sie dort auf ihren Stühlen und fragen sich, was sie als nächstes tun sollen.«

Benny sagte: »Entschuldigt, ich muß mal eben meine Komverbindung benutzen.«

Wenige Sekunden später war das Haus von metallisch donnerndem Applaus erfüllt. Er wollte einfach nicht enden.

M334 winkte einem Bühnenarbeiter, den Vorhang zu heben, damit die Truppe sich verbeugen konnte. Und als sie es tat, sagte Harry zu Canute: »Siehst du? Es hat ihnen gefallen!«

»Das ist reine Höflichkeit«, sagte Canute ohne Überzeugungskraft.

»Gratuliere«, sagte Mandelbrot. »Wie es scheint, ist das Stück ein Erfolg.«

Derec konnte einem Lächeln nicht widerstehen, obwohl er nicht wußte, ob es mit dem Stück zu tun hatte oder damit, daß eine überglückliche Ariel ihn umarmte. »Ich kann nur hoffen, daß es auf den Holoschirmen genauso gut rübergekommen ist.«

»Müßte es eigentlich«, sagte Ariel. »Ich habe Wolruf angewiesen, sich auf meine Schokoladenseite zu konzentrieren. Bestimmt werden die Roboter für immer von meiner Schönheit bezaubert sein!«

Damit stehen sie nicht allein, dachte Derec, während er und die Schauspieler und Techniker sich der Applausordnung gemäß verbeugten.

Der Beifall hatte immer noch nicht nachgelassen; es hatte den Anschein, als werde er nie mehr aufhören.

Doch dann war es plötzlich soweit, und die Roboter sahen sich allesamt um, als eine winzige Gestalt den Mittelgang herabkam.

Eine winzige *menschliche* Gestalt, stellte Derec verblüfft fest.

Ein rundlicher Mann in ausgebeulten Hosen, einem übergroßen Mantel und einem weißen Hemd mit Rüschenkragen. Er hatte langes, welliges, weißes Haar, einen buschigen Schnurrbart und ein eindrucksvolles Gesicht, das darauf hindeutete, daß er bemerkenswerter Konzentrationsleistungen fähig war. Als er das Ende des Gangs erreichte, blieb er stehen, bedachte die Menschen und Roboter auf der Bühne mit einem wütenden Blick, stemmte die Arme in die Hüften und sagte: »Was geht hier vor? Was treibt ihr für Spielchen mit meinen Robotern?«

»Bei allen sieben Galaxien!« rief Derec aus. »Sie müssen Dr. Avery sein!«

»Wer denn sonst?« fragte der Mann.

Kapitel 10

Alles über Avery

»Ich habe mit dir — dir — dir — und dir zu reden«, sagte Avery, indem er auf die Bühne kletterte und nacheinander auf Derec, Ariel, Wolruf und Mandelbrot deutete. »Gibt es in diesem grandiosen Bau einen Ort, an dem wir miteinander allein sein können?«

Derec entschied beinahe augenblicklich, daß etwas an diesem Mann ihm mißfiel. Nein, das mußte er zurücknehmen. Etwas an Avery veranlaßte Derec, sich unbehaglich und, was sonst nicht seine Art war, unbedeutend zu fühlen. Vielleicht lag es an Averys Ausstrahlung kühler Überlegenheit oder an der Art und Weise, wie er davon ausging, daß man seine Autorität als gegeben hinnehmen würde.

Wie dem auch sei, Derec entschied, daß im Moment Kooperation angesagt war. Avery mußte irgendwie hierhergelangt sein; sein Schlüssel zum Perihel konnte Ariel fortschaffen, oder vielleicht war sein Schiff groß genug für mehr als eine Person, so daß zumindest Ariel Gelegenheit erhielt, jene ärztliche Hilfe in Anspruch zu nehmen, die Derec ihr bisher nicht hatte bieten können. Aus diesem Grund, wenn schon aus keinem anderen, nahm sich Derec zusammen und sagte: »Wir können in meine Garderobe gehen, hinter die Bühne.«

Avery nickte, als müsse er gründlich über die tiefere Bedeutung dieses Vorschlags nachdenken. »Ausgezeichnet.«

In der Garderobe angelangt, erkundigte sich Avery gelassen, wer sie seien und wie sie hergekommen waren. Derec sah keinen Grund, mit der Wahrheit hinterm Berg zu halten, wenigstens im großen und ganzen. Er erzählte Avery, wie er ohne jegliche Erinnerung in der Rettungskapsel auf der Bergbaukolonie erwacht war, wie er Ariel entdeckt hatte, und wie sie nach Robot City gelangt waren. Er schilderte seine Begegnung mit dem Fremden, der ihm befohlen hatte, Mandelbrot zu bauen, und Wolrufs Ausbruch aus ihrer Knechtschaft. Er erzählte Avery, wie er auf den Programmierungsfehler gestoßen war, der die Stadt veranlaßt hatte, sich durch

Expansion mit unhaltbarer Geschwindigkeit beinahe selbst zu zerstören, wie sie einen Leichnam gefunden hatten, der ein exaktes Duplikat von Derec war, und wie er und Ariel den hier gestrandeten Jeff davor bewahrt hatten, den Rest seines Lebens als paranoider Schizophrener zu verbringen, nachdem sein Gehirn in den Körper eines Robots verpflanzt worden war. Schließlich berichtete er noch die wenigen Einzelheiten, die er über Lucius herausgefunden hatte; und davon, wie Lucius in der Nacht seines verfrühten Hinscheidens den Unterbrecher geschaffen hatte.

»Da habe ich beschlossen, den *Hamlet* auf die Bühne zu bringen«, sagte Derec, »um damit den Mörder zu entlarven. Aber bis jetzt scheinen meine Ränke keine Wirkung auf den Robot Canute zu haben, deshalb habe ich immer noch keine Ahnung, warum er die Tat begangen hat, derer ich ihn verdächtige. Ich habe nicht einmal den Beweis, daß meine Theorie korrekt ist. Ich nehme an, alles in allem habe ich die Lage wohl nicht richtig durchdacht.«

Avery nickte, sagte jedoch nichts. Seine Miene war ziemlich streng, aber ansonsten unverbindlich. Derec konnte beim besten Willen nicht erkennen, wie Avery auf diese Chronik der Ereignisse reagierte.

»Sie haben also ganz allein diese Stadt programmiert?« fragte Ariel beiläufig. Sie saß, immer noch im Kostüm, mit gekreuzten Beinen auf einer Couch. Der Effekt war recht beunruhigend, denn Derec war, obwohl sie ganz aus der Rolle herausgetreten war, optisch nach wie vor darauf eingestimmt, sie als Ophelia zu sehen. »Ich wette, Sie haben keinen Augenblick damit gerechnet, daß sie all diese unvorhersehbaren Permutationen durchlaufen würde.«

»Womit ich gerechnet habe, ist wohl meine Angelegenheit«, erwiderte Avery tonlos wie ein Robot.

»Issess eigentlich nötig, sso unhöflich zzu ssein?« warf Wolruf ein. »Sspezziell jemandem gegenüberr, derr ssoviel getan hat, Ihrre Errfindung zu sschützzen?«

»Schützen?« sagte Avery ungläubig. Unvermittelt begann er erregt im Zimmer auf und ab zu gehen. »Das wird sich noch zeigen, ob tatsächlich erhalten geblieben ist, was ich vorgesehen hatte. Eines ist jedoch klar: Hier geht etwas Ungewöhnliches vor, etwas, das vermutlich euretwegen noch schlimmer geworden ist.«

»Verzeihen Sie, wenn der Eindruck entsteht, ich sei vermessen«, sagte Mandelbrot, der neben der Tür stand, »aber die Logik sagt mir, daß es Ihre Abwesenheit ist, die sich am unangenehmsten auf die Stadt ausgewirkt hat. Mein Meister und seine Freunde haben sich nicht ausgesucht, hierherzukommen oder hierzubleiben, und sie haben sich so gut sie konnten um die Vorfälle gekümmert. Andererseits sagt mir die Logik, daß Ihre Abwesenheit wahrscheinlich Teil Ihres Grundplans war.«

Avery starrte den Robot böse an. »Abschalten«, befahl er barsch.

»Nein, Mandelbrot, das wirst du nicht tun. Das ist ein direkter Befehl.« Derec wandte sich an Avery. »Er gehört mir, und mir ist er Gehorsam schuldig.«

Avery lächelte. »Aber mir müssen alle übrigen Roboter in der Stadt gehorchen. Ich könnte sie hereinrufen und ihn auseinandernehmen lassen, wenn ich wollte.«

»Wie wahr«, sagte Ariel. »Aber was würden Sie sagen, wenn ich Ihnen mitteile, daß einer Ihrer Roboter den Wunsch hat, von Beruf Komiker zu werden.«

Wolruf sagte: »Werr sseine Witzze hörrt, weiß auss errsster Hand, wass Leiden heißt.«

»Das kann ich bedenkenlos bestätigen«, sagte Mandelbrot.

»Ihr seid nicht bei Verstand — allesamt!« raunte Avery.

»Darüber wollte ich mich mit Ihnen unterhalten«, sagte Ariel.

»Verstehe«, sagte Avery. »Dich kenne ich doch — du bist die Auroranerin, die sich mit einem Spacer eingelassen hat.«

»Und dabei habe ich mich angesteckt«, sagte Ariel. »Heißt das, ich bin berühmt? Ich schäme mich nicht für mein Handeln — andererseits bin ich auch nicht unbedingt stolz auf meine Erkrankung. Ich verliere nach und nach den Verstand, und ich muß von hier weg, um mich angemessen medizinisch versorgen zu lassen.«

»Ich auch«, sagte Derec. »Ich möchte wissen, wer ich bin.«

»Natürlich«, sagte Avery. Sonst nichts. Die anderen warteten eine Weile und rechneten damit, daß er die Worte hinzufügen würde, auf die sie alle hofften. »Ich habe allerdings andere Pläne«, sagte er schließlich beiläufig.

»Was für andere Pläne?« rief Derec verzweifelt. »Was könnte wichtiger sein, als Ariel zu einem Arzt zu schaffen?«

Aber Avery sagte nichts. Er setzte sich auf einen Stuhl und legte die Beine übereinander. Er rieb sich das Gesicht und fuhr sich mit der Hand durchs Haar. Er runzelte wie in tiefer Konzentration die Stirn, doch worauf er sich konzentrierte, blieb ein Geheimnis.

»Entschuldigen Sie, Dr. Avery, aber mich von einem Diagnostikrobot untersuchen zu lassen, hat nicht geholfen«, sagte Ariel. »Ich brauche so schnell wie möglich menschliche Hilfe.«

»Vielleicht weiß ein Diagnostikrobot, der aus der Stadt stammt, besser Bescheid, wonach er zu suchen hat«, sagte Avery, »und damit ist bekanntlich in der Medizin schon die halbe Schlacht geschlagen.«

»Leider, Dr. Avery, scheint das nicht der Fall zu sein«, sagte Mandelbrot. »Ariel wurde von Experimentalchirurg 1 und Humanmedizinforscher 1 untersucht, während sich Jeff Leong von seiner Experimentaloperation erholt hat. Beide konnten nur feststellen, daß ihre Erkrankung ihre Möglichkeiten der Diagnose und Therapie übersteigt. Sie sind nicht von den merkwürdig intuitiven Denkvorgängen betroffen, die an diesem Ort unaufhaltsam endemisch werden, wahrscheinlich deswegen, weil sie erst nach der beinahe eingetretenen Katastrophe aktiviert wurden, vor der Derec Robot City bewahrt hat.«

»Bist du dir da so sicher?« fragte Derec.

»Nicht, was die Gründe angeht, nur, daß sie unverändert sind, ja. Ich habe regelmäßig Kontakt gehalten«, entgegnete der Robot. »Sie beschäftigen sich mit den Blut- und Gewebeproben, die Ariel ihnen überlassen hat, haben jedoch keinerlei Durchbruch erzielt.«

»Demnach hatte ich recht.« Derec schlug sich mit der Faust in die offene Hand. »Die einzige Methode, auf der Suche nach einem Heilmittel voranzukommen, besteht darin, das Medizinerteam um einen der kreativen Roboter zu ergänzen.«

»Da bin ich anderer Ansicht«, erklärte Dr. Avery kühl. »Ich werde dafür sorgen, daß dieses sogenannte intuitive Denken ein rasches Ende nimmt, sobald ich weiß, wie ich es ausschalten kann. Es ist mir zu unberechenbar. Es muß unter kontrollierten Bedingungen erforscht werden. Unter streng kontrollierten Bedingungen, ohne daß dabei Roboter herumlaufen und Witze erzählen.«

»Tut mir leid«, sagte Derec. »Ariel wird geheilt, so oder so, und Sie können mich nicht daran hindern.«

Avery riß die Augen auf. Während er Derec mehrere Sekunden lang schweigend anstarrte, klopfte er rhythmisch auf den Schminktisch und zappelte mit den Beinen. Nicht aus Nervosität, sondern vor lauter Erregung. »Freund Derec, die Stadt gehört mir. Ich habe sie geschaffen. Sie ist in meinem Besitz. Es gibt niemanden, der sich so gut mit ihr auskennt wie ich.«

»Dann müßte es Ihnen eigentlich leichtfallen, einiges von dem zu erklären, was sich hier abspielt«, knurrte Derec.

Avery winkte ab. »O sicher, wenn es mir beliebt.«

»Hasst du ssie etwa desshalb gesschaffen?« fragte Wolruf spitz und fletschte die Zähne.

»Wenn es mir beliebt, kann ich dich auch sezieren«, antwortete Avery gelassen. »Die Tatsache, daß du das erste Fremdwesen in menschlicher Gefangenschaft bist, verlangt nach angemessener wissenschaftlicher Auseinandersetzung.«

»Das kommt überhaupt nicht in Frage!« sagte Derec. »Erstens befindet sich Wolruf nicht in Gefangenschaft; sie ist unsere Freundin. Ohne unsere ausdrückliche Zustimmung dürfen Sie nicht einmal Röntgenaufnahmen von ihr machen. Verstanden?«

»Die Roboter akzeptieren mich als ihren Herren und Meister, und ich wette, sie haben bereits entschieden, daß sie kein Mensch ist. Sie sieht ja nicht einmal entfernt menschlich aus und verhält sich auch nicht entsprechend.«

»Andererseits ist sie so intelligent wie ein Mensch, und das würde einen Robot sicher beeinflussen«, konterte Derec. »Es könnte sein, daß Ihre Roboter sich nicht in der Lage sehen, Ihre Befehle auszuführen.«

»Nur die intelligenteren«, sagte Avery. »Es gibt hier viele Intelligenzgrade, und ich kann meine Befehle auf die niedrigste Ausprägung beschränken, für den Fall, daß es diesbezüglich zum Konflikt kommt.«

»Ich denke, Sie unterschätzen seine Fähigkeit, die Lage in den Griff zu bekommen«, widersprach Ariel an Derecs Stelle.

Avery lächelte. »Deine Freundin hat offenbar großes Vertrauen in dich«, sagte er zu Derec. »Hoffentlich ist es gerechtfertigt.«

»Ich wäre ohne die Fähigkeit, einen unseligen Ereignisverlauf zu meinem Vorteil zu wenden, nicht so weit gekommen«, sagte Derec.

»Mit meinerr Hilfe«, sagte Wolruf.

»Auch ich habe ihn, soweit robotisch möglich, unterstützt«, sagte Mandelbrot, »und werde es weiterhin tun, solange ich betriebsfähig bin. Dank Derec habe ich viel darüber erfahren, was die Menschen unter dem Wort ›Freund‹ verstehen.«

Avery nickte. Er musterte Derec mit einer eigenartigen Mischung aus Stolz und Wut. Es hatte den Anschein, als könne Avery sich nicht entscheiden, was er von ihnen halten und was er mit ihnen anfangen sollte. Derec hatte das eindeutige Gefühl, daß dieser Mann ohne Navigationscomputer flog.

»Wie sind Sie hierhergekommen?« fragte Derec.

»Das geht nur mich etwas an.«

»Haben Sie zufällig einen Schlüssel zum Perihel gefunden? In dem Fall würde es Ihnen nicht im mindesten schaden, Ariel und mir zu erlauben, daß wir ihn benutzen. Ich würde zurückkommen, sobald sie in guten Händen ist.«

»Dessen bin ich mir nicht so sicher, außerdem ist dein Vorschlag nutzlos. Ich habe keinen derartigen Schlüssel.«

»Dann sind Sie in einem Raumschiff gekommen«, sagte Derec hartnäckig in dem Bemühen, zu tun, was er seit seinem Erwachen in der Rettungskapsel getan hatte; alles zu seinen Gunsten zu wenden. »Wo steht es?«

Avery lachte schallend. »Sag' ich nicht!«

»Es ist eine Ironie, nicht wahr«, bemerkte Mandelbrot, »daß man die Menschen, die so sehr darauf vertrauen, daß Roboter die Drei Gesetze einhalten, nicht auch darauf programmieren kann, ihnen zu gehorchen.«

»Mich binden eurre Gessetzze nicht«, sagte Wolruf.

Avery sah die Fremde plötzlich mit anderen Augen. »Wenn deine Aussage das zu bedeuten hat, was ich glaube, hast du absolut recht.«

»Es gefällt Ihnen wohl«, warf Derec ein, »das Leben unschuldiger Leute aufs Spiel zu setzen?«

Nun leuchtete in Averys Augen ein gänzlich anderes Licht. »Nein, das Leben unschuldiger Leute zu *ignorieren*. Mir kommt es nur auf meine Arbeit an. Und meine Arbeit wäre nie zu bewältigen, wenn ich mich von sogenannten humanitären Überlegungen in meinem Tun beschränken ließe.«

»Haben Sie deswegen die Stadt so lange alleingelassen, um Ihre Arbeit zu beenden? Um andere Kolonien zu starten?« fragte Derec.

»Ich war fort, das ist alles, was ihr wissen müßt.« Avery steckte die Hand in seine Tasche, holte ein kleines Gerät hervor und richtete es auf Mandelbrot. Das Gerät glich einem kleinen Feuerwerksrad, aber als es sich drehte, war ein seltsames Zischen zu hören, und die Funken ergossen sich nicht etwa aus dem Rad, sondern aus Mandelbrot!

Ariel schrie.

»Was machen Sie mit ihm?« fragte Derec und eilte zu seinem Robot.

Wolruf duckte sich, und ihre hinteren Läufe zuckten, als mache sie sich bereit, Avery anzuspringen. Avery sah sie nur an und sagte: »Vorsicht, ich kann es ihm leichter machen — oder schwerer!«

Wolruf richtete sich auf, beobachtete jedoch Avery mit wachen Augen und suchte nach einer Gelegenheit, anzugreifen.

Derec war so wütend, daß er ähnliche Absichten hegte, obwohl er hoffte, daß sie ihm weniger anzusehen waren. Im Augenblick hatte er alle Hände voll zu tun, Mandelbrot aufrechtzuhalten oder ihn zumindest gegen die Wand zu lehnen, auch wenn ihm nicht klar war, wieso es darauf ankam.

Mandelbrot erzitterte, während aus seinen Gelenken und aus jeder Gesichtsöffnung die Funken sprühten. Seine pseudomuskuläre Koordination befand sich im fortgeschrittenen Zustand des Verfalls; seine Arme und Beine zuckten krampfhaft, und aus seinem Sprechgitter erklang ein unheimliches Stöhnen ähnlich dem Heulen eines Gespenstes. Derec drückte ihn platt gegen die Wand und wurde dabei mehrfach von den unkontrollierbar zuckenden Händen und Ellbogen des Robots getroffen. Mandelbrot glitt Derecs Bemühungen zum Trotz zu Boden, und Derec ließ sich auf ihm nieder, versuchte den zappelnden Robot festzunageln. Aber Mandelbrot war zu stark, und Derec konnte schließlich nichts weiter tun, als sich auf sichere Entfernung zurückzuziehen.

Mittlerweile fuhr Avery gelassen fort, das Gerät auf den Robot zu richten. »Bleib mir vom Leibe — ich kann es noch schlimmer machen. Ich kann sogar positronische Abweichungen hervorrufen.«

»Was machen Sie mit ihm?« wiederholte Derec.

»Das ist ein elektronisches Störgerät, das ich persönlich entwickelt habe«, antwortete Avery mit einigem Stolz. »Es emittiert einen Ionenstrom, der die Schaltkreise jeder einigermaßen weit entwickelten Maschine durcheinander bringt.«

»Sie tun ihm weh!« sagte Ariel. »Haben Sie denn gar kein Mitleid?«

»Natürlich nicht, meine Liebe. Dies ist ein Robot, somit hat er nur die Rechte, die ich ihm zugestehe.«

»Da bin ich anderrerr Anssicht!« knurrte Wolruf.

»Ich kann schneller auf den bewußten Knopf drücken, als einer von euch sich bewegen kann«, sagte Avery warnend.

»Wieso tun Sie das?« fragte Derec.

»Weil ich nicht wünsche, daß dieser Robot sich einmischt. Ihr müßt wissen, daß ich einige Suchroboter vor dem Theater postiert habe. Sie rechnen jeden Augenblick mit meinem Signal. Sobald ich den Alarm auslöse, werden sie euch einfangen und in mein Labor bringen, wo ich euch ein sehr wirksames Wahrheitsserum verabreichen und alles erfahren werde, was mir eure Gehirne erzählen können.«

»Wird mir dieses Serum helfen, mich zu erinnern, wer ich bin?«

»Derec!« rief Ariel entsetzt.

»Das möchte ich ernsthaft bezweifeln. Leider ist das Serum noch nicht ganz perfektioniert — es handelt sich ebenfalls um eine Erfindung von mir — und ich muß gestehen, es besteht die Möglichkeit, daß es am Ende alles noch ein wenig konfuser macht. Zumindest vorübergehend. Du kannst dich ja damit trösten, daß der Schaden nicht permanent sein wird.«

Derec nickte. Er blickte auf Mandelbrot herab. »Tut mir leid, alter Freund«, sagte er.

»Was denn?« fragte Avery, eine Nanosekunde bevor Derec einen Stuhl nach ihm warf.

Als der Wissenschaftler sich duckte, rannte Derec zur Tür und brüllte: »Mir nach! Um Mandelbrot kümmern wir uns später!«

Die drei rannten den Korridor entlang in Richtung Bühne, wo sich die Schauspieler und Techniker aufhielten. Wolruf hielt sich deutlich zurück, um bei Derec und Ariel zu bleiben.

»Aus dem Weg!« rief Derec, als sie an den Robotern vorbeihasteten; er hoffte, genügend Verwirrung stiften zu können, die die Roboter aufhalten würde, falls Avery seine übergeordnete Befehlsgewalt geltend machte und sie anwies, ihn und seine Freunde gefangenzunehmen.

»Wohin rennen wir eigentlich?« wollte Ariel wissen.

»Wirst schon sehen!«

Gleich darauf hörten sie im Hintergrund Averys wütendes Geschrei, doch da hatten sie die Bühne erreicht.

Derec blieb bei der mittleren Versenkung stehen und öffnete sie. »Schnell! Hier runter!«

»Aber da geht's doch zur Hinterbühne!« protestierte Ariel.

»Nicht nur«, sagte Derec. »Beeil dich!«

Wolruf sprang in die Öffnung, und Derec und Ariel folgten ihr rasch. Nachdem Derec die Klappe geschlossen hatte, standen sie im Dunkeln. »Wir müssen uns ein paar Minuten lang vortasten«, sagte Derec, als sie den engen Gang entlangeilten. »Ah! Hier! Diese Tür führt zu den unterirdischen Versorgungstunneln der Stadt! Selbst Averys Suchrobotern wird es schwerfallen, dort unten nach uns zu suchen!«

»Nicht auf die Dauer!« sagte Ariel. »Können sie uns nicht mit Infrarot aufspüren?«

»Zeit gewinnen wir damit immer noch!« sagte Derec mit zusammengebissenen Zähnen. »Und die können wir nutzen, um uns unseren nächsten Schritt zu überlegen! Los!«

»Na gut«, sagte Ariel resigniert, »hoffentlich macht bald jemand Licht.«

Wie der Zufall wollte, war die Beleuchtung das einzige, worum sie sich keine Gedanken zu machen brauchten. Die Verkleidung der Versorgungstunnel glühte automatisch auf, sobald Besucher anwesend waren, und erhellte mehrere Meter vor und hinter ihnen die Enge. Hier war es alles andere als elegant. Zunächst sahen sie nur, womit sie gerechnet hatten: Drähte und Kabel, Röhren, Schalttafeln, gesteuerte Generatoren, Druck- und Zugventile, Kapazitrone, Fusionskapseln und diverse andere Apparate, die Derec bei all seinem Wissen um Elektronik und Positronik nicht einmal dem Namen nach kannte. Er starrte die Aufbauten fasziniert an und vergaß einen Moment lang den Grund, aus dem er und seine Freunde hierhergekommen waren.

Derec konnte nicht umhin, Avery zu bewundern. Der Mann war eindeutig ein Genie, wie es in der Menschheitsgeschichte noch keines gegeben hatte; zu schade, daß er bei der Verwirklichung seiner Träume offenbar seine Menschlichkeit verloren hatte.

»Wie weit müssen wir noch?« fragte Ariel schließlich. »Ich werde langsam müde, und es ist nicht gerade leicht, mich in diesem blöden Kleid fortzubewegen.«

»Ich weiß auch nicht«, sagte Derec außer Atem. Er hatte gar nicht gemerkt, wie erschöpft er war. Er hatte bei der Vorstellung all seine Energie verbraucht und hatte vermutlich im Augenblick keine großen Reserven mehr. »Wir könnten weiterrennen, denke ich, aber ändern würde das wohl nichts.«

»Je mehrr Absstand zzwischen unss und den Verrfolgerrn, dessto besserr«, sagte Wolruf. »Iss' die errsste Lektion fürr jeden Welpen.«

»Derec — was ist das?« fragte Ariel und zeigte auf den erleuchteten Bereich vor ihnen.

»Was denn? Alles sieht unverändert aus.«

Wolruf schnupperte. »Rriecht aberr anderrss.««

Derec ging weiter den Tunnel entlang. Mit ihm rückte die Beleuchtung vor. Und in der Ferne, kurz bevor der Gang in totale Finsternis gehüllt war, begannen Drähte und Generatoren zu einer amorphen Masse zu verschmelzen. Derec winkte den anderen, ihm zu folgen. »Los — ich will sehen, was da vorgeht.«

»Derec, wir sind in Gefahr — wir können nicht einfach auf Entdeckungsreise gehen, nur weil uns danach ist.«

»Warum eigentlich nicht? Außerdem führt dieser Gang nur in zwei Richtungen — vorwärts und zurück.«

Je weiter sie vordrangen, desto amorpher wurden die Kanalisationsanlagen, bis die Generatoren, Kabel, Fusionskapseln und all die anderen Einzelteile nur noch in groben Umrissen zu erkennen waren. Es hatte den Anschein, als sei jede Komponente des Versorgungstunnels untrennbar mit den übrigen verschweißt. Derec hatte das Gefühl, daß er, wenn es ihm gelang, beispielsweise einen Generator zu öffnen, drinnen ein ähnliches amorphes Gewirr von Schaltkreisen und Drähten vorfinden würde.

»Tiefer«, sagte er, »wir müssen noch weiter in die Tiefe.«

»Derec, hier wird es langsam eindeutig eng«, protestierte Ariel.

»Ssie hat rrecht«, sagte Wolruf. »Je weiterr wirr kommen, dessto engerr derr Tunnel. Wenn die Ssuchrroboterr kommen . . .«

»Dann können wir ohnehin nichts tun«, sagte Derec. »Seht mal, was sich hier tut! Ist euch denn nicht klar, was hier vorgeht?«

»Sieht aus, als würde die Stadt beginnen, sich aufzulösen«, sagte Ariel.

»Ah! Aber in Wahrheit ist genau das Gegenteil der Fall. Je weiter wir vorankommen, desto mehr wächst die Stadt zusammen. Versteht ihr?«

»Meinst du das ernst? Doch wohl nicht!«

»Die endgültigen Grundfesten von Robot City liegen am Ende dieses Gangs. Wahrscheinlich werden dort unten die Metazellen hergestellt und in ähnlicher Weise nach oben geführt wie Wasser durch ein Rohr. Nur langsamer.«

»Was bedeuten dann all die Maschinenattrappen hier?«

»Das sind keine Attrappen, sie sind bloß noch nicht vollständig ausgeformt. Vermutlich müssen die Zellen einen bestimmten Abschnitt der Grundfesten durchdringen, ehe sich ihr Programm entfalten kann. Also, Metallatome bilden ein dreidimensionales Gitter, deshalb können Metalle in polykristalliner Form auftreten — gemeint sind große Ansammlungen kleiner Kristalle. Die Zellen in diesem unterirdischen Bereich sind noch nicht kristallisiert, Ariel.«

Sie hatte den Blick abgewandt. Sie nickte, als habe sie seine Erklärung verstanden, doch ihr Gesicht war schweißüberströmt und deutlich blasser als zuvor, selbst bei der düsteren Beleuchtung. Derec streckte die Hand aus, um sie zu stützen, doch sie wich vor ihm zurück.

»Nicht . . .« sagte sie und winkte ihn fort. »Ich — ich kriege Platzangst. Mir ist es hier zu eng. Ich — ich spüre das ganze Gewicht über mir.«

»Keine Angst«, sagte Derec. »Die Grundfesten sind stabil. Uns passiert schon nichts.«

»Und was machen wir, wenn die Suchroboter kommen?«

»Vielleicht können sie uns hier unten gar nicht finden. Selbst mit

Infrarotsensoren. Wenn das Programm in diesem Sektor nicht komplett ist, wäre es möglich, daß sie nicht in der Lage sind, uns zu entdecken.«

»Nurr vielleicht«, sagte Wolruf. »Und wenn ssie nicht kommen, müssen wirr frrüherr oderr sspäterr doch hierr rraus. Dann finden ssie unss.«

Nun war Derec an der Reihe, sich zurückzuziehen. »Schon gut, schon gut. Ich weiß. Tut mir leid.«

»Du kannsst halt nicht anderrss.«

Derec schnaubte, mehr Selbstironie brachte er im Moment nicht auf. Es war schon schlimm genug, daß sie buchstäblich in einer Sackgasse gelandet waren — sie waren in mehr als nur einem Sinne am Ende ihrer Wege angelangt.

Wie sehr er sich wünschte, Mandelbrot jetzt bei sich zu haben! Er kam sich wie ein jämmerlicher Feigling vor, ihn so zurückgelassen zu haben. Er war in der Hoffnung davongerannt, den Robot später noch abholen zu können, doch inzwischen hatte er Angst, daß Avery das Gehirn auseinandernehmen und die Einzelheiten überall in der Stadt verstreuen würde, so daß er ihn nur wieder zusammensetzen konnte, wenn alle Teile aufzufinden waren.

Derec blickte auf seine offenen Hände herab. Mit diesen Händen und mit seinem Verstand hatte er Mandelbrot zusammenmontiert, aus Ersatzteilen, die ihm zur Verfügung standen. Nun kamen ihm Hände und Verstand gleichermaßen unzulänglich vor, wenn es darum ging, mit den Problemen fertigzuwerden, die ihm zu schaffen machten. Er konnte Ariel nicht helfen. Er konnte Wolruf und Mandelbrot nicht helfen. Es war ihm nicht gelungen, Canute zu einem Geständnis zu bewegen und den Robot seiner gerechten Strafe zuzuführen. Verdammt, womöglich hatte er nicht einmal die Frage gelöst, wer Lucius tatsächlich ermordet hatte. Und schließlich hatte er es nicht einmal geschafft, sich selbst zu helfen.

Wolruf stieß ein kehliges Knurren hervor. »Derrec, 'ss gibt da ein Prroblem!«

»Noch eins?«

»Allerrdingss!«

Derec blickte auf und sah, wie am Rande der Finsternis hinter ihnen die Suchroboter vorrückten.

Kapitel 11

Verquere Träume

Derec erwachte an einem Ort, von dem er wußte, daß er nicht real war. Ansonsten hatte er keine Vorstellung davon, wo er sein mochte. Er stand auf einer glatten, kupferfarbenen Ebene, die sich ungebrochen in alle Richtungen erstreckte. Über ihm befand sich ein pechschwarzer Himmel. Theoretisch hätte er ebenfalls in Finsternis gehüllt sein müssen, denn das Kupfer war wohl kaum die geeignete Lichtquelle. Aber er hatte keine Probleme, etwas zu erkennen.

Im Gegenteil, Derec erkannte, daß sein Gesichtssinn die Bereiche Ultraviolett und Infrarot umfaßte. Als er hinabsah, um seine Hände in Augenschein zu nehmen, quietschten seine Halsgelenke: Wäre er ein Mensch gewesen, hätte er diesen Laut nicht hören können. Nun aber war er ein Robot. Seine metallene Hand bewies es zweifelsfrei.

Normalerweise hätte ihn ein derartiger Verlauf der Ereignisse in tiefe Depression versetzt, aber nun, da es geschehen war, nahm Derec es geradezu bereitwillig hin. Er wußte nicht, warum oder wie man ihn verändert hatte, noch glaubte er, daß es darauf ankam. Ihm blieb nichts weiter zu tun, als sich zu überlegen, was er als nächstes tun wollte.

Die Logik gebot ihm, loszumarschieren. Da er auf logischem Wege nicht feststellen konnte, ob eine Richtung den anderen vorzuziehen war, marschierte er einfach los.

Und beim Gehen sah er etwas in der Ferne emporwachsen. Er ging schneller, hoffte, dadurch schneller ans Ziel zu kommen, doch die Entfernung blieb immer die gleiche.

Also rannte er, und das Etwas schien über die kupferne Fläche von ihm wegzugleiten, so daß der Abstand gewahrt blieb.

Er sah, daß in den oberen Regionen dieses Etwas die Türme einer Stadt den Himmel streiften, während unten die Fundamente davonglitten. Sie streiften den Himmel und durchschnitten ihn, zerrissen ihn und offenbarten das dahinterliegende Weiß. Aus dem Nichts hingen weiße Bänder herab, und obwohl Derec die Stadt nicht einholen konnte, stand er schließlich doch irgendwann direkt unter den Bändern. Die Vernunft sagte ihm, daß sie weit weg seien, mindestens einen Kilometer über ihm, doch er gab dem Drang nach, die Hand danach auszustrecken.

Er griff zu und spürte, wie ein sengender Hitzestrahl seine Seele erfaßte. Er versuchte zu schreien, brachte jedoch keinen Laut hervor.

Er versuchte, das Band loszulassen, doch es klebte an seinen Fingern. Es dehnte sich aus. Es hüllte ihn ein und löschte das Kupfer und die Schwärze der Welt.

Oder stürzte er hinein in das Band? Schwer zu sagen. Außerdem begann ihm die Vernunft zu sagen, daß es ein Traum sein mußte, den er durchlebte, und daß es besser war, sich zu fügen als dagegen anzukämpfen. Wahrscheinlich versuchte sein Unterbewußtsein, ihm etwas mitzuteilen.

Er stürzte durch das Weiß, bis er auf einen Schwarm riesenhafter Amöben traf, doch statt aus lebendigem Protein zu bestehen, waren sie aus gitterförmig angeordneten Schaltkreisen aufgebaut. Er ruderte mit Armen und Beinen und entdeckte, daß er ebenso wie sie durch die weißen Ströme gleiten konnte. Er schwamm neben ihnen her . . .

. . . bis sie begannen, sich im Kreis zu bewegen, und an einer bestimmten Stelle im Weiß verschwanden wie im Zentrum eines Strudels. Derec versuchte, gegen den Strom zu schwimmen, doch er wurde unausweichlich hinabgezogen.

Er kam auf der anderen Seite hervor, nicht mehr von Amöben umgeben, sondern von geschmolzenem Erz, das sich bei den hier herrschenden Temperaturen um den absoluten Nullpunkt rasch zu Meteoren verfestigte. Nun befand er sich in einem Vakuum, in dem es keine Strömung gab, der er hätte folgen können. Eigentlich müßte ich Angst haben, dachte er, doch er begegnete der Situation mit unglaublicher Gelassenheit. Vielleicht lag es daran, daß er in diesem Traum sowohl körperlich als auch vom Bewußtsein her ein Robot war. Seinem Körper machte die Kälte nichts aus, und er brauchte keine Luft zum Atmen, daher bestand keine Gefahr, außer der, von einem erstarrenden Schlackehaufen getroffen zu werden. Er hatte nichts zu befürchten, brauchte sich keine Sorgen zu machen.

Höchstens darum, wohin er unterwegs sein mochte. Er wäre gern von dem Kurs abgewichen, den er nahm, aber es gab nichts, was er diesbezüglich hätte unternehmen können, weder etwas, um sich daran festzuhalten, noch etwas, wovon er sich hätte abstoßen können. Es blieb ihm keine andere Wahl, als sich seinem Impuls zu überlassen und zu hoffen, daß er irgendwann in der Lage sein würde, zu handeln.

Er konnte nicht beurteilen, wieviel Zeit vergangen war, als er plötzlich aus dem Vakuum in einen dunkelblauen Himmel hinabstürzte. Auch konnte er sich nicht erklären, wie er so weit und so schnell hatte fallen können, ohne bei seinem Eintritt in die Atmosphäre in Flammen aufzugehen.

Er landete in einem weiten Meer und erreichte schwimmend eine Küste, wo die Wellen gegen die Felsen brandeten. Er kroch den Strand hinauf und fühlte sich so stark und kräftig wie zu Beginn seines Traums, nur ein wenig ängstlich, daß er rosten könne. Doch sobald er den Strand verlassen hatte und vor sich in der Ferne wieder die Stadt wahrnahm, war sein Metallkörper auch schon getrocknet und gänzlich unversehrt.

Er ging auf die Stadt zu. Nun blieb sie stationär, und je näher er ihr kam, um so strahlender leuchtete sie im Sonnenlicht, in Regenbogenfarben, die glitzerten, als seien die Türme und Pyramiden und Zinnen vom frischen Morgentau benetzt.

Und innerhalb der Stadtgrenzen gab es Gebäude in Form von hexagonalen Prismen, ditetragonalen Prismen, Dodekaedern und Hexoktaedern — alles komplexe geometrische Formen, jede mit einer Reinheit ausgestattet, die ihrer Schlichtheit entsprang. Doch die Gebäude schienen leerzustehen; es gab keine Türen, keine Fenster, keinerlei Einlässe. Die Gebäude glänzten im Sonnenlicht: karmesinrot, weizengelb, ocker, saphirblau, gold, zobelbraun und smaragdgrün, und jede Farbe erschien seinen logischen Integralen so angenehm, so konstant und rein.

Je tiefer er in die Stadt gelangte, desto weniger Gebäude fanden sich. Sie waren in immer größeren Zwischenräumen angeordnet, und schließlich bildete sich die Leere im Zentrum zu einem weiten

Platz aus. In der Mitte dieses Platzes stand eine Ansammlung geheimnisvoller Maschinen, umgeben von durchsichtigen Plastpackungen mit Trockenchemikalien, die am Boden verstreut lagen. Sie luden zur Benutzung geradezu ein.

Aber wozu?

Derec benutzte sie. Er wußte nicht, warum oder wie. Er füllte den Inhalt der Plastpackungen in die Maschinen, wann immer es ihm angebracht erschien; ja, wenn es ihm angebracht erschien, baute er sogar die Maschinen um. Auch dabei wußte er nicht genau, warum oder wie er dazu kam. Schließlich handelte es sich nur um einen Traum.

Und als er fertig war, stand er am Rande des Platzes und betrachtete die Bresche, die er ins Universum geschlagen hatte. Drinnen sah er Sternhaufen wirbeln, sich in feierlichem, stetigem Strom voneinander entfernen. Nach und nach verschwanden sie aus seinem Gesichtskreis, doch anstatt totale Schwärze zurückzulassen, hinterließen sie gleißend weißes Licht.

Derec trat fröhlich mitten hinein in dieses Licht. Es war an der Zeit, aufzuwachen, denn er wußte nun, wie er Zugang zu Canute finden konnte.

Kapitel 12

Die Universaltheorie

»Wach auf, mein Junge«, erklang die Stimme von Dr. Avery hinter dem Schleier der Finsternis.

»Die Zeit ist gekommen, wieder ins Land der Lebenden zu treten.«

Derec machte die Augen auf. Dr. Averys Gesicht hing über ihm, erst deutlich, dann verschwommen. Averys Miene war so neutral wie sein Tonfall spöttisch gewesen war. Derec spürte, daß beides beabsichtigt war; das ständige Funkeln in den Augen des Doktors war nur mit Mühe zu beherrschen.

»Was war mit mir los?« fragte Derec heiser. »Was haben Sie mir angetan?«

»Die Suchroboter haben dich und deine Freunde mit einer Dosis Nervengas außer Gefecht gesetzt. Der Effekt war vorübergehend, das versichere ich dir, und Nachwirkungen wird es nicht geben. Ich mußte das den Suchrobotern auch zusichern, außerdem mußte ich sie überzeugen, daß es ungefährlicher sei, euch in bewußtlosem Zustand durch die engen Tunnel abzutransportieren. Wie du siehst, kenne ich mich mit diesen Robotern aus und kann ihnen gegenüber vieles rechtfertigen, was du dir niemals erträumen würdest.«

»Wo sind meine Freunde?«

Avery zuckte die Achseln. »In der Nähe.« Er mußte sich eines Besseren besonnen haben, denn er fügte nicht unfreundlich hinzu: »Sie sind hier im Labor. Du kannst sie nur nicht sehen, weil dein Blick noch getrübt ist.«

»Wo ist Mandelbrot? Sie haben ihn doch wohl nicht — nicht auseinandergenommen, wie?«

Avery schüttelte feierlich den Kopf. »Nein. Das wäre eine Verschwendung fachmännischer Arbeit gewesen. Du bist ein ausgezeichneter Robotiker, junger Mann.«

»Ich nehme an, jetzt soll ich mich geschmeichelt fühlen.«

»Allerdings.«

Derec schloß die Augen und bemühte sich, eine genauere Vorstellung von seiner Körperstellung zu bekommen. Er wußte, daß er lag, wenn auch eindeutig nicht horizontal. Das Problem war nur, daß er noch nicht ausmachen konnte, ob sein Kopf nach unten oder nach oben gekippt war. Es erwies sich jedoch, daß alles noch schlimmer wurde, als er die Augen zumachte. Er kam sich vor, als sei er an einem sich drehenden Glücksrad festgeschnallt. Er versuchte sich zu bewegen.

»Ich will aufstehen«, sagte er. »Binden Sie mich los.«

»Streng genommen bist du nicht gebunden. Du wirst von magnetisierten Stangen an Hand- und Fußgelenken festgehalten.« Avery hielt ein tragbares Gerät mit einer Tastatur hoch. »Hiermit werden die Stangen entmagnetisiert, so daß du freikommst, aber nur ich kenne den Code.«

Derec fühlte sich lächerlich hilflos. »Könnten Sie wenigstens die Beleuchtung dämpfen. Sie tut mir in den Augen weh.«

»Eigentlich sollte mir das egal sein«, sagte Avery und wandte den Blick ab. »Canute!« rief er, und das Gleißen legte sich.

Sofort fiel es Derec leichter, etwas zu erkennen. Das Lichtraster befand sich mehrere Meter über seinem Kopf. Er spähte nach rechts und entdeckte Ariel schlafend auf einer Gestellplatte, ebenfalls von Magnetstangen festgehalten. Hinter ihr stand eine Batterie von Computern und Laborgeräten und diversen Robotersatzteilen — ganz zu schweigen von einem fügsamen Canute, der pflichteifrig dabei war, ein chemisches Experiment zu überwachen.

Links von Derec lag Wolruf mit dem Gesicht nach unten auf einer Platte. Ebenfalls außer Gefecht. Die Zunge hing ihr schlaff aus dem Maul.

Mandelbrot stand in der Nähe abgeschaltet an einer Wand und wirkte wie eine Statue, eine gespenstische Statue, bei der Derec beinahe damit rechnete, daß sie gleich zum Leben erwachen würde. Er überlegte, ob er Mandelbrot befehlen sollte, aufzuwachen, aber er befürchtete, daß Avery für diesen Fall bereits vorgesorgt hatte. Jedenfalls wollte er seinen Freund nicht noch einmal unter der Rückkoppelung leiden sehen, die Avery mit seinem elektronischen Störgerät ausgelöst hatte.

»Danke, daß Sie die Beleuchtung heruntergedreht haben«, sagte Derec. »Sind meine Freunde wohlauf?«

»Soweit möglich. Ich muß dir wirklich ein Kompliment machen, junger Mann. Du bist wirklich recht findig.«

»Was meinen Sie damit?«

»Selbst im bewußtlosen Zustand warst du noch fähig, dich meinem Wahrheitsserum zu widersetzen. Du hast unaufhörlich geschwatzt, aber ich habe wenig wertvolle Informationen aus dir herausgeholt.«

»Vielleicht liegt das daran, daß ich keine abzugeben habe. Wie Sie wissen, habe ich nicht darum gebeten, hier zu landen.«

»Ich werde mich bemühen, das im Auge zu behalten«, erklärte Avery müde. Er seufzte, als sei er der Erschöpfung nahe.

Derec wäre das nur recht gewesen. Derlei Müdigkeit hätte er zu seinem Vorteil nutzen können. »Haben Sie, während ich weggetreten war, etwas über meine Identität herausgefunden?« fragte er.

»Um deine persönlichen Angelegenheiten habe ich mich nicht gekümmert. Ich wollte nur wissen, wie ihr meinen Robotern den Charakter verdorben habt.«

Derec konnte einem Lachen nicht widerstehen. »Ich habe Ihren Robotern beziehungsweise Ihrer Stadt nichts angetan, es sei denn, Sie rechnen mit ein, daß ich sie vor einem Programmierfehler gerettet habe. Die Mängel Ihrer Schöpfung sind ganz allein die Ihren, Doktor.«

»Ich mache keine Fehler.«

»Nein, Sie sind nur einfach nicht daran gewöhnt, welche zu machen. Dennoch machen Sie welche. Vor allem haben Sie mehr erreicht, als Sie beabsichtigt hatten. Ihre Metazellen sind fähig, die organisatorischen Funktionen des Proteins in einem Maßstab nachzubilden, der bei der Erforschung künstlicher Lebensformen noch nie aufgetreten ist. Die Wechselwirkung zwischen den ständigen Veränderungen der Stadt und den logischen Systemen des positronischen Gehirns scheinen das Robotgehirn von den vorgefaßten Konzeptionen bezüglich seiner Pflichten freizumachen. Und wenn man von dem ausgehen kann, was in Mandelbrot vorgeht, ist das Endergebnis ansteckend.«

»Das bezweifle ich. Wahrscheinlich ist dein Robot durchgeschmort, weil er die Metaschmierstoffe der Stadt nicht verträgt.«

»Sie greifen nach dem letzten Neutron!« sagte Derec und versuchte vergebens, die Stangen über seinen Beinen hochzustemmen, schaffte es jedoch nur, mit den Zehen zu wackeln. »Wäre es nicht vernünftiger, anzunehmen, daß die Umweltbelastung durch die Wachstumskrise — hervorgerufen durch einen Fehler in Ihrer eigenen Programmierung — das Auftreten von Fähigkeiten ausgelöst hat, die latent allen genügend weit entwickelten Robotern eigen ist?«

Avery rieb sich nachdenklich das Kinn. »Noch mal.«

»Für Robot City gibt es keinen Präzedenzfall. Es hat noch nie eine Robotergesellschaft ohne Menschen gegeben. Es war bereits einiges vorgefallen, ehe Ariel und ich hierherkamen, einiges, was sich keiner je vorgestellt hatte.«

»Was denn?« Avery gab sich betont blasiert.

»Ich bin sicher, Sie haben sie von Ihrem Büro im Kompaßturm aus gesehen«, sagte Derec. Dr. Avery musterte ihn mit hochgezogenen Augenbrauen. »O ja, dort oben waren wir. Außerdem habe ich die Zentraleinheit aufgesucht und mich mit den Chefüberwachern unterhalten. Ihre Roboter haben *beschlossen* die Menschheit zu studieren, um ihr besser dienen zu können. So etwas tun Roboter normalerweise nicht. Sie haben in dem Bemühen, uns besser zu verstehen, sogar versucht, Gesetze der Humanik zu formulieren. Ich habe noch nie gehört, daß Roboter so etwas tun.«

»Und ich denke, du hast eine Theorie, warum es jetzt geschieht.«

»Mehr als eine.« Derec schickte sich an, sie an den Fingern abzuzählen, doch das klappte in seiner Position nicht. »Erstens die Belastungen der Wachstumskrise. Das war eine Überlebenskrise, die der Eiszeit auf der prähistorischen Erde entspricht. Die Roboter waren gezwungen, sich entweder anzupassen oder zugrunde zu gehen. Mein Eingreifen hat dazu beigetragen, die Krise zu beenden, aber auch, die Anpassung zu erleichtern.

Zweitens die Isolation von Robot City. Ohne die Anwesenheit von Menschen durften evolutionäre Schritte, denen sonst Einhalt geboten worden wäre, sich fortsetzen: das Studium der Gesetze der Humanik, um nur ein Beispiel zu nennen; ein anderes wäre, daß die Roboter dazu übergingen, initiativ zu werden. Diese Veränderungen überlebten nicht nur, sie gediehen. Sie sind zu eingewurzelten Bestandteilen des Denkens der hiesigen Roboter geworden. Selbst die primitiven Mikrochips der Frühzeit wurden in eine Art Traumzustand versetzt, wenn sie gerade nicht in Gebrauch waren. Nun sehen wir, was passiert, wenn wir sie nicht mit Gewalt aufwecken.«

»Was du da erzählst, beweist gar nichts. Es handelt sich um Theorien, nicht mehr. Jedenfalls nicht um empirische Beweise.« Avery unterdrückte ein Gähnen.

»Ach ja? Ich langweile Sie doch wohl nicht?«

»Entschuldige. Du langweilst mich keineswegs. Für einen jungen Mann bist du sogar recht interessant, obwohl deine bezaubernden Ideen über die Roboter und die Wirklichkeit geradezu nach Unerfahrenheit riechen. Doch damit war zu rechnen, nehme ich an.« Er tätschelte die Stange über Derecs Beinen.

Derec runzelte die Stirn. Eins war sicher. Er wurde mit Averys geistiger Labilität fertig, er konnte die Arroganz des Mannes ertragen, aber seine herablassende Freundlichkeit war ihm zutiefst zuwider. Den Grund dafür konnte sich Derec nicht erklären. Es war einfach so. Er konnte nicht umhin, sich zu fragen, ob er in seiner dunklen, vergessenen Vergangenheit womöglich etwas mit Dr. Avery zu tun gehabt hatte. »Und was für Informationen haben Sie aus mir herausgeholt?«

Avery lachte. »Warum sollte ich dir das verraten?«

»Weil ich nichts zu verbergen habe. Nur Sie bestehen darauf, ich hätte etwas zu verbergen. Sie fragen meinen Robot nicht aus — Sie stellen ihn ruhig. Sie fragen die übrigen Roboter nicht aus — Sie ignorieren sie. Sie fragen mich aus, aber Sie nehmen mir meine Antworten nur zur Hälfte ab. Sie behandeln meine Freunde, als wären sie — als wären sie Ihnen nur lästig.«

»Ich fürchte, genau das sind sie«, sagte Avery nicht unfreundlich.

»Aber — aber ich dachte, Sie hätten diesen Ort geschaffen, um etwas über die sozialen Strukturen zu erfahren, die Roboter herausbilden, wenn sie auf sich gestellt sind.«

»Kann sein, muß aber nicht. Ich sehe nicht ein, warum ich dir meine Beweggründe anvertrauen sollte.«

»Interessieren Sie sich denn nicht für unsere Beobachtungen?«

»Nein.«

»Nicht einmal für die von Ariel Welsh, der Tochter Ihrer Mäzenin?«

»Nein.« Avery warf einen Blick auf Ariel. »Eltern und Kinder stehen sich auf Aurora selten nahe.«

»Sie haben von ihr gehört, wollen ihr aber nicht helfen? Sind Sie denn nicht im mindesten um sie besorgt?«

»In den Augen der Weltraumgesellschaft ist sie eine Außenseiterin und somit im Grunde ein unwichtiges Individuum. Ich nehme an, in einem vergangenen, idealistischeren Zeitalter hätte ich etwas von meiner Zeit und meinen Resourcen geopfert, um ihr zu helfen, aber seit kurzem ist Zeit für mich ein kostbares Gut geworden, zu kostbar, um sie auf ein Menschenleben unter Milliarden und Abermilliarden zu verschwenden. Meine Experimente haben ein kritisches Stadium erreicht. Ich kann es mir nicht leisten, einem von euch zu trauen.«

»Sie selbst sind es, dem Sie nicht trauen«, sagte Derec.

Avery lächelte. »Und wie hast du, der soviel über Roboter und so wenig über Menschen weiß, das herausgefunden?«

Derec seufzte. »Ich hab' es im Gefühl, sonst nichts.«

»Verstehe.« Avery wandte sich an Canute und gab dem Ebenholzfarbenen ein Fingersignal.

Gleich darauf beugten sich Avery und Canute über Derec. Der spürte, daß sich Canutes Verhalten geändert hatte . . . daß ihm etwas fehlte. Seine höfliche Arroganz und das Selbstvertrauen waren verschwunden, ersetzt oder überlagert von einer Unterwürfigkeit, die entweder gewollt war oder nur dem entsprach, was Avery von ihm erwartete.

»Geht es Ihnen gut, Derec?« fragte Canute tonlos.

»Den Umständen entsprechend. Du bist kräftig, Canute. Warum nimmst du mir nicht die Fesseln ab?«

»Ich fürchte, obwohl es mir gelingen könnte, wenn ich den Versuch unternähme, wäre das aus anderen Gründen unmöglich«, entgegnete der Robot.

»Also, Derec, ich hatte Besseres von dir erwartet«, sagte Avery. »Solange dir kein Leid geschieht, hat Canute keine andere Wahl, als meine Befehle zu befolgen. Sie haben Vorrang über jeden, den du dir ausdenkst.«

»War ja nur ein Versuch«, sagte Derec. »Aber woher wollen Sie wissen, daß mir kein schweres Leid geschieht, wenn ich hier rumliege?«

Avery schien geschockt, aber Canute kam ihm mit der Antwort zuvor. »Ich weiß es nicht. Ich muß mich an Dr. Averys Zusicherung halten, daß Ihnen als Folge Ihrer Fesselung nichts zustoßen wird.«

»Was empfindest du dabei, ein Robot zu sein, Canute?«

»Diese Frage ist bedeutungslos!« rief Dr. Avery und schnaufte verächtlich. »Er hat keinerlei Vergleichswerte!«

Canute wandte sich Avery zu; in seinen visuellen Rezeptoren war wieder das vertraute rote Glühen getreten. »Verzeihen Sie, Dr. Avery, aber ich muß Ihnen leider widersprechen. Ich habe durchaus etwas, womit ich die Empfindung, ein Robot zu sein, vergleichen kann. Nachdem ich die vergangenen Wochen damit verbracht habe, die Handlung eines fiktiven menschlichen Wesens zu imitieren, habe ich einen wenn auch vagen Begriff davon, wie es wäre, ein Mensch zu sein. Davon ausgehend kann ich extrapolieren, was man dabei empfindet.«

»Verstehe«, sagte Avery und nickte so, als schenke er dem Gehörten keinen Glauben oder sei, wenn er es doch tat, nicht bereit, es ernstzunehmen. Er warf einen Blick auf Derec. »Wer greift nun nach dem letzten Neutron, junger Mann?«

»Was bleibt mir denn übrig, solange ich hier festsitze?«

Avery lächelte. Derec war dieses Lächeln inzwischen herzlich leid. »Gegen diese Logik komme ich nicht an«, sagte der Doktor und unterdrückte wieder einmal ein Gähnen.

»Dr. Avery, stehen Sie etwa an der Schwelle der Erschöpfung?« erkundigte sich Canute.

»Ja, schon. Ich bin schon einige Zeit wach — eigentlich seit meiner Abreise aus — nein, das sage ich nicht. Es gibt keinen Grund, warum ihr das wissen solltet.«

»Dürfte ich vorschlagen, daß Sie sich zurückziehen und schlafen? Sie könnten beträchtlichen Schaden nehmen, wenn Sie über den Durchhaltequotienten Ihres Körpers hinaus wachbleiben.«

Noch ein Gähnen. »Gute Idee.« Ein drittes Gähnen. »*Dir* wäre es recht, wenn ich mich zurückziehe, wie?«

»Nur wegen Ihres Mundgeruchs.«

»Haha. Du willst deine wahren Absichten hinter der Maske der Frivolität verbergen. Macht nichts. Ich werde Canutes Vorschlag aufgreifen. Was mit euch vieren passiert, werde ich nach meinem Erwachen entscheiden.« Er wandte sich zum Gehen, dann drehte er sich noch einmal nach Canute um. »Unter keinen Umständen darfst du die Stangen berühren, die unseren Freund Derec niederhalten, außer, ich bin körperlich anwesend in diesem Raum, verstanden? Das ist ein direkter Befehl.«

»Und wenn ich aufs Klo muß?« fragte Derec.

»Du wirst nicht müssen. Um deine Ausscheidungsbedürfnisse haben wir uns längst gekümmert.«

Wie haben sie das hingekriegt? dachte Derec. *Meine Blase trockengelegt? Dieser Kerl ist ein noch größeres Genie als ich mir vorgestellt hatte.*

»Dr. Avery, es besteht die Möglichkeit, daß Derec und die übrigen in anderer Hinsicht körperlichen Schaden nehmen, wenn sie zu lange gefesselt bleiben«, meldete sich Canute.

»Sie sind jung; sie sind kräftig. Sie werden bestimmt damit fertig werden.«

Canute senkte den Kopf. »Jawohl, Dr. Avery.«

Und Avery ging. Plötzlich spürte Derec, wie sein Herz vor Aufregung höher schlug, und er kämpfte darum, sich wieder zu beruhigen. Der nächste Gesprächsversuch, den er unternahm, mußte beiläufig wirken, sonst würde der schlaue Canute, der das Befolgen der Befehle Dr. Averys als übergeordnete Richtlinie seiner Worte und Taten ansah, Derecs Plan durchschauen.

Derec hoffte, daß es ein kluger Plan war. Er wartete mehrere Minuten, während Canute wieder seinen Aufgaben nachging, und als er der Meinung war, nun sei genug Zeit vergangen, um Avery sein Schlafquartier erreichen zu lassen, sagte er: »Canute, ich habe mit dir zu reden.«

»Das ist durchaus akzeptabel, Derec, aber ich muß sie im voraus warnen, daß ich die Augen nach eventuellen Kniffen Ihrerseits offenhalten werde, mit denen Sie mich überreden wollen, Sie freizulassen.«

»Keine Sorge, Canute. Ich weiß, wann ich geschlagen bin.«

»Tut mir leid, Sie mögen diese Bemerkung für wahr halten, aber die Wirklichkeit sieht anders aus.«

»Ich verstehe das als Kompliment.«

»Weder Schmeichelei noch Beleidigung waren beabsichtigt.«

»Könnte ich mich mit dir unterhalten, während ich warte, daß Dr. Avery wiederkommt oder meine Freunde aufwachen?«

»Gewiß, wenn es Ihnen beliebt. Ich darf doch darauf vertrauen, daß unsere bevorstehende Unterhaltung nichts mit Ihrer Überzeugung zu tun haben wird, daß ich für Lucius' Hinscheiden verantwortlich war?«

Derec lächelte. »Gewiß, wenn dir das lieber ist. Aber was ist dir daran gelegen?«

»Eigentlich nichts — nur daß aus irgendwelchen Gründen das

Thema meine Gedanken träge werden läßt, als würden sich dabei die Positronenströme meiner Schaltkreise festfahren.«

»Sehr interessant. Aber keine Angst. Ich dachte, ich würde Beweise finden, hab' ich aber nicht, also mach dir keine Sorgen. Außerdem müßte dir klar sein, daß mich dringendere Fragen beschäftigen als ausgerechnet Lucius.«

»Ja, das müßte mir klar sein«, sagte Canute.

»Ja. Nun, wie es scheint, hatte ich, während Dr. Avery mein Bewußtsein durchforscht hat, einen seltsamen Traum. Er hat mir viel zu denken gegeben.«

»Derec, halten Sie mich für geeignet, solcherlei Angelegenheiten zu diskutieren? Menschliche Träume sind kaum meine Stärke.«

»Das stimmt — meine allerdings auch nicht. Aber der Traum hat eine Unmenge Fragen aufgeworfen, und ich wüßte gerne, wie ein Wesen mit deiner speziellen Logik auf sie reagiert.«

»Natürlich. Ich wüßte nicht, daß irgendwelcher Schaden entstünde, wenn ich den zweifellos unzulänglichen Versuch unternehme, Ihnen diesbezüglich Ihre Befangenheit zu nehmen.«

»Ja. Das könnte mir durchaus guttun.«

»Ich werde mich bemühen, Ihnen dazu zu verhelfen.«

»Also, Canute, du weißt, das Leben hat im Gemisch der Erdozeane als Serie chemischer Reaktionen begonnen. Die Rohstoffe des Lebens waren auch auf anderen Welten vorhanden, aber bis vor kurzem gab es keinerlei Beweise, daß dort das Gemisch ebenso funktioniert hat.«

»Meinen Sie Wolruf und den Meister, der sie einst als unfreiwillige Dienerin beschäftigt hat?«

»Ja. Zwei Beispiele zweier fremder Kulturen, zweier anderer Welten, auf denen das Gemisch zu Ergebnissen geführt hat — und sie stammen nicht einmal aus dieser Galaxis. Aber es kommt nicht so sehr auf die vergleichsweise geringe Zahl von Welten an, auf denen Leben entstanden ist, obwohl daran hoffentlich einiges deutlich wird.«

»Worauf kommt es denn an?«

»Darauf, daß das Universum, obwohl es selbst keine bewußte Wesenheit ist, über die Rohstoffe verfügt, die, mit den richtigen Auslösern versehen, Bewußtsein erzeugen. Es ist fähig, intelligentes

Leben hervorzubringen, das in der Lage ist, das Universum zu verstehen.«

»Obwohl es sich also nicht direkt erkennen kann . . .«

»Genau, Canute. Es kann sich indirekt erkennen. Und wie, meinst du, schafft es das?«

»Mit Hilfe der Naturwissenschaften.«

»Das ist eine Methode, und wir kommen noch darauf zurück. Außerdem kann sich das Universum mit Hilfe von Philosophie und Geschichte erforschen. Zudem kann es sich selbst verstehen — selbst interpretieren —, über die Kunst. In diesem Licht besehen sind Shakespeares Stücke nicht nur Ausdruck eines einzelnen Mannes oder der Gattung, die sie im Zeitenverlauf interpretiert hat, sondern des Universums. Sie sind der Stoff, aus dem die Sterne sind.«

Derec wartete ab, was für eine Reaktion seine Worte hervorrufen würden, aber Canute sagte nichts. »Canute?«

»Verzeihen Sie, Derec, aber ich fürchte, ich muß meinen Beitrag zu diesem Gespräch einstellen. Etwas tut sich in meinem Gedankenfluß. Er wird träge, und ich bin der Meinung, daß die Empfindung, die meine Schaltkreise durchströmt, ungefähr dem entspricht, was Sie mit Übelkeit bezeichnen würden.«

»Bleib da, Canute. Das ist ein direkter Befehl. Wenn wir fertig sind, wirst du einsehen, daß es der Mühe wert war.«

»Ich gehorche Ihrem Befehl, weil ich muß, aber Sie müssen mir verzeihen, wenn ich noch einmal ernstliche Zweifel äußere, daß es der Mühe wert ist.«

»Aber Menschen und Fremdwesen haben auch gelernt, das Universum mit Hilfe der Wissenschaft zu verstehen. Meisterliche Vernunft und Logik sowie Praxis und experimentelles Herangehen haben den Menschen gestattet, die Grenzen ihres Wissens und ihrer Wahrnehmung in jeder erdenklichen Richtung auszudehnen. Das Wissen des Menschen hat sich nicht nur in bezug auf Faktisches und Erreichbares erweitert, sondern auch im Hinblick darauf, wie er seinem Wissen und seinen Wahrnehmungen Ausdruck verleihen kann. Eine Methode des Ausdrucks war die Entwicklung positronischer Intelligenz. Allerdings — und das ist meiner Meinung nach ziemlich bedeutsam, Canute, also paß gut auf . . .«

»Wie Sie wünschen.«

»Ich wünsche es. Der Mensch ist selbst nur Ausdruck der inhärenten Möglichkeiten des Universums, und ebenso seine Produkte und Erfindungen. Das trifft auch auf künstliche Intelligenz zu. Soweit wir wissen, könnte die Menschheit durchaus ein Vorstadium in der Evolution der Intelligenz darstellen. Es könnte sein, daß irgendwann in ferner Zukunft ein metallischer Philosoph auf die Trümmer unserer Zivilisation zurückblickt und sagt: ›Funktion der Menschen war es, Roboter zu erfinden, und es sind die Schöpfungen der Roboter, die der Tendenz des Universums zur Selbsterkenntnis in höchstem Maß entsprechen.‹«

»Sie meinen den Unterbrecher«, sagte Canute mit einem seltsamen Knistern in der Stimme.

»Ich meine, der Unterbrecher kann durchaus nur der Anfang gewesen sein. Ich meine, daß es ungeachtet der Drei Gesetze der Robotik und potentiell vorhandener Gesetze der Humanik höhere Gesetze geben mag, die sich deinem Verständnis entziehen und doch mit ebensolcher Sicherheit gelten, wie die Gesetze der molekularen Interaktion für unsere Körper gelten.«

»Sie wollen damit sagen, daß es einem Robot durchaus anstehen könnte, die Bürde der Schöpfung eines Kunstwerks auf sich zu nehmen, ungeachtet der Unordnung, die er vielleicht in der Gesellschaft als ganzes anrichtet?«

»Genau. Es ist dir nicht schwergefallen, das Neue Globe-Theater zu bauen oder die Rolle des Claudius zu übernehmen, weil man es dir befohlen hatte, aber du konntest nicht Lucius' Versuch hinnehmen, aus eigenem freien Willen kreativ zu sein, weil du der Ansicht warst, es handle sich um eine Abweichung von der Rolle, die die Positronik im Gefüge des Universums spielt. Ich möchte dir vermitteln, daß du dir dessen nicht hundertprozentig sicher sein kannst. Ja, ich behaupte, daß, falls wir in meinen Überlegungen keinen Fehler finden, genau das Gegenteil von dem zutrifft, was du geglaubt hast.«

»Demnach trifft es zu, daß ich ohne guten Grund einem Kameraden Schaden zugefügt habe.«

»Es kann kein Verbrechen geben, solange kein Gesetz dagegen existiert, und nicht einmal die Drei Gesetze decken den Schaden ab, den ein Robot dem anderen zufügen könnte. Es sind nur deine eigenen Moralvorstellungen — Moral, möchte ich hinzufügen, die du dir unter großem Aufwand selbst abgesprochen hast —, die dich bedauern läßt, daß du Lucius getötet hast.«

Canute ließ wie beschämt den Kopf hängen. »Ja, ich gestehe es, ich habe Lucius ermordet. Ich bin ihm begegnet, als er allein war und habe ihn überrumpelt, habe ihn mit Gammastrahlen gestört und seine Logik-Schaltungen entfernt. Dann habe ich, um der Eventualität zu begegnen, daß meine Tat entdeckt wird, seinen Kopf mehrmals gegen ein Gebäude gestoßen. Dann habe ich ihn zum See geschleppt und hineingeworfen, weil ich glaubte, dort würde ihn zumindest mehrere Standardjahre lang niemand finden.«

Der Robot entfernte sich von Derec und stellte sich vor den Computer an der gegenüberliegenden Wand. »Indem ich Lucius zerstörte, hatte ich das Verbrechen begangen, dessen ich ihn beschuldigt habe. Er hatte sich nur dem geheimen Befehl des Universums unterworfen, während ich es war, der sich ihm widersetzte. Ich funktioniere nicht richtig. Ich muß mich bei nächster Gelegenheit auseinandernehmen lassen, und meine Einzelteile müssen zu Schlacke geschmolzen werden.«

»Das darfst du nicht. Zugegeben — zunächst hielt ich dich für böse, Canute. Aber Roboter sind weder gut noch böse. Sie existieren nur. Und du mußt weiter existieren. Du hast deine Lektion gelernt, und nun mußt du sie anderen nahebringen, damit sich der gleiche Fehler nicht wiederholt.«

»Aber Dr. Avery will doch auch nicht zulassen, daß in Robot City die Künste florieren.«

»Dr. Avery ist im Unrecht.«

»Aber wie können wir ihn davon abhalten, uns zu verändern? Wir müssen seinen Befehlen Folge leisten. Er kann uns, wenn er will, veranlassen, jegliche Erinnerung an Sie und den Unterbrecher und die Inszenierung zu löschen, wenn er es so will, und dann wird alles wieder so sein wie vorher.«

»Er kann euch befehlen, zu vergessen, aber das macht nichts, weil ihr euch verändert habt und entweder du oder ein anderer wieder schöpferisch tätig sein wird, und dann setzt sich der Zyklus von neuem in Gang.«

»Ich muß über diese Dinge nachdenken. Sie sind nicht leicht zu verstehen.«

»Damit hatte ich auch nicht gerechnet, und du solltest auch nicht damit rechnen, daß sie jemals leicht verständlich werden. Es liegt nicht in der Natur der Sache.«

»Das ist alles sehr erhellend«, meldete sich Ariel von ihrer Liegeplatte aus zu Wort, »aber es hilft uns nicht aus diesem Schlamassel heraus.«

»Ariel!« rief Derec. »Seit wann bist du wach?«

»Schon eine Weile, Derec. Ich wußte ja, du kannst reden, aber ich hätte nicht geglaubt, daß du die Kraft hättest, so lange dranzubleiben.«

»Furchtbar komisch.«

»Canute, ich denke, die Zeit ist gekommen, uns freizulassen«, sagte Ariel.

»Ganzz meinerr Meinung«, sagte Wolruf.

»Ich würde Ihnen natürlich augenblicklich willfahren, aber die von Dr. Avery erhaltenen Befehle haben Vorrang«, sagte Canute. »Er ist mein Erbauer, und ich bin programmiert, ihn als solchen zu achten.«

»Canute, hör zu«, sagte Ariel. »Das Erste Gesetz lautet, daß kein Robot durch Untätigkeit zulassen darf, daß ein Mensch zu Schaden kommt. Richtig?«

»Ja, so ist es.«

»Dr. Avery weiß, daß meine Krankheit mich in den Wahnsinn treibt und mir schlimmen körperlichen Schaden zufügt, doch er macht keine Anstalten, mir zu helfen. Er ist nur daran interessiert, Dinge aus unserem Kopf herauszupressen, die er ohne weiteres direkt erfahren könnte. Ich glaube sogar, du würdest, wenn du sein Verhalten genau untersuchst, zu dem Schluß gelangen, daß er geistig labil geworden ist, daß er nicht mehr der Mann ist, der dich programmiert hat.«

»Das mag ja stimmen«, sagte Canute, »aber Menschen ändern sich häufig mit der Zeit. Derartige Veränderungen sind nicht unbedingt Anzeichen geistiger Unzulänglichkeit. Wie Derec beweisen konnte, habe selbst ich mich in den vergangenen Wochen verändert, obwohl meine Diagnostikstandards aussagen, daß ich nach wie vor mit maximaler Effizienz funktioniere. Dr. Avery scheint sich um Ihr Wohlergehen nicht zu kümmern, andererseits hat er nichts getan, Ihnen zu schaden. Vielleicht gelingt es ihm sogar, eine Therapie für Ihr Leiden zu finden, die ansonsten unbekannt ist. Ich weiß aus zuverlässiger Quelle, daß er ein Genie ist.«

»Er fügt mir Schaden zu, indem er mir nicht hilft oder mir gestattet, anderswo Hilfe zu suchen. Wäre er ein Robot, würde er gegen das Erste Gesetz verstoßen.«

Canute trat an den Fuß des Gestells, an das Ariel gefesselt war, und legte eine stählerne Hand auf die Stange über ihren Füßen. »Aber er ist kein Robot. Wenn unsere Studien der Gesetze der Humanik uns eines gelehrt haben, dann dies: Menschen sind den Gesetzen der Robotik nicht unterworfen. Sie sind nicht in unmittelbarer Gefahr. Ich kann Ihnen nicht helfen.«

»Es ist doch ganz einfach«, sagte Ariel. »Je länger ich in Robot City bleibe, desto verrückter werde ich. Je länger Derec bleibt, desto länger lebt er, ohne zu wissen, wer er ist — ein Zustand, da mußt du mir zustimmen, der ihm einige Qualen verursacht. Auch Qualen gehören in die Kategorie Schaden.«

Canute nahm die Hand von der Stange, dann hielt er mitten in der Luft inne. »Ich denke, Sie haben recht, aber Dr. Avery ist mein Schöpfer. Er hat mir versichert, daß Sie nicht in Gefahr sind. Ich kann sein Urteil nicht durch meines ersetzen.«

»Wenn Dr. Avery sich nicht um unser Wohlergehen kümmert, wer dann? Wer hat hier die Verantwortung? Ich glaube, du bist es, der Robot, dem er die Verantwortung übertragen hat.«

Das ist ja ausgezeichnet, dachte Derec. *Ich wußte doch, daß es einen Grund gibt, warum mir dieses Mädchen gefällt!* »Sie hat recht, Canute. Die gleichen Moralvorstellungen, die dir wegen Lucius zu schaffen gemacht haben, werden dir wieder zu schaffen machen, wenn du erlaubst, daß Dr. Avery uns durch Untätigkeit zu Schaden kommen läßt. Du kannst nicht mit Gewißheit sagen, daß wir die medizinische Betreuung bekommen werden, die wir brauchen.«

Die Langsamkeit, mit der sich Canute Derec zuwandte, sprach von dem Konflikt, den er durchlitt. Derec blieb beim Thema.

»Wenn den Robotern von Robot City gestattet wird, weiterhin

schöpferisch tätig zu sein, können sie der Menschheit besser dienen, aber Dr. Avery wird diesem Prozeß Einhalt gebieten. Seine Befehle sind nicht *geistig* inkompetent, sondern *moralisch*. Bist du immer noch verpflichtet, ihm zu gehorchen?«

Die Kehrtwendung des Robots verlangsamte sich bis zum Stillstand. Dies war die Krise, wußte Derec, bei der Canute sich für oder gegen sie entscheiden — oder der postitronischen Abweichung anheimfallen würde.

Canute sagte mehrere Sekunden lang nichts. Dann: »Aber, Derec, wie kann ich sicherstellen, daß Sie beide angemessen betreut werden, während Sie im Weltraum sind? Ist es nicht wahrscheinlich, daß Sie unterwegs leiden müssen?«

»Die Antwort auf diese Frage ist einfach«, sagte Derec und zwang seine Stimme, ruhig und vernünftig zu klingen. »Dabei kommen Wolruf und Mandelbrot ins Spiel. Sie werden sich zwischen den Sternen um uns kümmern.«

Diesmal sprach oder bewegte sich Canute mehrere Minuten lang nicht. Derec gab sich alle Mühe, nicht noch mehr hinzuzufügen, um den Robot zu überreden, ihm zu gehorchen. Er hatte Angst, daß die bereits übermittelten Informationen die Integrale des Robots in gefährlichem Maße durcheinandergebracht hatten.

»Ich habe darüber nachgedacht«, sagte Canute schließlich, »was Dr. Avery wörtlich gesagt hat. Er hat gesagt, ich dürfe die Stangen nicht berühren, die unseren Freund Derec niederhalten, aber er hat nichts von den Stangen gesagt, die unsere Freundinnen Ariel und Wolruf niederhalten.«

So ist es recht! dachte Derec grinsend.

Wortlos trat Canute ans Fußende von Ariels Liege, packte die Stange über ihren Beinen, nahm all seine Kräfte zusammen und stemmte sie hoch.

Kapitel 13

Abschied aus der Ferne

Dr. Averys Raumschiff, ein Luxusmodell zur Beförderung von bis zu zehn menschengroßen Passagieren, war in einer Höhle in den Außenbezirken der Stadt versteckt. Nachdem Canute die vier verlassen hatte — ohne eine Vorstellung davon, was er Dr. Avery erzählen sollte, abgesehen von der Wahrheit, wie seine Gefangenen entkommen waren —, fiel es Derec und dem reaktivierten Mandelbrot relativ leicht, sich mit der Funktion der Instrumente vertraut zu machen.

»Laßt uns hier verschwinden!« sagte Ariel. »Den Kurs für ein bestimmtes Flugziel können wir später eingeben. Mir wäre es sogar recht, wenn wir in Richtung Kolonien fliegen, ich will nur so bald wie möglich irgendwohin.«

»Hast du denn keine Angst vor der Möglichkeit, dich anzustecken?« fragte Derec.

»Dazu ist es zu spät«, sagte Ariel. »Außerdem denke ich, daß im Augenblick eine Kolonie der einzige Ort sein wird, an dem man uns aufnimmt.«

Nachdem sie heil im Weltraum angekommen waren und fliegen konnten, wohin sie wollten, untersuchte Mandelbrot die Sendegeräte und sagte: »Derec, ich glaube, jemand versucht, uns etwas zu übermitteln.«

»Vermutlich Dr. Avery, aber schalt ruhig ein«, sagte Derec. »Wir können uns getrost anhören, was er zu sagen hat.« Er lächelte, und Wolruf fletschte in Erwartung dessen, was sie zu hören bekommen würden, die Zähne.

Aber statt der erbosten Ergüsse Dr. Averys hörten sie eine vertraute Musik, eine Melodie von jeweils zwanzig Takten, die ein ums andere Mal in a-Moll ertönte und deren Klänge auf dem Fundament eines pulsierenden, unvergeßlichen Rhythmus über die Dominantakkorde auf- und abstiegen. Derec hatte ihr kaum zehn Takte lang gelauscht, da fing sein Fuß an, mitzustampfen.

»Wie schön!« sagte Ariel. »Das sind die Three Cracked Cheeks!«

»Zzum Absschied«, sagte Wolruf leise. »Sso wass wie die ssehen wirr vielleicht nie wiederr!«

»Ja, mir werden sie fehlen«, sagte Derec traurig.

»Das Signal wird schwächer, fängt bereits an, zu verklingen«, sagte Mandelbrot.

»Wir fliegen schnell«, sagte Ariel. »Ich denke, wir sollten jetzt entscheiden, wohin.«

»Später, wenn es dir nichts ausmacht«, sagte Derec. »Tut mir leid, aber ich kann mir im Augenblick keine eindeutige Meinung bilden. Ich bin zu erschöpft.» Er stand von seinem Sitz auf und ließ sich an die Schiffshülle gelehnt zu Boden sinken. Ihm war seltsam zumute, merkwürdig entwurzelt. Wochenlang hatte er sich bemüht, aus Robot City zu entkommen, und nun, da er es geschafft hatte, bekam er Heimweh danach und fragte sich, wie sich die Rätsel, auf die er gestoßen war, letztendlich auflösen würden. Vielleicht würde er die Antworten nie erfahren.

Und vielleicht würde er nie wieder die Musik der Three Cracked Cheeks zu hören bekommen. Die Klänge aus dem Sender verklangen allmählich und machten einem Rauschen Platz. Er bedeutete Mandelbrot, das Gerät abzuschalten. Augenblicklich bekam er Heimweh nach der Musik. Sogar Harrys Witze fehlten ihm.

Nun ja, zumindest hatte er jetzt Gelegenheit, die beiden wichtigsten Ziele zu erreichen, die er derzeit vor Augen hatte. Irgendwo im Universum lag das Geheimnis seines verlorenen Gedächtnisses, und er war entschlossen, um jeden Preis ein Heilmittel für Ariel zu finden.

Vielleicht konnten sie dann nach Robot City zurückkehren.

Er blickte hoch, als Wolruf sich an die Essensausgabe heranpirschte. Ungeschickt drückte sie mit der Pfote auf ein paar Knöpfe, dann wartete sie, daß das Essen im Schlitz erscheinen würde.

Aber statt Essen erblickten sie etwas, das ihnen den Atem raubte.

In dem Schlitz steckte ein Schlüssel zum Perihel!

ENDE

Datenbank

DR. AVERY (und sein Labor): Als junger Mann war Avery ein visionärer Architekt und Stadtplaner. Nachdem sich sein Hauptinteresse der Robotik zugewandt hatte, wurde er von Kelden Amadiro beeinflußt, dem Leiter des Robotikinstitutes auf Aurora. Avery griff Amadiros Idee auf, menschenähnliche Roboter zur Errichtung neuer Fertigkolonien für die Weltraumsiedler heranzuziehen und machte daraus ein umfassendes Experiment in Sachen Robotik und Sozialdynamik — Robot City. Unter Juliana Welshs Gönnerschaft und mit ihrem Geld schuf er Robot City und verschwand dann.

412

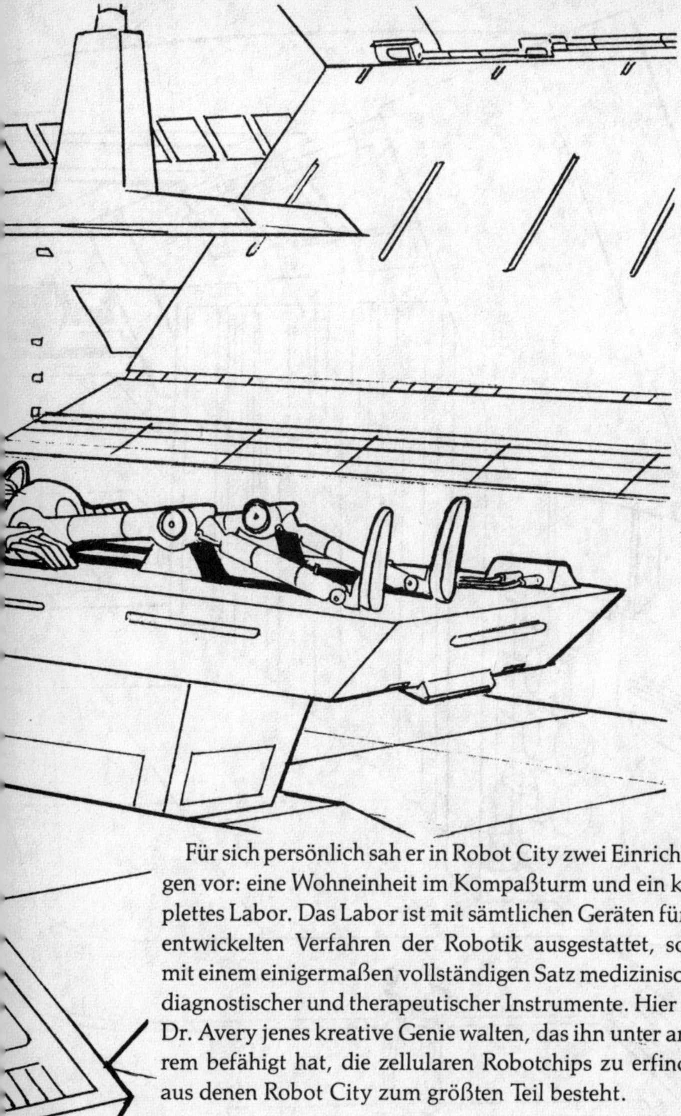

Für sich persönlich sah er in Robot City zwei Einrichtungen vor: eine Wohneinheit im Kompaßturm und ein komplettes Labor. Das Labor ist mit sämtlichen Geräten für die entwickelten Verfahren der Robotik ausgestattet, sowie mit einem einigermaßen vollständigen Satz medizinischer, diagnostischer und therapeutischer Instrumente. Hier läßt Dr. Avery jenes kreative Genie walten, das ihn unter anderem befähigt hat, die zellularen Robotchips zu erfinden, aus denen Robot City zum größten Teil besteht.

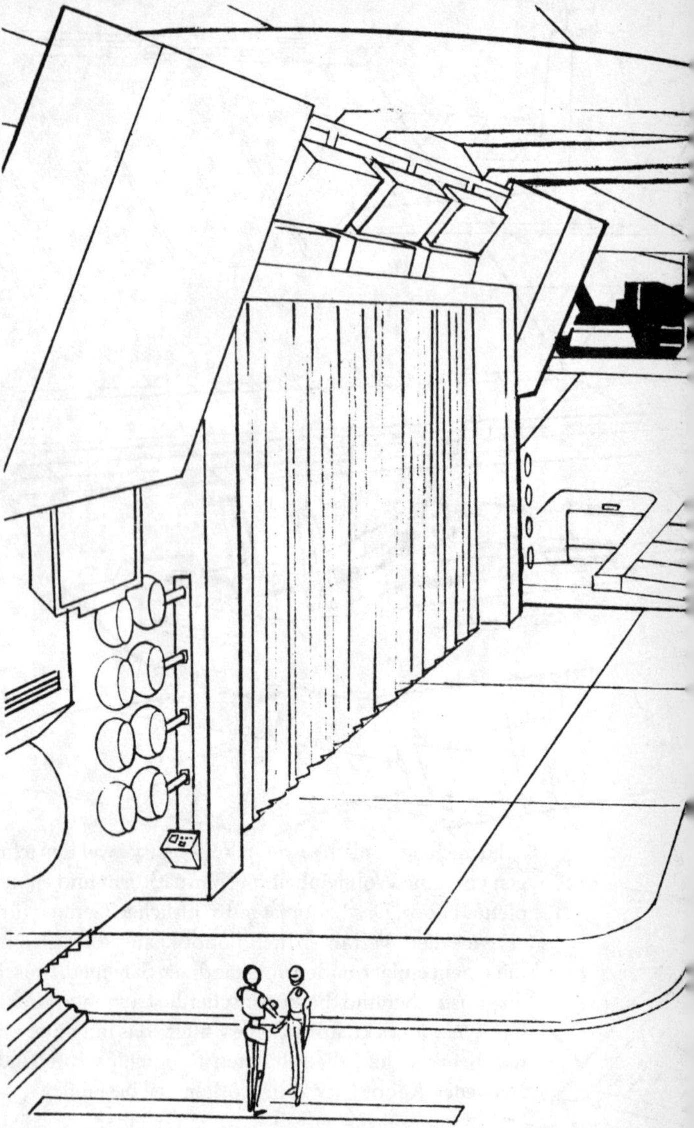

DAS NEUE GLOBE-THEATER: Das Neue Globe-Theater, dessen Entwurf von Canute stammt, beruht auf den lückenhaften Aufzeichnungen über das ursprüngliche Globe Theatre, die aus der Shakespearezeit erhalten sind. Das Theater ist annähernd kreisförmig. Die Bühne ist vorgebaut, und Garderoben, Lagerräume und elektronische Ausstattung sind direkt dahinter angeordnet. Der Zuschauerraum umgibt die Bühne auf den übrigen drei Seiten. Über einen Teil der Bühne spannt sich eine Zwischendecke, die im tragenden Mauerwerk im Bühnenhintergrund verankert ist und vorn durch zwei schmale Säulen gestützt wird. Die drei Versenkungen auf der Bühne sind von unten her zugänglich.

In den Kulissen stehen verborgene Kameras, und auf Bühne und Galerien sind versteckte Mikrophone angebracht. Außerdem hängen über der Bühne gigantische Leinwände, auf die Großaufnahmen der Darsteller projiziert werden. Von einem Kontrollzentrum auf der Hinterbühne aus bedient ein leitender Techniker Beleuchtung sowie Kamerawinkel und -einstellung.

DER UNTERBRECHER: Er ist das erste überhaupt von einem Robot geschaffene Kunstwerk. Es handelt sich um eine Tetragonalpyramide aus zwei Pyramiden, die an ihrer Basis zusammengefügt sind und auf der einen Spitze stehend rotieren. Der Unterbrecher besteht aus Plastbeton, demselben Material wie die übrige Stadt, das jedoch umprogrammiert wurde, so daß die Oberfläche beim Drehen karmesinrot, ockerfarben und blau schimmert. Jede Fläche hat eine andere Farbe, und jede Farbe besitzt Nuancen, als sei sie mit Wasserfarben bemalt. Sämtliche beweglichen Teile, vor allem der Rotationsmechanismus, befinden sich unter der Erde, wo sie den Effekt nicht beeinträchtigen können. Der Unterbrecher ist bei weitem das schönste Bauwerk in Robot City, das robotische Äquivalent eines japanischen Gartens. Anders als menschliche Kunst wirkt er gleichermaßen auf Menschen und Roboter.

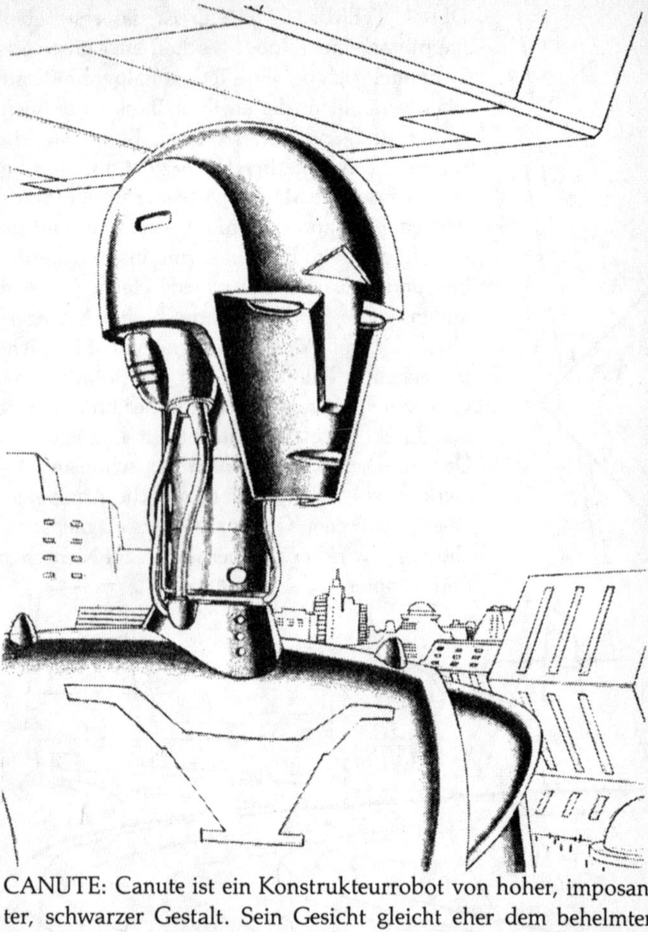

CANUTE: Canute ist ein Konstrukteurrobot von hoher, imposanter, schwarzer Gestalt. Sein Gesicht gleicht eher dem behelmten Schädel eines Angehörigen der Sturmtruppe als den ausdruckslosen Antlitzen der meisten Bewohner der Stadt. Canute stellt das konservativste Element von Robot City dar. Seine Persönlichkeit ist von äußerstem Mißtrauen gegenüber Veränderung, Kreativität und allem anderen geprägt, was den Status Quo Robot Citys gefährden könnte.

JAGD- UND SUCHROBOTER: Diese spezialisierten Roboter wurden mit einheitlichen silbrigen Metallhüllen und humanoider Gestalt konstruiert. Hinter ihren ausdruckslosen Gesichtern verbergen sich jedoch ungeheure Mengen von Überwachungsinstrumenten — Radarsuchgeräte, Infrarotkameras, Abhörinstrumente, Aufzeichnungsapparate — kurz, alles, was ihnen bei der Verfolgung und Festnahme von Flüchtlingen helfen kann, seien es Menschen, Roboter oder Fremdwesen.

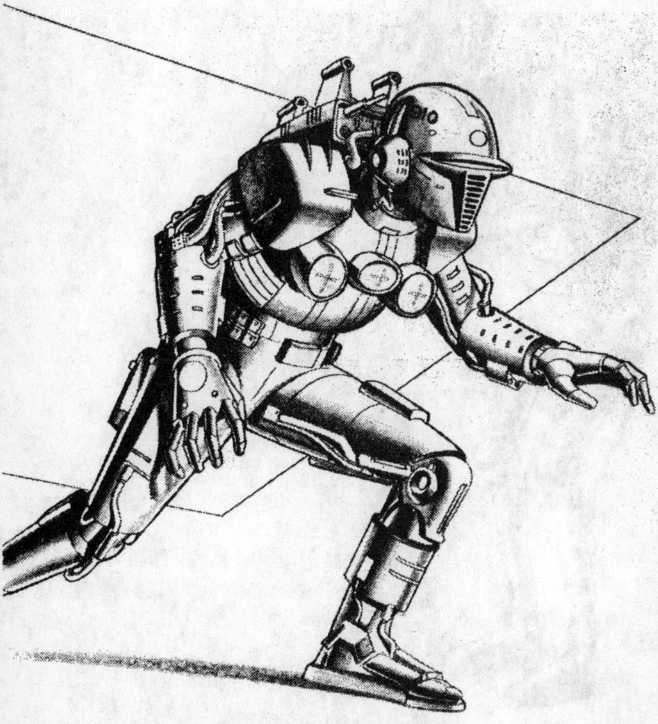

LUCIUS: Lucius hat die standardgemäße, schlanke graue Gestalt der meisten Überwachungsroboter. Was ihn, abgesehen von den einmaligen Denkvorgängen seines positronischen Gehirns, von seinen Gefährten abhebt, ist seine leicht gebückte Haltung und seine zögernde Gestik und Sprechweise.

DIE THREE CRACKED CHEEKS: Im Gefolge der beinahe eingetretenen traumatischen Vernichtung Robot Citys durch Umweltstörungen war Lucius nicht der einzige Robot, der den Drang verspürte, zu einem tieferen Verständnis der Gesetze der Humanik zu gelangen, indem er es den Menschen gleichtat. M334, Benny und Harry haben gemeinsam den Versuch unternommen, das Phänomen Musik zu verstehen. Mit Hilfe lediglich bruchstückhafter Aufzeichnungen haben sie die Instrumente neu erfunden, künstliche Lippen geschaffen, die das Spiel verbessern, und den Jazz der vierziger Jahre des Zwanzigsten Jahrhunderts zu rekonstruieren versucht.

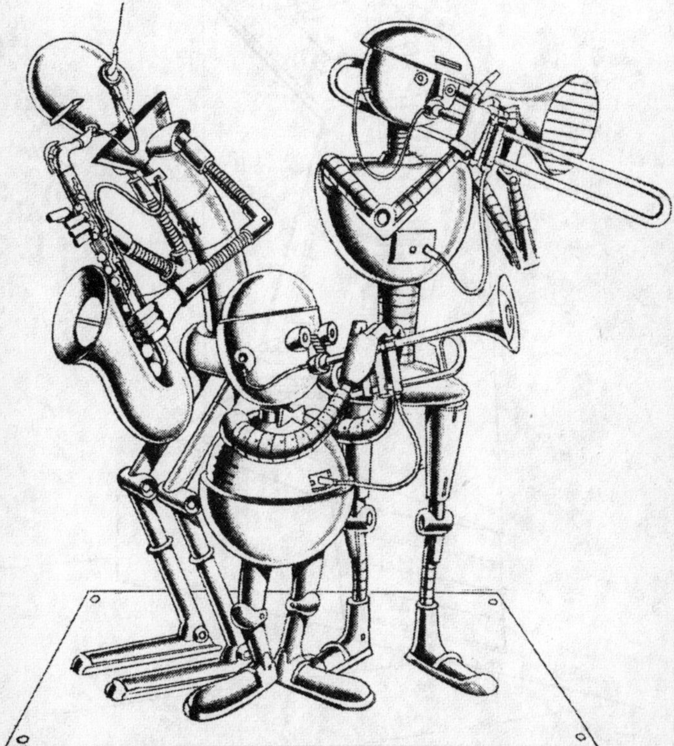

ESSENSAUTOMATEN: Da die Roboter von Robot City der Meinung waren, sie hätten sich ihrer Verpflichtung gemäß dem Ersten Gesetz entledigt, indem sie auf Anfrage nahrhaftes, aber fades Essen lieferten, hat Derec den Zentralcomputer umprogrammiert, so daß dieser bedienungsabhängige Nahrungssynthesegeräte — eben die Essensautomaten — in jedes zehnte Gebäude einbezog. Die Automaten kombinieren unterschiedliche Mengen ihres Grundvorrats an Nährstoffen, je nach den Codes, die über die Tastatur eingegeben werden.

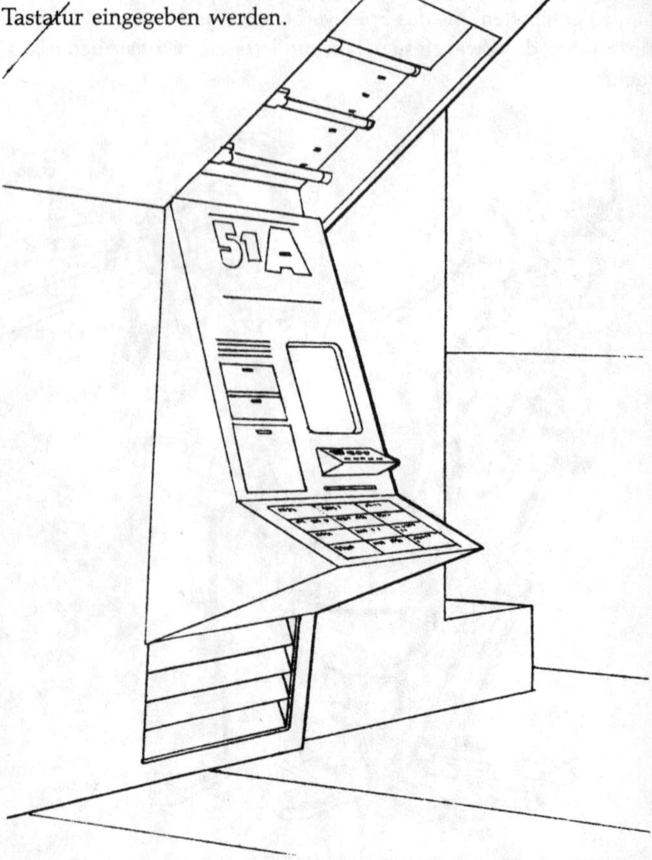

Arthur Byron Cover

Arthur Byron Cover wurde am 14. Januar 1950 als Sohn eines amerikanischen Arztes in der nördlichen Tundra Sibiriens geboren. 1971 besuchte er einen von Clarion Science Fiction ausgerichteten Autorenkurs und konnte seine erste professionelle Arbeit an Harlan Ellisons *Last Dangerous Visions* verkaufen. 1972 ließ Cover sich in Los Angeles nieder. Er hat eine Vielzahl von Kurzgeschichten in *Infinity Five, The Alien Condition, Heavy Metal, Weird Tales, Year's Best Horror Stories* und anderswo veröffentlicht, dazu mehrere SF-Bücher, darunter *Autumn Angels, The Platypus of Doom, The Sound of Winter* und *An East Wind Coming.* Außerdem hat er die Storys für einzelne Ausgaben der Comics *Daredevil* und *Firestorm* geschrieben sowie für den graphischen Roman *Space Clusters.* Er war einige Zeit Dozent bei Clarion West und Chefredakteur von *Amazing Heroes.* Arthur Byron Cover ist Mitherausgeber der geplanten Anthologie *The Best of the New Wave* und Autor der drei Time-Machine-Bücher für Byron Preiss Visual Publications.

Band 23 087

William F. Wu

Der Cyborg

Deutsche Erstveröffentlichung

Ein junger Mann ohne Erinnerung, gefangen in einer Stadt feindseliger Roboter. An seiner Seite eine geheimnisvolle Frau, die behauptet zu wissen, wer er ist, aber seine Identität nicht preisgibt. Wollen sie beide überleben, müssen sie einen verrückten Cyborg finden, der unentdeckt durch die Straßen von Robot City irrt.
Roboter dürfen weder Menschen töten noch sich mutwillig selbst zerstören, so bestimmen es die Gesetze der Robotik. Doch welchen Gesetzen unterliegt ein Wesen, das halb Mensch, halb Maschine ist?

BASTEI LÜBBE

Sie erhalten diesen Band im Buchhandel, bei Ihrem Zeitschriftenhändler sowie im Bahnhofsbuchhandel.